RIACHO DOCE

JOSÉ LINS DO REGO
RIACHO DOCE

Apresentação
Ivan Marques

São Paulo
2021

© **Herdeiros de José Lins do Rego**
22ª Edição, José Olympio, Rio de Janeiro 2011
23ª Edição, Global Editora, São Paulo 2021

Jefferson L. Alves – diretor editorial
Gustavo Henrique Tuna – gerente editorial
Flávio Samuel – gerente de produção
Vanessa Oliveira – coordenadora editorial
Tatiana Souza e Adriana Bairrada – revisão
Mauricio Negro – capa e ilustração
Valmir S. Santos – diagramação

Dados Internacionais de Catalogação na Publicação (CIP)
(Câmara Brasileira do Livro, SP, Brasil)

Rego, José Lins do, 1901-1957
  Riacho doce / José Lins do Rego ; [apresentação Ivan Marques].
– 23. ed. – São Paulo, SP : Global Editora, 2021.

  ISBN 978-65-5612-183-3

  1. Ficção brasileira I. Marques, Ivan. II. Título.

21-83916   CDD-B869.3

Índices para catálogo sistemático:
1. Ficção : Literatura brasileira   B869.3
Eliete Marques da Silva - Bibliotecária - CRB-8/9380

Obra atualizada conforme o
Novo Acordo Ortográfico da Língua Portuguesa.

Global Editora e Distribuidora Ltda.
Rua Pirapitingui, 111 — Liberdade
CEP 01508-020 — São Paulo — SP
Tel.: (11) 3277-7999
e-mail: global@globaleditora.com.br

 globaleditora.com.br   /globaleditora

 blog.globaleditora.com.br   /globaleditora

 /globaleditora   /globaleditora

 /globaleditora

 Direitos reservados.
Colabore com a produção científica e cultural.
Proibida a reprodução total ou parcial desta obra
sem a autorização do editor.

Nº de Catálogo: **4470**

Sumário

Vento do norte, *Ivan Marques* 7

PRIMEIRA PARTE
Ester 17

SEGUNDA PARTE
Riacho Doce 85

TERCEIRA PARTE
Nô 181

Riacho Doce, *Mário de Andrade* 299

Cronologia 305

Vento do norte

Ivan Marques

"Não se espante: a primeira parte do romance passa-se na Suécia", revelou José Lins do Rego em entrevista ao crítico literário Brito Broca, poucos meses antes da publicação de *Riacho Doce*, em setembro de 1939[1]. Àquela altura, o escritor paraibano, consagrado como um mestre do nosso romance moderno, era um dos nomes mais conhecidos da literatura brasileira. Ao longo da década de 1930, havia lançado, à média de um por ano, seis livros enraizados no Nordeste canavieiro, além de *Pedra Bonita*, ambientado no sertão. O oitavo romance parecia imprimir um novo rumo à sua obra e, por essa razão, foi bastante anunciado e aguardado.

A novidade não estava apenas na ousadia de recriar terras nórdicas e geladas por parte do mais autêntico escritor nordestino, cujo projeto literário até então havia sido o de contar a história de sua terra. Afora a Suécia, também era nova a paisagem litorânea de *Riacho Doce*, praia de Alagoas situada longe dos engenhos de açúcar. Além disso, chamava atenção a escolha, pela primeira vez em sua obra, de uma protagonista feminina. "*Riacho Doce* será alguma coisa diferente de toda a minha obra", enfatizou o autor

---

[1] BROCA, Brito. Um novo romance de José Lins do Rego. *Dom Casmurro*, Rio de Janeiro, 10 jun. 1939, p. 2.

no mencionado depoimento a Brito Broca. Ali ele dava um passo importante: o abandono do "regionalismo" e do que então se chamava de "documentário". "Já em *Pureza* fugi ao gênero", advertiu, "Não digo, entretanto, que não volte a ele".

De acordo com o estudo pioneiro do crítico José Aderaldo Castello, os romances *Riacho Doce*, *Água-mãe* e *Eurídice*, por serem distintos dos dois ciclos construídos na literatura de José Lins do Rego – o "ciclo da cana-de-açúcar" e o "ciclo do cangaço, misticismo e seca" –, deveriam ser classificados como "obras independentes"[2]. Dada a importância adquirida por esse conjunto monumental, era natural que os livros restantes fossem relegados a um segundo plano. Daí o famoso conselho dado a José Lins por Manuel Bandeira: "Você não deve sair do Nordeste. Você é motor que só funciona bem, queimando bagaço de cana"[3]. No caso de *Riacho Doce*, alguns críticos não esconderam a decepção. Incomodado com a artificialidade de algumas cenas e a "falta absoluta de pontos de contato com a terra", Nelson Werneck Sodré considerou-o um "mau romance", uma "descaída sensível e nítida nas qualidades inestimáveis do romancista"[4].

José Lins, que nunca esteve na Suécia, escreveu a primeira parte do romance baseando-se em informações colhidas em livros. A decisão de ambientar o prólogo da

---

[2] CASTELLO, José Aderaldo. *José Lins do Rego: modernismo e regionalismo*. São Paulo: Edart, 1961.
[3] Apud CASTELLO, José Aderaldo, op. cit., p. 96.
[4] SODRÉ, Nelson Werneck. *Correio Paulistano*, São Paulo, 8 out. 1939. Livros Novos. p. 10.

narrativa em um país tão remoto parecia uma resposta a outra crítica, de natureza oposta, que antes lhe fora endereçada, segundo a qual ele seria um escritor pouco inventivo, incapaz de escrever impulsionado pela imaginação, e que por isso vivia preso às suas reminiscências de "menino de engenho". Em entrevista dada na ocasião a Aurélio Buarque de Holanda, o romancista protestou contra a tendência a considerar "documento" apenas a literatura nordestina, ao passo que o romance do Sul era "todo alma". Para ele, não havia documento em romance, apenas o testemunho e a experiência do escritor. O importante era a capacidade de criar personagens vivos, que às vezes se mostravam mais convincentes em contos de fadas. "O que lhe digo com toda a franqueza é que há mais vida, às vezes, em fantasmas de histórias de mal-assombrados, que em muita reportagem feita em Kodak", arrematou o escritor[5].

O gênero "conto de fadas" serviria bem para definir os capítulos iniciais de *Riacho Doce*. Nessa primeira parte, a protagonista Edna, ainda criança, vive uma intensa paixão por Ester, sua jovem professora judia de cabelos pretos, que passa a dar aulas no vilarejo perdido da Suécia onde vivem os personagens. Desde pequena, Edna estranhava sua terra e sua gente e sonhava com países distantes, lugares de encantamento como a "terra de sol", onde o pai de sua amiga Norma havia comprado a boneca Espanhola, que a fascinava. Edna odiava o burgo frio e estagnado onde nascera. "Desejava viver, desejava se abrir como uma flor para o sol", escreve o narrador. No concerto

---

[5] HOLANDA, Aurélio Buarque de. *José Lins do Rego fala sobre o seu novo romance.* *O Jornal*, Rio de Janeiro, 10 set. 1939, p. 1.

em Estocolmo, aonde fora conduzida por Ester, a adolescente discordou do pianista, intérprete de Chopin, quando este disse que "o gênio tinha encontrado na terra os elementos de sua música". Como tirar tamanha beleza de uma terra tão feia? – perguntou-se. "A arte vinha do artista, só do artista", concluiu. No anseio de Edna por abrir-se ao mundo parece estar cifrado o impulso do próprio romancista de promover em sua obra um deslocamento rumo a outros universos, visando escapar dos limites atribuídos à literatura regionalista.

Ao perder Ester, que se muda com o marido para a América do Sul, Edna entra em desespero e quase chega ao suicídio. Mais tarde, casada com um engenheiro, ela também acaba por tomar o navio em direção ao Brasil. "O país de ouro, dos pássaros, dos bichos, dos rios como o mar se aproximava", diz o narrador na abertura da segunda parte do romance. O que motiva a mudança é a exploração do petróleo em Riacho Doce, segunda ameaça externa sofrida pelos habitantes do lugar, depois da malsucedida instalação de uma fábrica.

Na terra tropical, Edna se sente rapidamente incorporada à paisagem, como se fosse um elemento da natureza. Tal integração a conduzirá a outra paixão proibida, desta vez pelo pescador Nô, mestiço de "cabelos pretos", em tudo oposto à moça. Embora tivesse o "corpo fechado" pela avó, a rezadeira Aninha, Nô se envolve com Edna, logo vista pela velha como uma tentação pecaminosa, a exemplo da sonda de petróleo que viera "mexer nas profundezas da terra".

No Brasil, Edna renasce. Para a sueca, Riacho Doce era "a terra dos seus sonhos", uma prova de que "os contos de fadas não mentiam". Em contraste com o impreciso e esfumaçado ambiente nórdico, a vida nova surge para ela com viço, em plena luz e plasticidade, representada com impressionante poder verbal pelo autor do romance. Para traduzir aquela luxúria tropical, José Lins constrói uma linguagem exuberante, que revela não apenas sabor poético, mas força de realidade. A paisagem ganha concreção, espessura, cores, cheiros. Tudo a respeito da realidade local – o trabalho da pesca, os costumes do praieiro, as expressões da cultura popular – é observado e registrado, embora o documento não destaque, em primeiro plano, um dado essencial que é a miséria do lugar. "É a gente mais pobre do nordeste", observou José Lins do Rego em um artigo sobre os habitantes do litoral. "São homens que se dirigem pelos ventos e pela lua. E os menos afirmativos e categóricos que conheço", acrescentou[6]. Como observou Mário de Andrade, *Riacho Doce* tem o mesmo "valor documental" das outras obras do escritor[7]. Quando lhe perguntaram se o romance, enfim, era regional, o próprio José Lins admitiu: "Se como regional você entende romance fixado, preso à terra e à gente da terra, ele o é"[8].

Assim, depois de uma volta transatlântica, *Riacho Doce* também se revelaria, afinal, um romance vinculado à paisagem nordestina. Esse paradoxo aparece nitidamente na trajetória de Edna e Nô, personagens que, embora

---

[6] REGO, José Lins do. O praieiro Floriano Peixoto. *Diário de Pernambuco*, Recife, 2 jul. 1939, p. 4.
[7] ANDRADE, Mário de. Riacho Doce. In: ANDRADE, Mário de. *O empalhador de passarinho*. Belo Horizonte: Itatiaia, 2002. p. 141.
[8] HOLANDA, Aurélio Buarque de, op. cit.

aparentemente opostos, terminam por espelhar-se. Ambos são seres solitários, amantes da música, e possuem um "corpo fechado", um coração frio, "vazio de saudades". Ambos são atraídos pelo vasto mundo e desejam suplantar seu pequeno mundo de origem, mas acabam se curvando às suas leis ancestrais. Segundo Nise da Silveira, "nada adiantaria a Nô ter atravessado mares, corrido o mundo", uma vez que, amedrontado pela avó, ele acaba por assumir "a essência primitiva do homem"[9]. Movidas apenas por impulsos afetivos e irracionais, as criaturas de José Lins não conseguem governar seu destino. "Falta-lhes vontade consciente e firme", acrescentou a psiquiatra. Por essa razão, frequentemente recorrem à fuga. A submissão às forças ocultas também ocorre em Edna, que volta a se sentir dominada, como no passado. "Era o Deus que a perseguia desde o berço. Viera para o sol, e o vento do norte apagara o sol."

O leitor percebe, afinal, a simetria que se estabelece entre as duas partes do romance. Tanto na Suécia como no Brasil, a narrativa está ambientada em mundos arcaicos e povoada por homens rústicos. As duas partes são marcadas pela atmosfera dos contos de fada e por paixões arrebatadoras, reprimidas por avós megeras. E a fuga da terra, que une o romancista a seus personagens, se revela ao cabo um movimento ilusório. *Riacho Doce* veio, portanto, confirmar as linhas de força de sua obra. Leitor arguto do romance e do processo de análise psicológica nele empregado pelo autor,

---

[9] SILVEIRA, Nise da. "Riacho Doce". *O Jornal*, Rio de Janeiro, 15 out. 1939, p. 2.

Mário de Andrade não hesitou em considerá-lo tão grande como os que o haviam precedido. Uma comprovação de que José Lins seria "o escritor de linguagem mais saborosa, colorida e nacional que nunca tivemos; o mais possante contador, o documentador mais profundo e essencial da civilização e da psique nordestina; o mais fecundo inventor de casos e de almas"[10].

---

[10] ANDRADE, Mário de, op. cit., p. 141.

RIACHO DOCE

PRIMEIRA PARTE

Ester

1

Lembrava-se da manhã de seu embarque, do mês inteiro de travessia, da viagem monótona, das horas de angústia, com o pensamento na terra que ficara para trás com os seus, os pais, os irmãos, os amigos, e na terra que seria a de seu futuro, a da sua vida a começar. Vida nova, novos céus para ver, novas árvores, nova gente, uma experiência que tentava com coragem, com vontade firme de ir para diante. Agora tudo seria uma espécie de jogo perigoso com o seu destino. Pensara muito na resolução que tomara. O marido ansiava pela oportunidade apresentada. Era um homem que queria dar de si, uma natureza procurando expansão para sonhos de grandeza. Ficar na terra era se limitar, continuar uma tradição de vida miúda, ser o que tinham sido seus avós, continuar, continuar, sem que houvesse horizontes, perspectivas de ir além dos outros. Era melhor aceitar o convite. Havia muito longe uma terra que se fazia ainda, um mundo novo precisando de gente de sangue vivo, de energia capaz. Viria para essa terra, seria dessa terra. Tudo devia-se quebrar entre ele e os seus. Porque eles vinham nascer outra vez. Uma alma nova devia substituir velhas concepções, hábitos antigos se perderiam. Muitos outros tinham realizado esta façanha, muitos que se haviam botado para o outro lado do mundo perderam o contato, se fizeram como o de uma carne, de um sangue, de um corpo, de um espírito que nada se assemelhavam a tudo que fora deles antigamente.

Via a cidade, o porto, naquela manhã de inverno pesado. O país, os amigos, nas despedidas, pedindo cartas, pedindo notícias. Vozes ansiosas, corações que se partiam de saudades. Todos como que esperando que ela continuasse dos seus, que mesmo através das milhares de milhas o sangue subsistisse, o amor fizesse o milagre de filhos e pais continuarem ligados. Via todos eles na despedida, e ainda tinha guardado de cada um, um gesto, um pedaço de cada um sobrevivia na sua lembrança. Pensara poder apagá-los da memória, fugir de todos. Mas todos continuavam vivos, bem nítidos nos seus gestos. A voz de sua mãe, o passo pesado de seu pai, a alegria infantil de Sigrid, sua irmã mais moça, a robustez, a saúde de seu irmão, o bom companheiro de todos os dias, querendo fazer de seu protetor, de seu guia nos jogos, na vida de casa. A velha avó, era ela que mandava na família inteira. Era ela que fazia seu pai tímido como menino e inspirava medo à sua mãe. Todos sabiam que a velha Elba conhecia de coisas, mais que todo mundo: manobrava sua tribo como dona de tudo, como senhora absoluta. Alta, gorda, perto dela se falava baixo. Os meninos e os grandes não faziam diferença. Lá estaria ela exercendo seu poder, despótica, sem uma ternura, sem um agrado. Olhos que nunca se umedeceram de alegria, mãos que ninguém nunca viu afagar.

A velha Elba, que enviuvara muito moça e criara filhos, fora muitas vezes, na sua meninice, a imagem dos dragões de contos de fada. Quantas vezes com seu irmão Guilherme não imaginara destruir o monstro, criando armadilhas, inventando precipícios onde a velha se despedaçasse, abismos que tragassem aquele terror!

Agora de longe até a avó Elba era outra. Talvez que fosse má menina e suas traquinagens pedissem mesmo a severidade daquela que queria fazer dos seus alguma coisa de melhor. Deixara os parentes naquela manhã triste de inverno, e eles estavam ali na sua companhia, bem vivos, bem os seus. A mãe era aquela criatura apática, fria, amando os filhos como se fosse seu dever, amando-os como fazia o almoço e o jantar, como lavava roupa ou tomava conta dos animais. Pobre mãe de voz doce, tão doce que era como se não fosse uma voz de gente, como se articulasse um canto de pássaro. Era tudo que ela tinha de seu, de particular: a sua voz, que soava como um gemido de instrumento em surdina. A velha Elba gritava as suas ordens, fazia tudo se dobrar ao seu vozeirão de mestra. E ela, a nora, triste e vassala, acudia aos seus chamados, aos seus mandos, sem nunca na vida ter experimentado uma desobediência. Guilherme, com 12 anos, e ela, com 10, vingavam a submissão materna inventando tudo para contrariar aquela tirania. Tinha raiva da mansidão do pai, submissão injustificável nele que era forte e rijo, um gigante que gritava com os de fora, capaz de trabalhos duros e no entanto preso como uma criança, sujeito à autoridade materna.

A escola fora um presídio até o dia em que chegara a mestra Ester, uma moça de longos cabelos pretos. Ninguém por ali conhecia cabelos como aqueles. A outra professora que se fora era magra, ficara macerada de sofrimento. Havia anos que ela ensinava por aqueles lados, e sempre assim, triste, murcha, indiferente aos meninos, rigorosa com todos, pobre coração que era um ninho deserto. A velha Clotilde passava aos outros as poucas letras que sabia e dela não dava nada a ninguém. Talvez nada tivesse a dar. A escola com ela era triste; no inverno, ou na primavera, os dias eram iguais. Por fim adoecera. Sozinha estivera semanas e semanas, sem auxílio de pessoa alguma. Os meninos satisfeitos, com a escola fechada. Uma noite, porém, a mulher que fazia serviço para a professora chegou com a notícia: a dona Clotilde estava morta, estendida na cama, dura, de olhos vidrados. Morrera só. A outra que viera para substituí-la era a vida, uma corrente de vida que se comunicou com a classe inteira com violência. Logo no primeiro dia foi deixando em todos uma impressão perturbadora. Eram os cabelos. Aqueles cabelos pretos luzindo, enchendo a vista, atraindo a admiração. Os únicos cabelos pretos do lugar, a primeira impressão de beleza real que Edna sentira fortemente em sua vida. O que ela achava bonito até ali eram as coisas que estavam distantes, que eram de outros mundos: os vestidos, as carruagens, os príncipes, as princesas dos contos, era o mar, as estrelas do céu, era a boneca de sua amiga Norma. Uma boneca que as meninas todas amavam como um impossível e que o pai de Norma trouxera de um país distante, numa de suas viagens de embarcadiço. Bela boneca de cabelos pretos como os de Ester. Agora Edna via uma beleza viva, que tinha carne de verdade, e olhos que viam, sem nada daqueles olhos vidrados que se fechavam com molas.

A mestra nova tomara conta dos espólios da antecessora com vontade de conquistar uma terra esquecida. Era uma classe de almas em dissonância, de pequenos corações para os quais os estudos eram obrigações terríveis. No dia em que ela apareceu na mesa alta, começou a falar, a chamar cada um pelo nome, a identificar os seus súditos, era como se a vida tivesse vindo tomar o lugar da morte.

— Eduarda!

Edna levantou-se, trêmula de uma emoção que não era medo, nem era o terror que dona Clotilde provocava. A voz da nova mestra era doce, não daquela doçura da de sua mãe, um canto de pássaro mais que uma voz humana. Era uma voz que atraía, que dominava sem ferir como a voz rouca e áspera da avó Elba. Guilherme, Norma, Oto, todos os outros meninos se apaixonaram pela mestra. A velha Elba se espantava; os netos corriam para a escola como para um brinquedo. Aquilo nunca se vira por ali.

A casa da mestra, onde a outra vivera sozinha, era agora uma casa alegre, de janelas abertas e cortinas brancas. O jardim floria, as flores, as dálias, os canteiros desabrochavam para Ester. Edna só pensava nela. Dormia, e os seus sonhos eram do paraíso, com aqueles cabelos pretos até a cintura, cabelos compridos e quentes, de gente viva. Os cabelos louros de sua mãe pareciam de palha, os da velha Elba deviam ser secos como sua voz. Nunca Edna sentira aquilo que vinha sentindo – dormir pensando na mestra, extasiar-se nas lições perto dela. Vinha um cheiro bom do corpo, do hálito de Ester quando falava com ela. Embriagava-se, era qualquer coisa de estranho que existia na mestra. Tudo que vinha da mestra era como se viesse de princesa, de gente de outro mundo. Deu até para entristecer, fugir dos brinquedos, de correr com os outros, de sentir a mãe oprimida. E a velha Elba nem era mais o seu terror. Nas primeiras férias chorou quando Ester se despediu da classe. Chorou tanto que a mestra se comoveu, botou-a no colo, alisou seus cabelos louros, beijou-a, encostou seu rosto no rosto dela. Aí foi que as lágrimas lhe correram dos olhos. No fim da aula Ester saiu com ela, foi até sua casa e falou com a velha Elba. Queria que a menina ficasse consigo naquela tarde. E foi a maior felicidade de sua vida. Nem a boneca de Norma poderia ser para Edna o que foram aquelas horas com a mestra. Viu-a em casa penteando os cabelos pretos. Os cabelos soltos, e ela passando o pente por eles, alisando-os. Edna, de perto, sentia que vinha daquilo um perfume, como se uma brisa soprasse de uma moita de roseiras cheirosas. Os cabelos de Ester... Depois a mestra arrumou as malas, guardou as suas coisas, pediu a Edna para trazer uma caixa de sapatos. Ester era dela. Uma sensação absoluta de posse, de completo domínio, se apoderou de Edna. Ester era sua, com seus cabelos pretos. Era mais sua que a boneca que era de Norma. E foram horas de êxtase. À noite voltou para casa. A mestra levou-a, de mãos dadas. Pediram para ela entrar. E ela conversou com a mãe de Edna, com a mãe triste, de voz doce, com a avó, que era um vampiro, e com o pai, um gigante sem forças. Edna ouviu a conversa, ouviu que falavam dela, ouviu Ester dizendo que no próximo ano a botaria no piano, por ser uma menina inteligente e sensível, com grande futuro. Falaram também de Guilherme. Guilherme devia levar a sério os estudos. A velha Elba concordava, falava no relaxamento do filho e na moleza da mãe dos meninos. E que tudo aquilo era um absurdo. Menino no seu tempo não era assim. O mundo estava perdido. Edna só olhava para Ester. Lá estava ela na luz, na luz meio morta da sala, com sua mãe, seu pai, sua avó. E só a ela era que amava no mundo. Só a ela, só à mestra de cabelos pretos ela amava. O mundo inteiro era a mestra que se ia embora. Então foi como se lhe dessem um golpe de morte. Pela primeira vez sentiu uma dor. Viu-se abandonada, roubada de um tesouro, de sua vida. Ester já estava se despedindo. A avó ainda lhe falava, agradecendo tudo. Quando voltasse queria que ela sempre viesse à sua casa. A mãe falando também, o pai em pé, e Ester no momento de fugir. Foi quando a mestra chamou a menina:

— Vem cá, Eduarda.

E uma coisa estranha tomou conta de Edna: quis ir e não pôde, quis atender e estava presa por uma força que desconhecia. Todos de casa se voltaram para ela.

— Vai te despedir da professora – gritou a avó.

E a fala da velha despertou-a. Disparou num choro convulso, num choro de dor aguda. A mãe correu para ela. Todos queriam saber o que era aquilo. Ester compreendeu, procurou curar, abrandar aquela dor. Botou Edna no colo, acariciou-a, falou-lhe com ternura: não precisava fazer aquilo, ela não ia morrer e no outro ano estaria com ela, viria muito em breve e queria encontrá-la pronta para ser a melhor aluna. A velha Elba repreendeu-a, que deixasse de choro que ninguém ali ia morrer. Ouviu a mestra deixar a sua casa triste. A mãe levou-a para o quarto, quis também dar o seu pedaço de conforto, e naquela noite contou-lhe uma de suas histórias favoritas, a história do rei que se fizera de mendigo para conhecer o mundo, as dores, os sofrimentos dos homens, as desventuras dos que não eram reis. Bem que a voz de sua mãe era como algodão que ela botasse por cima de suas feridas. O rei mendigo andava de porta em porta, esmolando. Para cada um ele tinha um pedido, mostrava a sua miséria, e viu as misérias dos outros, viu infelicidade no mundo. Viu casas de ricos negando-lhe pão e viu casas de pobres abrindo-lhe as portas. A mãe contava para a filha infeliz, e Edna foi chegando para o sono. Lá fora era o mundo que o rei saiu a vigiar. Ester se fora, a avó Elba ficava, a pobre mãe sempre fraca, o pai sem forças. Tudo seria ruim, tudo sem esperanças para ela. Ouviu o canto do rei implorando piedade. Pobre do rei que saíra pelo mundo! Como era pesado o destino dos que, como ele, pretendiam ver o mundo! Pobre mãe!

E no outro dia o sol por cima de tudo, dando vida, dando alegria a tudo. Mas o coração de Edna continuava de ferida aberta. Fora-se a mestra de cabelos pretos. Esta fora a primeira dor profunda de sua vida. O seu irmão chamava-a para os brinquedos. Havia o rio que o sol derretera, o rio que era outra vez água branca correndo, o rio que era a atração maior de todas. E o rio não existia para Edna. Havia o campo, as árvores cobrindo-se de folhas, os pássaros cantando – e Edna indiferente às árvores, aos pássaros, às folhas. Entristeceu. A mãe teve medo, a velha Elba falou de remédios, dizendo que aquilo só podia ser doença. Era a ausência da mestra. Aos poucos, porém,

Edna foi pensando no retorno. Contava os dias, as semanas, as horas. Ela voltaria, ela seria outra vez a sua mestra, viria para lhe ensinar piano. Todas as outras meninas voltariam para as suas casas, enquanto ela ficaria só com a mestra, junto dela, bem pertinho, nas lições de piano. E sem o remédio da velha Elba ela foi se curando. O rio era atração irresistível, correndo manso de águas claras. Pescavam nele. A velha Elba reclamava: os meninos viviam soltos, sem pai e mãe que olhassem por eles. Guilherme levava Edna para suas pescarias com os outros meninos de perto. Horas e horas esperando que o peixe saltasse no anzol, mas a alegria de arrancar de dentro d'água uma presa qualquer inflamava-os. Edna ficava de fora, olhando-os. Via a paciência dos outros, ficava ansiosa pelo resultado feliz, mas quando arrancava de dentro d'água o pobre, quando via o peixe estendido no chão, de olhos abertos luzindo ao sol, morto, uma pena enorme se apoderava dela. Pobre do rei que saíra pelo mundo para ver a desgraça dos outros... Como não seria a vida daquele peixe no fundo do rio? Talvez que tivesse mãe, pai ou filhos para cuidar. Saíra a passeio, deixara os seus, e de repente aquele anzol, a isca, e a morte pegara-o. Tinha vontade de fazer com que a vida voltasse, para que o peixe retornasse outra vez à água, fosse para o fundo do rio, para sua casa, para os seus. Como não voltaria ele alegre, com o coração pulando de felicidade! Tinha morrido e agora estava vivo, tinha caído nas mãos de inimigos e uma menina, uma princesa, lhe dera a liberdade. Conhecia agora o mundo, vira o que havia por fora d'água: o sol era quente, a terra dura. Nunca mais que fosse atrás de iscas, nunca mais que quisesse sair da água, que era boa, da companhia de sua gente. Como o rei, ele voltaria para amar o seu povo, de coração mais aberto aos outros. Edna se embriagava com a alegria dos companheiros. Vencia a saudade da mestra, correndo com os outros na folia. A sua irmã mais moça, a pálida Sigrid, se encostava nela procurando proteção. Para ela, Edna era uma fortaleza, uma grande, podia fazer o que ela não podia e não sabia. E Edna sentia-se feliz de poder dar o que Sigrid lhe pedia, em conduzi-la. A velha Elba falava da fraqueza de Sigrid como se a menina tivesse culpa da sua fraqueza. Menina doente, não comia, não tinha coragem para coisa nenhuma. Guilherme, porém, era o contrário da irmã mais moça. Forte, sadio, tinha a robustez do pai e qualquer coisa do espírito da velha Elba. Autoritário, a vontade dele devia sempre prevalecer para os amigos, para as irmãs. Mandava em Edna. Fazia da irmã uma espécie de auxiliar de suas atividades. Na escola não dava grande coisa. Estava sempre em falta nas lições. Edna fazia os deveres por ele, cuidava dos cadernos do irmão. Mas fora da escola Guilherme era o primeiro em tudo: nos jogos, nas correrias, nas artes de pescar, no manejo de qualquer brinquedo. A sua força e as suas decisões encorajavam as irmãs. Sigrid era fraca e ninguém ousava tocar nela. Bastava que Guilherme soubesse que qualquer um a ofendera, para o castigo cair sobre o agressor impiedosamente.

 Edna gostava de ver o irmão no mando, falando para os outros como um chefe. Agora que a mestra se fora, era nele que depositava confiança. Entregava-se, fazia tudo que ele queria. E Guilherme tinha por ela mais alguma coisa que por Sigrid. A outra era só uma fraqueza que pedia proteção. Na irmã mais velha, não: existia alguma superioridade sobre ele. Confiava nela nas aulas, admirava a inteligência com que Edna resolvia as questões, apesar de ser mais velho dois anos. Edna sabia muito, muito mais. No campo, na beira do rio, em casa, nos momentos de perigo, nas lutas com a velha Elba, era Guilherme que manobrava, a força vinha dele. As suas ordens eram sempre as de um chefe de verdade. Norma gostava dele. Todos diziam que os dois se namoravam. Oto, o irmão de Norma, protegia, tinha o orgulho do parentesco com o chefe. Edna às vezes sentia ciúmes, criava raiva da amiga, via-se roubada e dava para implicar com a colega. Guilherme era seu irmão, era todo seu. Que Norma ficasse com Oto, que ficasse com o irmão dela, deixasse o seu. No fundo, porém, gostava da colega, que não era como Sigrid, fraca, chorando por tudo.

Tinha os cabelos compridos, a cara gorda, e uma alegria que mostrava a cada instante os dentes miúdos. Era forte em aritmética e, como os meninos, nadava no rio sem medo. Ester gostava de chamá-la ao quadro-negro para ver Norma resolver os problemas difíceis. E ela não se perturbava, não se aborrecia com as dificuldades. Quando errava, errava sem tremer a mão no giz. "Não sei não, professora." "Este não resolvo." E ninguém resolvia também. Cabeça para as contas era a cabeça de Norma, de cabelos compridos e anelados. Guilherme se embevecia com a sabedoria da namorada. Mas quando chegava a hora da leitura, a ocasião de falar, de ser artista, de saber o que as palavras continham, ele se entusiasmava com a eloquência, a força de Edna. Quem sabia dar sentido, conhecer o que os versos queriam dizer, era Edna. Quem sabia das histórias, quem sabia dos recantos do mundo, o nome de cidades, de países, era Edna. E admirava era quando a professora a chamava para perto da mesa e mandava-a ler. A voz doce da mãe, contando história, criava uma modalidade diferente. Parecia que Edna era outra pessoa. As palavras soavam com outro som, e a história ou poesia que ela lesse, a classe inteira escutava atenta, sentindo-a profundamente. Edna gozava um pouco do efeito do seu sucesso, gostava de ser chamada a atuar. Aos 10 anos era como se fosse uma atriz sequiosa de aplausos. Norma tinha a boneca de cabelos pretos, era uma grande superioridade sobre todas. Mas quem enchia os cadernos de Guilherme era ela. Quem ensinava o irmão não era a outra. A boneca de cabelos pretos valia por muita coisa. A colega várias vezes levara-a para ver. E fazia mistério da preciosidade que possuía. Lá estava a obra-prima trancada numa caixa, e quando Norma a exibia, um frenesi agitava os espectadores. A boneca de cabelos pretos surgia como uma imagem, como uma aparição. Os católicos romanos tinham figuras que eles adoravam. Havia bem perto da casa de Edna uma família de católicos romanos. Falava-se dos bonecos que eles guardavam no santuário, santas de cabelos até a cintura, santos barbados, anjos, e um Jesus Cristo na cruz. Os parentes de Edna diziam que aquilo não passava de superstição, ignorância, coisa de gente selvagem; só os pretos da África e os índios da América adoravam pedaços de pau e pedra. E no entanto Edna via a boneca de Norma e estremecia. Depois que se fora a mestra, veio a boneca: para ela era como estar com Ester. Os cabelos pretos lhe sugeriam a amiga distante. E a boneca era de Norma e estava com a colega, encarcerada, trancada dentro de uma caixa, deitada como morta. Norma escravizava a Espanhola, que era o nome da boneca. O pai de Norma dizia que a comprara em Barcelona. A Espanhola era de uma terra de sol, de mar que não gelava, de mar que separava a Europa dos desertos, dos negros. E era bela. Para Edna só mesmo a mestra valia mais. E no entanto pertencia a outra, era escrava de Norma, que talvez não lhe quisesse bem. Começou assim a sofrer pela boneca prisioneira. Pobre Espanhola fora da terra como um peixe de olhos vidrados exposto ao sol, fora da água. E sonhava com o destino da boneca. Aquilo era como se fosse Ester que Edna sentia perdida, sem uma notícia, afastada dela como em desterro. Nunca que aquela boneca lhe pertencesse, nunca mais que Ester voltasse para sua escola, para a casa de cortinas brancas, de jardim cuidado. E começou a premeditar um assalto que libertasse a prisioneira, que lhe desse a liberdade. Sua imaginação trabalhava. Teria que convencer seu irmão, Oto, todos, enfim, da crueldade de Norma. Uma pobre sofria os horrores do cárcere, uma infeliz vivia acorrentada como Maria Stuart. Elisabete torturava uma rainha desgraçada. Sua mãe contava histórias de príncipes que arrebentavam correntes, salvavam princesas das torres, das masmorras. A Espanhola precisava de um príncipe assim. Ela seria este príncipe. Odiava a colega que não se apiedava do sofrimento da pobre. Teria que pagar por este crime, morreria no fundo do rio, seria tragada pelas águas enfurecidas, pelas águas que sustentavam os peixes, que os escondiam da maldade dos meninos. Norma era impiedosa. Por que então não deixava a Espanhola fora daquela caixa, não permitia que ela visse a primavera, o verão, as flores, a beleza da terra feliz? Por que não deixava que a boneca escutasse os pássaros, vivesse a alegria das coisas vivas? Maria Stuart na torre sem sol, sem lua, sem o canto dos pássaros, sem a verdura das árvores. Os jardins da Escócia floriam, os rios cantavam, as flores cheirando, e ela anos e anos gemendo na torre infernal. A sua mãe lhe dizia que aquela rainha fora má, matara os verdadeiros cristãos e era uma bruxa desumana. Mas qual! Maria Stuart tinha os cabelos pretos de Ester e era assim como a boneca de Norma. Tudo era mentira: Norma também dizia que não deixava a Espanhola fora da caixa porque seu pai lhe dissera que o tempo devia descolorir-lhe o rosto. Nada disto era verdade. Ela podia libertar a Espanhola. Chamaria Guilherme, convenceria Oto, e um dia qualquer entrariam no quarto de Norma, arrombariam o gavetão, e para a glória de todos a Espanhola poderia ver o mundo, sentir, ouvir as coisas de fora. Quando Ester voltasse, saberia do gesto e na frente de todos lhe diria:

— Eduarda, tu cometeste uma ação generosa: o teu gesto será repetido pela humanidade afora, como o de uma libertadora. Maria Stuart não teve a sorte da Espanhola. Eduarda, tu serás falada em todos os tempos.

Os pais de Norma eram ricos em comparação com os de Edna. É que o velho Frederico trouxera muita riqueza das terras por onde andara. Edna pensava, sem dúvida, que ele saqueara casas, roubara como os piratas o tesouro dos outros. Era bonita e grande a casa onde moravam. Havia salas enormes, quartos com móveis caros e espelhos redondos.

— Aquele espelho ali, de moldura de cristal, eu comprei em Veneza – dizia o velho. — Quase que não me custou coisa nenhuma. Aquele me deram na Turquia. Aquele couro de tigre eu troquei no Brasil por um corte de seda.

Viajara muito em navios de vela. Fora a todas as terras bonitas do mundo, conhecera terras onde o sol não se escondia durante meses, onde a neve não cobria os campos. E fora de uma terra assim que ele trouxera a Espanhola. O frio devia doer na pobrezinha, aquele frio fazia todo o mundo sofrer. Se ela fosse rica, se fosse dona de um navio ou de um exército, pegaria a Espanhola e iria com ela para o mar distante, para a terra que era quente, e onde as árvores nunca ficavam brancas, de galhos duros de gelo. Lá soprava sempre um vento morno, lá o verde das árvores não se acabava nunca, as flores cheiravam sempre, os pássaros cantavam até de noite. Espanha, capital Madri; Toledo, Valência, Sevilha. Ela sabia de tudo, a geografia ensinava essas coisas bonitas. O rei de Espanha saiu pelo mundo conquistando, um rei mau – dizia sua mãe. Um rei poderoso, de exército imenso, não era como o rei Carlos da Suécia – o maior de todos os reis do mundo. O rei que vencera os alemães, os polacos e os russos, todos os exércitos que apareceram. Queria ser um rei assim, andar de um lado para outro, vencer batalhas, libertar todas as Espanholas do mundo. O rei Carlos fora um menino assim como Guilherme. Um dia ele viu que sua mãe sofria: rebelou-se e venceu. Pobre da Espanhola! Um dia Deus haveria de dar coragem a Edna, e toda a crueldade de Norma deixaria de existir, todas as torturas cessariam de vez.

E noites inteiras levava Edna sonhando com a Espanhola, com a desgraça de Maria Stuart, com a valentia do rei Carlos, com as terras quentes por onde andara saqueando o pai de Norma. De longe, a mestra Ester continuava lhe dando ânimo e coragem, força e vida. Se não voltasse mais, tudo se teria acabado e melhor seria fugir para o fundo do rio, não ver mais as árvores floridas, não escutar mais os pássaros felizes. Há mais de um mês que Ester se fora, e o cheiro dos seus cabelos ainda estava nos sentidos de Edna – aqueles cabelos que eram como se fossem uma moita de roseiras. Ester passava o pente por eles, enfiava os dedos, virava o rosto para arranjar no espelho as tranças compridas. Ester voltaria, mas antes de tudo Edna precisava cometer o seu heroísmo, fazer a sua grande ação. O rei Carlos vencera os reis da Prússia, da Polônia e da Rússia. Havia a Espanhola para libertar. E Edna começou a encher seus dias e suas noites de planos de guerra. Como convencer a Guilherme e ao irmão de Norma? Como inventar uma história em que eles acreditassem, tomando partido, enchendo-se de ódio contra a injustiça? Guilherme poderia achar tudo uma tolice e Oto rir-se dela. E um pavor se apoderava de Edna. Se eles a levassem ao ridículo? Uma boneca não era mais do que uma boneca. Mas os católicos romanos adoravam imagens iguais, que eram santos, que era Jesus Cristo de braços abertos na cruz, de sangue correndo. Tudo aquilo era para eles o mesmo que ser o Deus do céu. Guilherme e Oto não teriam coração para sentir a dor e o sofrimento da Espanhola. Só ela, Edna, conhecia tudo e sofria pela pobre.

    E num domingo fingiu doença. Todos teriam que sair para o culto do burgo. A família inteira, com a velha Elba na frente, a mãe e o pai de braços dados, e os meninos atrás. Todas as famílias faziam o mesmo. O seu plano estava feito. Amanheceu doente. Tinha dor pelo corpo, a garganta doía. Era angina. Sempre lhe sucedia isso. O melhor era ficar na cama. A mãe quis ficar a seu lado, mas o pai não via motivo para esse cuidado. A menina não tinha nada de grave, e com três horas eles estariam de volta. Na cama, Edna contava os segundos. Guilherme e Sigrid já exibiam os trajes de domingo, a velha Elba, toda de preto, reclamava contra a demora da nora. Por fim, viu-os sumirem na estrada. Já deviam andar por longe. E a Espanhola merecia todos os sacrifícios. Ia assim realizar o grande ato de sua vida. "Eduarda – já ouvia Ester dizer – você foi uma heroína. O rei Carlos menino destruiu exércitos imensos." A voz de Ester dava-lhe coragem para o ato.

    Então Edna se preparou para a aventura. A casa de Norma distava umas duas milhas da sua. Estaria, sem dúvida, sem ninguém. Todos deviam ter acompanhado a família para o culto. Saiu andando.

    A manhã se cobria de uma luz maravilhosa. Ouvia o rumor da cachoeira da fazenda dos Edilbertos como nunca ouvira na sua vida. De quando em vez urrava um boi. Mas o silêncio tomava conta de tudo. Edna ouvia os seus passos, ouvia o ringido dos seus sapatos na terra. Teria que agir o mais depressa possível. Lá estava a casa de Norma. Se houvesse alguém, que por qualquer coisa não tivesse ido ao culto? Ficou tremendo de susto, com o pavor de sentir-se fracassada. Parou alguns segundos, mediu calculadamente o que poderia fazer em todas as situações. Via a fumaça saindo da chaminé. Capaz de haver gente em casa... E foi andando, com o coração batendo, batendo tanto que ela botara a mão para contê-lo. A porta dos fundos estava aberta. O cachorro a conhecia e veio fazer-lhe agrados. Galinhas pinicavam o chão. Foi-se chegando. Nenhum rumor, nenhum sinal de gente viva. Era o momento agudo. E de súbito correu para dentro da casa, como se estivesse sendo perseguida. O quarto de Norma era no sótão. Foi subindo a escada de madeira; tudo ringia alto, gritava, denunciando-a. Tinha que cometer o seu ato de heroísmo. "Eduarda, o rei Carlos libertou escravos." O gavetão estava ali bem perto. Foi para ele com sofreguidão, abriu-o e, com lágrimas nos olhos, abraçou-se com a Espanhola, arrancou-a da caixa. O quarto de Norma era um olho de inimigo em cima dela. Desceu a escada às carreiras.

Depois, voltou-lhe o ânimo. O cachorro Plutão acompanhou-a até a estrada, como um cúmplice. Agora estava com a Espanhola, e o que iria fazer dela? Deixar em casa não era possível. Onde depositar o fruto de sua coragem, a liberta, aquela que não morreria escrava como a rainha Maria Stuart? Lembrou-se então de que na beira do rio havia um refúgio digno dela. Os meninos diziam que ali moravam princesas e príncipes encantados. Eram umas pedras sobrepostas que formavam uma gruta. Por cima das pedras cresciam madressilvas do campo. Trepadeiras silvestres enfeitavam o recanto. Faria uma cama para a Espanhola. Não haveria quem pudesse descobrir o esconderijo de sua protegida. E Edna deixou-a lá, e voltou correndo para casa, metendo-se na cama.

Agora sentia o corpo moído, lasso, com a cabeça ardendo, pernas doendo. Em vez de uma hora, num instante tudo estava feito. Lá de fora chegava o barulho das coisas. Ouvia os pássaros cantando, o cacarejar das galinhas, o mugir das vacas. Tudo estava concluído. Agora que o mundo inteiro se manifestasse, com todos os seus ruídos, com todas as suas belezas. O sol se espalhava naquela manhã. Era mesmo sol para um conquistador. De sua cama Edna se media e avaliava a sua ação. Não havia dúvida de que realizara um feito glorioso. O rei Carlos teria sentido esta mesma alegria que ela estava sentindo, após a primeira batalha vencida. Os pais estariam no culto louvando a Deus. A velha Elba cantaria o seu hino com aquela voz seca. Deus nem escutaria aquilo, aquele cacarejar de galinha. Mas a voz doce de sua mãe – quase um gemido – devia ir direitinho aos ouvidos do Senhor. Ela cantaria os hinos em surdina, não elevaria a voz como se estivesse advertindo a Deus da sua presença no culto, reclamando, querendo fazer-se ouvir à força. O canto de sua mãe era terno, manso, um louvor ao mestre, como uma florzinha que ela levasse do seu jardim e jogasse aos pés de Deus, humilde, com medo de ofendê-lo. A velha Elba cantava grosso, como homem, e era como se dissesse: "Olha, Deus do céu, tu mandas no mundo, moves os astros, movimentas a lua e as estrelas, mas eu mando nos meus, no meu filho, na minha nora, nos meus netos. Sou também uma rainha, uma soberana". O pai cantava grosso, mas sem nenhuma espécie de arrogância. O pai de Norma era outra coisa. Aquele homem de cabelos louros ponteados de branco elevava a voz, tinha um canto retumbante. Deus lhe dera força para cruzar os mares, trazer ouro, enriquecer a família. Deus era seu amigo, seu protetor. Ele podia cantar daquele jeito sem temor, sem cerimônia. A família inteira estava ali perto dele, feliz, sem que lhes faltasse nada. Soubera aproveitar da proteção de Deus. Trouxera dos países distantes a paz, a tranquilidade para os de seu sangue. Edna se lembrava bem do canto retumbante, da voz que saía do peito largo do capitão Blood, e o invejava. Seu pai poderia ter sido assim, pôr-se diante de Deus sem aquele ar de vencido, de mendigo, de rei de batalhas perdidas.

Agora Edna ouvia que o seu povo vinha chegando do culto. Guilherme e Sigrid com pouco ganhariam o campo para brincar. O rio corria lá embaixo e os peixes correriam atrás dos anzóis. Sigrid, porém, ficou com a irmã doente. A sua protetora estava de cama, e ela ficaria para lhe fazer companhia.

Naquela noite Edna quase que não dormiu. Uma sofreguidão tomara conta dela. Pensando bem, havia roubado a boneca de Norma. Era o que todo o mundo iria dizer. E se Norma a tivesse surpreendido no momento em que arrebatara a Espanhola do gavetão? E nada de sono. Os dois irmãos dormiam tranquilos. Lá fora estava a Espanhola entregue à noite fria. Pensava na boneca como se fosse gente. A noite cheia de mistério, de coisas encantadas, de bichos, de duendes, a noite cairia sobre a sua amiga desamparada. Ela estaria com frio, sofreria com o vento que soprava forte. E Edna ouvia o gemido do vento, com medo. Quem sabe se não iria cair uma tempestade daquelas que enchiam os rios, dobravam as árvores, faziam rolar as pedras? O sono não lhe chegava. Era a primeira vez que lhe acontecia aquilo. E o pavor de quem cometera uma grande falta não lhe dava trégua, vinha para empanar o brilho do seu feito. Ouvia a velha Elba brigando, a vizinhança toda correndo atrás dela, gritando: "Pega o ladrão!" E os cachorros latindo. E, sem se poder conter, deu um grito, chorou alto.

Sua mãe apareceu logo no quarto. Sentiu-a quente, ardendo em febre. Era preciso que a filha tomasse uma infusão qualquer, um chá de ervas que a acalmasse. Ao lado da mãe, Edna já era outra. Estava segura, como um daqueles veleiros que os ventos açoitam e as ondas ameaçam tragar, e desesperados correm para o porto, para o regaço de uma mãe generosa. Enquanto a pobre mãe de voz doce lhe preparava o remédio, ela se sentia abrigada. A noite seria quente, os ventos não soprariam forte, os duendes não apareceriam. A Espanhola dormiria tranquila no meio das flores do campo, cheirando o bom cheiro da terra, e acordaria com o canto dos pássaros. E ninguém saberia do seu refúgio, ninguém desconfiaria de Edna.

Depois que a mãe a fez beber a infusão amarga, o sono lhe chegou. E nem sonhou mais, nem ouviu os irmãos se levantarem. Viu que a manhã era alta e que o sol há muito que se espalhara pelo campo. Já tarde a sua mãe apareceu, dizendo-lhe que não devia levantar-se, devia ficar de repouso o dia inteiro. Felizmente que a febre passara. E de seu quarto Edna pôde a frio avaliar a sua peripécia. Tivera uma coragem espantosa. Contando não se podia acreditar. Fora uma loucura. Mas não, estava radiante. Ouvia tudo lá de fora como um louvor ao seu ato generoso. De longe, a mestra estaria alegre, elogiando a sua bravura – "menina de coração, menina de coragem, capaz de salvar o mundo". Edna rejubilava-se. A velha Elba de vez em quando pigarreava, falando alto a propósito de nada. E a sua mãe estaria na beira do fogão. Os animais já teriam recebido o cuidado de suas mãos, os porcos, as vacas e a terra da horta já teriam conhecido o zelo da boa Matilde, a de tranças louras, de voz doce, de mãos calosas de homem. Teria ela que ser como sua mãe? A mestra não permitiria uma coisa destas. Sairia pelo mundo com Ester. E ambas encontrariam quem fizesse por elas o mesmo que ela havia feito pela Espanhola.

No outro dia de manhã, esperou o momento oportuno e correu para ver a boneca escondida. Uma coisa lhe dizia que a pobre estaria perdida. E foi sôfrega atrás dela. Espreitou, procurou ver se não havia rumor de gente viva pela redondeza. Só o barulho da cachoeira dos Edilbertos se escutava. Todo o campo gozando a quentura do sol com serenidade. O vento era brando e o rio corria na sua tranquilidade. Debaixo das pedras estava a Espanhola refugiada. Ninguém poderia vê-la, olho nenhum descobriria o seu esconderijo. E chegou para o refúgio, de coração batendo. Lá estava a amiga, na caixa um pouco suja de terra. Os cabelos e os olhos negros da Espanhola brilharam à luz do sol. Deixou que ela sentisse a luz do sol, a doçura da brisa, e ouvisse em plena liberdade a cantoria dos pássaros. Quis que ela visse o rio correndo, a água doce do rio bom. Lá por baixo corriam peixes livres, lá pelos fundos os peixes não teriam o anzol de Guilherme.

Estava assim, como em êxtase, quando foi despertada pelo rumor de passos de gente por perto. Largou a Espanhola no seu canto e correu para longe. Era o velho Nicolau conduzindo uma vaca para o burgo. Era ele quem matava o gado que se comia. Ia com a pobre vaca velha na corda. A bichinha ia devagar, mansa; depois de ter dado leite a Edilberto, aos filhos dele, marchava para a morte. Todas as semanas o velho Nicolau passava por ali com uma vítima. Uma vez Guilherme dissera que o velho tinha parte com o demônio. De fato ele fazia medo, com aquele olhar de abutre, aquela barba suja, queimada de fumo, comprando de granja em granja as pobres vacas imprestáveis, as novilhas que não davam leite e os bois cansados. Edna sentia a morte das vacas e dos bois, e no entanto pouco se importava com os porcos que ela via crescer no chiqueiro, cuidados por sua mãe. Via-os pequeninos, maiores, grandes, e quando os vendiam, quando seu pai os matava, não sentia pena nenhuma. Porco era para isso mesmo, só dava mesmo para isso. Com as vacas era bem diferente. Elas davam leite, eram mansas, de olhos amigos, e até pareciam gente da família. Quando ficavam velhas, teriam que comer sua carne.

O velho Nicolau já ia longe. Edna quis voltar para a companhia da Espanhola de seu coração, quando ouviu que gritavam por ela: "Edna! Edna!" E o som se espalhava pelo campo, pelas águas do rio. Devia ser Sigrid. Subiu em direção ao chamado. E Sigrid, ansiosa, correu para ela:

— Edna, a mãe de Norma está lá em casa.

Edna parou como fulminada.

— Norma veio com ela, chorando, porque roubaram a boneca dela, e eu vi a velha dizendo que foste tu.

O sangue correu do rosto de Edna. Tinha caído um raio aos seus pés. Não pôde falar, uma coisa estranha a prendia ao solo como naquele dia da partida de Ester.

— Edna – gritou-lhe a irmã — a mãe de Norma disse que foste tu que roubaste a boneca. Edna, que é que tens?

E Sigrid abraçou-se com ela. Um choro convulso agitou-a como se um vento de tempestade caísse sobre um arbusto desamparado.

Em casa estava a mãe de Norma falando. A velha Elba calada num canto da sala e a mãe de Edna aflita. Quando a filha entrou correu para ela. Não era mais aquela mulher sucumbida, vencida, dominada. Um sopro de revolta agitava o seu corpo cansado.

— Vem, minha filha, vem dizer que é mentira.

— O velho Nicolau – disse a mãe de Norma — viu no domingo esta menina andando estrada afora, na direção da minha casa.

— Edna estava doente, nós todos a deixamos em casa com febre – replicou a outra mãe ofendida.
— Eu só vim aqui para dizer à senhora o que o velho disse. Agora pode ficar certa, foi esta menina quem roubou a boneca.
Aí a velha Elba se ergueu:
— Mulher, saia desta casa. Não se atreva a repetir o que disse, aqui nunca houve ladrão. Somos pobres, não temos riqueza, mas Deus nos preservou de tais misérias. Ponha-se para fora.
E os olhos da velha reluziam como de tigre. Edna fugiu para o quarto e chorou muito. Devia dizer a verdade. Devia destruir aquele orgulho da família inteira.
À tarde seu pai foi lhe falar. Queria saber a verdade. Negou. Negaria até a morte. A Espanhola não voltaria mais para o quarto de Norma, para o gavetão com cheiro de roupa velha. Ficaria lá, seria sua, inteiramente sua. O velho ameaçou. Nicolau não mentia. E ele vira uma menina saindo de sua casa na direção da estrada. Negou. Podia bater-lhe. E à noite pensou na mestra distante. De longe ela nem saberia de seus sofrimentos, de suas dificuldades. Fizera um bem. Maria Stuart levara anos e anos nas garras da rainha cruel. Norma não teria a Espanhola para esconder do mundo. Lá embaixo, protegida pelas pedras, a pobrezinha teria outra vida.
Passou uma noite agitada. A mãe procurou-a, veio para consolá-la. Era uma filha ferida pela calúnia. Acariciou-a, contou-lhe história, o rei saíra pela terra para conhecer o que havia de triste pelo mundo. Contou outras histórias.
Edna ficou com pena de sua mãe. Teve vontade de contar-lhe tudo. Só ela saberia antes da professora do seu heroísmo, da sua coragem. Quis contar e recuou. Ninguém

deveria saber. Se alguém soubesse, viria estragar o seu ato, censurá-la. A Espanhola nunca mais que voltasse às garras de Norma, daquele capitão Blood, que a roubara das terras do sol quente, das mulheres de cabelo preto como Ester. Não contaria a ninguém. Melhor morrer no fundo do rio, melhor o ódio de todos, a surra do pai, o desprezo de todos. E quando sua mãe se foi, Sigrid deitou-se na sua cama. E de repente falou para ela como uma pessoa mais velha:

— Tu roubaste a boneca de Norma, Edna...

E choraram ambas.

— Sigrid, não contes a ninguém... Eu morro, se tu contares. Eu morro, Sigrid. Eu morro, mas ninguém saberá. Ninguém saberá.

No silêncio da noite, com Guilherme dormindo perto, se abraçaram e pegaram no sono, com o terrível segredo.

2

Ainda levou três anos na escola com a mestra Ester. Foram três anos de constante apego a Ester. Edna sentia que se despegava de casa, que não tinha mais ligação alguma com os seus. Era já de outra gente, de outro sangue. Tinha pena da mãe, terror da velha Elba, desprezo pelo seu pai. Com Sigrid e Guilherme não podia contar. O irmão vivia agora na escola profissional do burgo. E a irmã era aquela mesma indiferença para as coisas.

Era quase uma moça: tinha 14 anos feitos, se adiantara em piano, lera muito. Muitos romances lhe abalaram a sensibilidade, e os poetas de Ester eram os seus. Terminada a aula ficava com a mestra, muitas vezes jantava com ela e só à noite vinha para casa, quase sempre acompanhada da amiga. Nas noites de inverno, atravessava o caminho coberto de neve, pegada uma na outra. A mestra lhe falava da vida lá de fora. E quando chegou o dia de falar de si mesma, foi para Edna o maior dia de sua vida. Tinha-se acabado a aula. Um silêncio de morte cercava a escola deserta.

— Eduarda, fica para jantar comigo.

Naquela tarde, Edna sentia a mestra diferente. Lá estava ela olhando, pela vidraça escura, as sombras pesadas, a profunda tristeza da terra. Tinha um ar de cansada, de quem voltasse de uma longa viagem. Tudo era triste: a luz do petróleo acesa, a penumbra da sala e aquele silêncio imenso – um silêncio de desolação. Depois ela sentou-se ao piano e tocou uma coisa que sempre tocava, um pedaço de Schumann. Edna chegou-se para perto, e a mestra parou:

— É muito triste tudo isto. Muito triste.

Tinha os olhos molhados. Edna pegou-lhe nas mãos. Sentiu-as quentes; apesar do frio, ardiam como em febre. E de súbito Ester disparou a chorar, como uma criança da escola que não soubesse lição. Aquilo abalou Edna profundamente. Sua mestra era infeliz.

— Não é nada, Eduarda. Vamos nos esquentar.

E quando se chegaram para o fogo que se consumia, chamou-a para perto dela:

— Eduarda, vem cá.

Ficaram na mesma poltrona. Os corpos se uniram, se aqueceram.

— Tudo isto é muito triste, minha filha. Eu queria ter a tua idade. Assim eu saberia viver, saberia resolver os meus problemas. Não teria sofrido, nem me enfastiado de tudo. Eu gosto de ti, Eduarda. Sinto que a vida te reservou para me dar ainda um resto de felicidade. Perdi tudo quando cheguei para aqui. Vim para esta escola porque era a mais distante, a mais desprezada, a mais perto do deserto. E te conheci. Naquela tarde em que te vi chorando por mim, foi para o meu coração uma alegria estranha. Voltei contigo na cabeça, sentindo que podia ainda ser feliz, encontrar um ser humano que me comunicasse um prazer, um bem-estar qualquer. Estive três meses nas férias, e não houve divertimento que me afastasse da minha escola. Voltei, encontrei-te, vivi contigo um ano. Tu não eras mais a menina do ano anterior, estavas com outra cara, com outra expressão. Tinha havido uma mudança. Depois me contaste a história da boneca de Norma. Vi a tua decepção quando não te exaltei o feito. "Foi uma brincadeira de menina, dona Ester", me disseste. Devias ter tido uma amarga decepção. Naquela tarde, quando voltaste para casa, vi que fora inferior, pequena, mesquinha para com a tua bravura. Quis sair de casa, atravessar a noite escura e te falar, dizer com toda a franqueza que te admirava. Mas no outro dia fiquei te examinando. Tinhas a fisionomia tranquila. E Norma contava às companheiras que a boneca havia reaparecido na casa dela como por encanto. Havia sido uma coisa misteriosa. E sua mãe foi à casa da velha Elba pedir perdão. Edna era inocente, tinham-na caluniado. Todos olhavam para ti, e a tua fisionomia mansa, cândida, me impressionou. Parecia que um médico havia te curado de um mal agudo. Impressionei-me todo o tempo da aula. Eu havia destruído uma ilusão de glória. Fora uma desastrada. Quando terminei a aula, pedi para ficares comigo. Lembro-me bem. Estávamos a sós, como hoje. E nem sei como te vi nos meus braços chorando, tremendo de um tremor esquisito. Compreendi todo o teu sofrimento. Tinhas entregue a boneca. Tinhas te magoado com a minha indiferença. Fui te levar em casa e fiz o possível para te consolar, para te devolver alguma coisa que te desse prazer. No outro dia, eras a mesma Eduarda. E o ano foi todo de alegria para mim. Tinhas gosto pelo piano. Aprendias como por encanto tudo o que eu queria te ensinar. Vi que eras uma vocação real. E quando davas as lições, era como se fosse a mim mesma que ensinasse. Vi que tu crescias, que a tua alma se formava, em breve serias outra. Tive medo de te perder, de que fugisses de mim. E os meses se foram, vieram as outras férias. A tua avó não quis que te levasse comigo para Estocolmo. Pensei nisto. A tua mãe e o teu pai achavam razoável, mas a velha não concordou. Tive uma decepção enorme. Foram três meses longos. Podia ser uma fraqueza minha, pensei até em doença, mas senti a tua falta por toda parte. A minha casa era a casa mais triste deste mundo. Tu nem podes calcular! A minha mãe doente, abandonada pelo marido, que se fora para nunca mais voltar. A minha mãe era judia. Tu não podes calcular o que foi a minha vida na escola, a luta que lhe custou a minha educação. Ela trabalhava para mim e para o meu irmão mais moço. Desde pequenos que os seus braços nos aguentaram. Foi costureira, governanta. Mas uma governanta judia não encontrava bons empregos. As possibilidades diminuíam com a idade. Lembro-me dela nesse tempo. Era uma beleza fina, pálida, falando francês, lendo muitos livros. Lembro-me dela nos ensinando, cuidando dos filhos, olhando o futuro deles. À noite, quando voltava do trabalho, lia para nós os poetas que amava, me dava lições de piano. Aprendi com ela tanta coisa... A voz dela era um veludo. Ester e Davi na sua voz soavam como nota de música, e crescemos com ela sem que nem uma vez nos falasse de nada que fosse amargo. A vida para minha mãe era uma maravilha. Lá estava na parede o retrato do marido. Tinha ido para um país muito distante e ainda não tivera tempo de vir buscar a família. Viria um dia. Era uma flor de homem, um coração generoso. Qualquer dia chegaria em casa, rico, próspero, e a família seguiria com ele para habitar um palácio. Viria na certa. Ela sabia tantos poemas, tantos contos de fada que nos contava! Dormia com ela nos meus ouvidos. Com a voz de veludo que nunca ouvi áspera, gritando para mim ou Davi. Minha mãe tinha vindo de judeus espanhóis e os seus avós estiveram na Holanda. Os seus pais viveram em Estocolmo. Ela sabia de cor poetas franceses, ingleses, e nos recitava poemas inteiros. Deu-nos o gosto pela literatura. Mas o forte dela, o seu maior prazer, era poder nos reter com o seu piano. Quantas vezes ela chegava cansada do trabalho, e, depois de arranjar as coisas de casa e preparar o nosso jantar, se sentava ao piano e ia tocando, tocando! E de cada trecho nos ficava o sentido, as dificuldades. Depois que comecei a aprender, a sua alegria ainda era maior. Ficava alegríssima quando lhe dizia: "Mamãe, eu quero que tu ouças essa valsa de Chopin". E tocava a valsa que estudara o dia inteiro, caprichando. No fim ela achava que estava muito bem e escutava outra vez a mesma coisa, descobrindo as minhas inexatidões, e me beijava. Davi era mais das letras. Os bons livros de minha mãe ele lia todos. Aprendeu depois francês; exagerava a pronúncia nos repetindo versos de Racine com ênfase. Minha mãe sentia-se feliz. Os filhos estavam dando justamente para o que ela queria. Davi devia ser professor de literatura, e eu artista, intérprete de sucesso. Mas as coisas não foram assim. Os anos vieram, a vida nos pegou de jeito. Davi ficou homem e veio-lhe, como ao pai, o desejo de andar, de fugir dos seus. Só me falava de viagem, de terras distantes. Precisava viver fora dali. Era judeu: por mais que procurasse esconder, todos o olhavam diferente. E até que um dia nos deixou, e minha mãe ficou de cama com o golpe de sua partida para a América. Fora-se e não nos dera nenhuma notícia. Minha mãe adoeceu. Nunca mais que a visse com aquela alegria de quando nos tocava um trecho de música, contava uma história ou recitava um poema. Estava velha. Eu cuidei de encontrar uma profissão que me desse meio de viver. Abandonei os meus cursos de piano e tratei de me arranjar. Consegui um diploma de professora. Seria governanta, como ela fora, sem sucesso, mais barata que as outras de sangue nórdico. Consegui um lugar de professora de interior, andei por lugares esquisitos, e minha mãe, alheada das coisas, não quis sair de Estocolmo. Esperava sempre que seu marido voltasse, ou que Davi surgisse de repente. Sonhava com essas duas coisas. E, não sei por que, foi perdendo por mim todo o interesse. Saí o primeiro ano para um lugar longínquo. A princípio lhe escreveria quase todos os dias. Mas as minhas cartas não repercutiam nela. Sempre que ela me escrevia, era para me falar de Davi. Páginas falando do filho, imaginando o que ele estaria fazendo na América. De mim não indagava nada. Cheguei até a me irritar no começo. Então, de nada valia mais para ela? E aquelas lições de piano, aqueles afagos da infância, o gosto, a paixão que ela tinha por mim, tudo se fora? A primeira vez que a encontrei, após o primeiro ano de ausência, foi profundamente triste. Era outra, não era mais a mesma mãe de voz de veludo, aquela dos poemas, das interpretações de Chopin e de Schumann. Era uma velha como muitas outras, uma outra mulher. Devia ter havido dentro dela uma completa transformação. Eu não acreditava em espiritismo, mas cheguei a acreditar. Um outro espírito estava com ela. Não era possível que fosse a mesma pessoa. Não sabia onde ela estava trabalhando. Via-a sair de casa, voltar de noite. Procurava falar-lhe, e a nossa conversa não passava de assuntos convencionais. Davi havia matado a mais poética, a mais doce das mães. Hoje está doente, mas quando lhe falei em trazê-la para aqui chorou. Compreendi que a minha companhia não lhe trazia conforto de espécie alguma. Vive ela sozinha com o dinheiro que lhe mando, num quarto, como uma pobre velha sem parente neste mundo. Um médico que levei uma vez para vê-la me falou em não sei que doença mental. Mas o seu raciocínio é perfeito. Apenas só Davi existe para ela, todo o resto do mundo é um deserto. E é esta, Eduarda, a minha vida – sem pai, sem mãe. A mãe que eu amava se reduziu a uma estranha para mim. Pior que se houvesse morrido...

A voz de Ester era trêmula. E Edna mais se chegou para ela. A escuridão, lá fora, as isolava do mundo. Elas duas seriam as únicas criaturas da terra. Ester, que lhe contara a vida, era uma desgraçada. Edna teve vontade de chorar, de chorar muito. E ficou quieta. A voz da professora foi outra vez andando, andando como doente que fosse aos poucos recuperando as forças:

— Vim para aqui para ficar mais longe de tudo. E te encontrei. Dava-te lição de piano. E era como se fosse eu mesma, nos tempos de minha mãe, que estivesse aprendendo. Criei-te amor, Eduarda. Tenho medo de te ver partir, mudar, criar outra alma. Às vezes, quando te vejo sair para casa com os outros, fico dizendo para comigo: "Amanhã Eduarda voltará outra". Por isto me senti infeliz ao ver-te de fisionomia mudada na manhã em que Norma chegou com a notícia da boneca. Pensei que tivesse destruído a minha Eduarda. Tive pavor, desejei que todos os meninos fossem embora, que ficasses sozinha, e eu então diria tudo o que desejava, te contaria a minha vida, choraria; mas que tu continuasses a mesma.

Ester calou-se. A voz agora se fora de vez. A sala se resfriara com o fogo apagado. Levantou-se, foi à lareira para chegar carvão ao fogo. Edna olhou-a. Viu os seus olhos pretos molhados de lágrimas, a sua cabeleira negra em desalinho, e teve vontade de beijá-la, de levá-la ao colo como uma menina desamparada, de amá-la como a uma filha doente, uma filha desenganada pelos médicos. E Ester começou a ser para Edna uma mistura de boneca de Norma, a Espanhola arrastada de sua terra quente, e de sua mãe escravizada pela avó Elba. Não poderia viver mais sem a professora.

Sentia-se quase uma moça. O pai falava em mandá-la para o conservatório. Não queria. Preferia ser o que era, mas que não a separassem de sua mestra. E crescia nela cada vez mais o desejo de só viver para Ester.

No entanto, sabia que estava próxima uma desgraça. Agora tinha 14 anos. Tocava piano, a música já entrava dentro dela como um sonho. Já dormia nos seus sentidos, repousava nos seus ouvidos. Ouvia Ester ao piano com êxtase, adivinhando as intenções, o valor, a significação das notas, dos ritmos, das harmonias. A música ainda mais a ligava a Ester, fazia a carne dela a sua, a alma dela a sua.

A família permitia que algumas vezes ela pudesse dormir com a mestra, na casa de cortinas e de jardim cheiroso. Foi um júbilo a primeira noite que passou ali. Lembrava-se da alegria, dos cuidados de Ester, da cama que ela preparara. Depois ficaram na mesma cama. Nunca o sono fora para Edna aquilo que sentia. Dormir, para ela, era uma coisa que fazia à toa. Ao lado de Ester, era mais gostoso, mais leve. Era como se estivesse acordada e sentisse as coisas do outro mundo. Debaixo dos cobertores, com um frio intenso lá fora, e Ester juntinho dela, de cabelos soltos, de cabelos negros e soltos como uma touceira de rosas cheirando... E o corpo e a presença de Ester... Era feliz, era grande. O mundo que fizera

Maria Stuart sofrer, o mundo que martirizava, que destruía, não existia este mundo. Era feliz, cheia de encantamento para tudo. Acordara de noite, assustada, pensando que tivesse perdido Ester. Mas estendera a mão no escuro e tocara no corpo da mestra. Estava ali, não se iria embora nunca.

Pela manhã espichou-se na cama. Quis levantar-se para preparar o café com Ester, e ela não deixou. Escuro lá fora, nada de sol, nada de luz. Só aquela bruma espessa cobrindo a terra. Ester andava pela casa, e ela espichada na cama como uma princesa de conto de fada. Em casa, Sigrid estaria na sua cama só. Guilherme ausente, a mãe lá embaixo cuidando do serviço, o rumor das vacas no estábulo e o seu pai gritando com um e com outro. A mãe chamando-as para descer. A velha Elba reclamando, quando se demorava mais um pouco. Teriam que suportar a rotina, a mesa posta, a velha avó na cabeceira, baixando a cabeça na oração, falando palavra por palavra com a voz dura. Depois havia as obrigações de cada um. Ela cuidava dos porcos, Sigrid das galinhas. Tinha que preparar o resto de comida do outro dia que ficara numa lata. Sentia náuseas abrindo o depósito com os restos cheirando mal. Misturava tudo aquilo, botava água e ia para os porcos. Lavava o chiqueiro, passava a vassoura na lama e depois distribuía a ração. Ouvia o ruído dos animais fossando a comida. Tinha nojo, horror daqueles miseráveis. No outro lado ficavam as vacas tratadas pelo seu pai. Eram bem diferentes. Até gostava de olhar para elas. Havia uma chamada "Mãezinha", de uma ternura de olhar e de uma tranquilidade admiráveis. Dava muito leite, era a melhor de todas. Via o pai cuidando delas com um zelo de pai para filho bom. Limpava os úberes, alisava--lhes o couro. Quando era menor, gostava de ver tirar leite das vacas. Via lágrimas correndo dos olhos delas. Puxavam-lhes os peitos, o leite espichava na vasilha, o leite branco que vinha quente lá de dentro, embora tudo estivesse gelado, os telhados, as árvores, os rios, o mar, tudo gelado. E de dentro da "Mãezinha" vinha leite quente, morno. Quando aqueles úberes secassem, quando os anos pesassem sobre aquela, o velho Nicolau apareceria, ficaria com o pai a discutir a manhã inteira, um ofereceria menos e outro pediria mais. Daria tantos quilos, a vaca estava gorda. O outro falava na idade, na carne dura. E, por fim, à tardinha, a pobre "Mãezinha" iria para a faca do velho Nicolau. Monstros, o pai e o matador. Dois monstros.

Espichada na cama de Ester, Edna gozava a delícia de não ir tratar dos porcos, de não ouvir a velha Elba na oração. A mãe com aquela cara da "Mãezinha". E o pai como se não tivesse alma naquele corpo de gigante. Mas tudo teria um fim. Haveria um Nicolau para tudo, uma mão pesada, mão que traria a morte. Era nisto que Edna pensava constantemente. Teria que perder a sua felicidade. Com pouco só lhe restariam os porcos, a avó Elba. Em sua casa falavam dessa ligação estreita com a professora. A velha Elba censurava. Como deixar uma menina com uma estranha, de outra raça? Quem saberia lá o que ela era? Certa vez, na hora do jantar, tivera que se insurgir contra a velha. Foi um escândalo. Viu o pai lívido, sua mãe espavorida e Sigrid como fulminada, quando se levantou da mesa gritando para a velha. Aquilo lhe saíra como se uma torrente tivesse arrebentado uma barragem. Foi de um ímpeto, com uma força extraordinária. A velha recebeu o golpe com uma surpresa tal que a princípio nem percebeu. Edna gritou-lhe que ela nada tinha a ver com a sua mestra. Foi rude: ali ninguém lhe chegava aos pés. E correu para o quarto. Com pouco mais seu pai se chegou:

— Menina, vai pedir perdão a tua avó!

Ficou quieta.

— Desce, menina, e vai pedir perdão a tua avó!

Com a cabeça enterrada nos travesseiros, Edna não ouvia nada. E sentiu no corpo a primeira lapada do cinturão do pai. Sentiu outras. Gritou, desesperada. O couro estalava na sua carne. Ouviu então gritos agoniados. Sigrid e a sua mãe estavam no quarto.

— Não bata mais!

E sua mãe pegou-se a ela. Era uma só carne, uma só dor que estava ali.

— Não bata na menina!

E a pobre, que era mansa, servil, instrumento de todos, não teve meias palavras:

— Para agradar aquela velha desgraçada, espancar a pobrezinha. Só sendo desalmado. Tu e tua mãe só merecem o inferno.

Fez-se um silêncio profundo no quarto. Lá embaixo a velha Elba resmungava. E Edna sentia pelas suas costas doídas as mãos de sua mãe com uma esponja molhada. Lágrimas corriam dos olhos dela como dos da "Mãezinha" quando lhe tiravam leite. Sigrid, deitada na outra cama, chorava baixo. A mãe curava as suas dores.

— Coitadinha de minha filha!

No corpo, Edna sentia o quente das lágrimas maternas. Sentiu um calafrio: tinha sofrido pela sua grande amiga.

Depois, acostumaram-se com a amizade da mestra. Agora já tinha 15 anos. Com os cabelos longos, os olhos grandes, um corpo flexível, a voz com a doçura da voz de sua mãe. Crescera. Aprendera tudo o que Ester sabia.

Uma ocasião a mestra pediu a seus pais para levá-la consigo a Estocolmo. Passariam lá somente dois dias. A velha

Elba não disse sim nem não. Mas os pais concordaram. A menina precisava mesmo de ver o mundo. Ester preparou-lhe um vestido, arranjou-lhe um chapéu. Parecia o preparativo para uma grande viagem. Na véspera da partida, Edna sonhou vendo-se no meio da multidão, perdida, gritando pelo pai, pela mãe.

Tomara o trem no burgo numa manhã muito clara. Uma sensação de quem ia dali para sempre se apoderou de Edna. Não voltaria mais. E não teve pena. Não sofreu o menor arrependimento. Ia-se embora. Mas o que a enchia de vida era tudo de novo que ansiava ver.

O trem corria numa manhã alegre por entre árvores floridas. Via casas como a de seus pais, perdidas, gado pastando, e a cada instante uma figura humana, parada, enquanto ela corria para longe, para o meio de outra gente que não fossem os seus. Ficaria livre de seu povo. Seria libertada como a Espanhola de Norma. Era a sua querida Ester quem a conduzia para o outro mundo, para uma terra onde não se escutasse, à mesa de jantar, a voz soturna de sua avó, rezando, onde não se visse a cara de foca de seu pai nem se sentisse a mansidão de sua mãe. Ia para outras terras. Via gente parecida com os seus parentes pelas estações. Eram camponeses esperando o trem, os pobres esquecidos do mundo, almas limitadas pela rotina, pelos anos daquela paz miserável do campo. Ester a conduzia para um centro, uma população que soubesse vibrar com a vida. Lia nos poetas que o campo acalmava as almas atormentadas. Eles falavam na doce paz do campo, na beleza da primavera, nas árvores floridas, nos rios cantando, nos pássaros, na festa do sol cobrindo a terra. E no entanto tudo isso não tivera ainda nenhuma repercussão na sua alma. Sentia que Ester, sozinha, valia por tudo isto, só ela, só o seu encanto, a sua voz, o seu jeito. Ali estava ela.

Dela saía uma força esquisita, um poder estranho que mandava em Edna, que manobrava todas as suas energias. Iria com ela para o fim do mundo. O Schumann que ela tocava tinha uma tristeza que lavava a alma. Chopin saía-lhe dos dedos como gotas de um líquido oleoso que ela espremesse sobre os sentidos dos outros. Ester, nunca que ela se fosse. O trem corria, e Edna absorta olhava as coisas de fora sem ver. Ouvia uma voz macia: "Ali é o castelo onde o rei Carlos reuniu o exército para a primeira batalha". Era o rei menino dos contos de Edna, o rei que conquistara países poderosos, terras e mares, o rei dos seus sonhos. Uma alegria imensa invadia-lhe o corpo, absorvia-a inteiramente. Com Ester estava fugindo do seu povo, da monotonia, dos porcos grunhindo, da voz rouca da avó Elba. Era como se um príncipe a conduzisse pelos espaços, rompendo nuvens, desbravando florestas, atravessando mares. Ester a conduzia para um porto seguro.

Olhava para os outros passageiros. Via homens como o seu pai, com caras paradas de foca, mulheres maltratadas como a sua mãe de tranças louras. Só Ester era assim com aquela cor, aqueles cabelos negros e espessos, cheirando como roseiras. Recostou a cabeça no ombro de sua amiga. Queria ficar para sempre a seu lado, andar assim, junto dela, como uma sombra. Ester falava e ela ouvia, mas não compreendia nada. Era como se fosse uma coisa que não fosse para o seu entendimento, uma sonata, uma valsa que não se definia mas que entrava para dentro de seu corpo, para o seu sangue, para os seus sentidos. Três horas depois pararam. Iam ficar. Tinha dormido um pedaço. Estavam numa grande cidade. Saiu num carro para a casa da mãe de Ester. Tudo aquilo valia mais que as flores do campo, o gemido dos riachos, o canto dos pássaros. Era a cidade que ela via pela primeira vez, com as ruas cheias, os gritos, as buzinas, o tropel dos cavalos no calçamento, o povo diferente. Ester indicava-lhe os lugares: "Ali é o teatro. Acolá é a praça tal. Olhe o palácio da municipalidade". Torres cresciam para o céu, massas enormes de pedra. Edna se abismava com tanta grandeza. E com Ester a seu lado as coisas ainda pareciam maiores, as sensações repercutiam nela com mais vibração. Não tinha medo, a sua admiração pelo que via não lhe deixava nenhuma impressão de pavor. Ester procurava a cada instante lhe dar um pedaço do mundo que fosse maior e mais belo que o seu mundo, o miserável mundo de sua casa, isolada com os porcos, as vacas, as galinhas. Pararam na porta de um edifício alto. Subiram as escadas. Ester bateu numa porta, apareceu uma velha. Alta, de cabelos inteiramente brancos, enrolados num cocó:

— Minha mãe, esta é Edna, minha aluna, que veio passar dois dias conosco.

A velha sorriu, fez uma cara de boa acolhida, abraçou-se com a filha e sem mais foi-lhe dizendo:

— Olha, Ester, tive notícias de Davi. Está muito bem na América. Rico, com família e filhos. Virá nos buscar. Teremos dias felizes, minha filha.

Ester se mostrou alegre com a notícia, e foram para um quarto.

— É assim sempre, como eu te dizia. Sempre assim. Toda vez que me vê, só fala de Davi, das notícias que recebeu, de fatos detalhados da vida do filho. Custou-me muito trazê-la para aqui. Queria estar sozinha num quarto pequeno. Um dia adoeceu mais seriamente, e eu fui obrigada a fazer um esforço, contrariá-la, porque era preciso. Tu não podes calcular o que foi ela. Perdeu tudo. Sumiu-se a alma de minha mãe com a fugida de Davi.

À noite foram a um concerto. Ester combinara com um amigo pelo telefone. Havia um grande intérprete de Chopin, de quem falavam por toda parte, um francês que era uma maravilha. Naquela noite ele faria uma conferência sobre Chopin, ilustrando as interpretações com palavras. Às nove horas estavam na sala do concerto. E Edna se viu arrebatada por uma fada ao céu. A sala cheia, vestidos bonitos, luz de uma festa maravilhosa. Aquilo era outro mundo. O amigo de Ester era um jovem seu antigo colega de escola. Belo rapaz de cabelos louros. Sentara-se entre ela e Ester. E falava do francês. Vira-o tocar; era de fato um intérprete completo. Não era só técnica, esforço, exercício: havia no homem uma força de mágico. O Chopin que ele executava era mais alguma coisa que o Chopin que vinham ouvindo. Dentro da alma do gênio havia recantos, que só um verdadeiro artista poderia descobrir. Depois a sala inteira estrondou de aplausos. Apareceu um homem fino com os cabelos bem penteados em duas pastas sobre a testa larga. De longe, Edna não podia vê-lo bem. Mas ouviu que ele falava. Não entendeu direito o francês que saía da boca do pianista. Percebeu pouco, mas ouviu bem que ele falava de Chopin e da Polônia. O gênio tinha encontrado na terra os elementos de sua música. A terra havia dado a Chopin os acentos de sua melancolia. O canto popular da Polônia impregnara a alma do artista, as mazurcas e as valsas eram de substância nacional. Depois ele virou-se para o piano e tocou. O piano encheu a sala inteira. A música penetrava, enchia, absorvia a assistência. Ester, como em êxtase, não se movia. O amigo, quieto, estava como debaixo de uma pressão esmagadora. Chopin falava baixo da dor de uma recordação, a alma chorando devagar, mas, de repente, havia um sopro de raiva, uma palpitação de revolta. Quando o pianista parou, as palmas vibraram na sala. Ester e o amigo, no intervalo, comentaram a conferência. Ela quisera provar que a música de Chopin era filha da terra, do povo polonês. Os cantos do povo, as danças populares tinham entrado na sua obra mais do que parecia. No acento original da terra o artista descobrira o reino melódico de sua música. O amigo de Ester não concordava com isso, Ester achava que sim. E discutiram muito. As polonesas e as mazurcas não eram para ele a música de Chopin. O grande Chopin vinha de sua melancolia civilizada, de seu amor infeliz. O amor, sim, é que era toda a substância de Chopin. Ester pretendia que ele era tão grande numa como noutra manifestação. O Chopin das mazurcas valia tanto quanto o outro. O ritmo plebeu que ele tomara das danças, dos cantos de uma Polônia triste e humilhada, lhe dera o mesmo vigor de expressão que as dores do amor. Edna sentia-se roubada com aquela conversa. Ester era agora toda do seu amigo. Era uma mulher diferente que ela estava escutando. A palavra fácil, a entonação das frases quentes lhe revelavam outra criatura. Uma outra mulher ela descobria.

Quando voltaram para a segunda parte do concerto, Edna não pôde ouvir quase nada de Chopin: reparava somente em Ester. Os olhos de sua amiga se fechavam, as mãos se contraíam, com a música entrando pelo corpo como um amante. Viu então o rapaz bonito, em certo momento, segurar uma das mãos de Ester. Viu isto com o coração batendo de angústia e ficou assim uns segundos. Ester retirou a mão, fugiu brandamente da carícia do amigo, mas a mágoa ficara em Edna. A mestra era de outro, aquele rapaz bonito era dono de sua amiga.

Depois do concerto foram tomar bebida num bar. Havia música, gente cantando, rumor de homens e mulheres alegres. E a pobre Edna nem via mais coisa alguma. A sua Ester era de outro.

Em casa, no quarto, na cama, a dor veio chegando. Parecia aquele tema de Chopin: vinha devagarinho, devagarinho, como uma gota d'água pingando. Ia crescendo, avolumando-se e depois tudo estava cheio, tudo transbordava da nota que fora tão leve, tão tênue. Ester estava dormindo a seu lado. O corpo moreno na camisa de seda, os seios, a carne, o cheiro de seus cabelos... Ester dormia, e ela sentia bem pertinho o sopro de sua respiração leve. Estava ali a grande amiga que lhe dera vida, aquela que lhe dera coragem para roubar a boneca de Norma, coragem para se insurgir contra a velha Elba e sofrer os golpes da violência de seu pai. O corpo de Ester bem pertinho do seu... Vira a mestra no concerto, de olhos fechados e mãos crispadas, gozando a música. As mãos do rapaz procuram as suas, no momento de maior felicidade. Os dedos, a carne do rapaz bonito, procuraram a mão de Ester. Ela devia ter gostado. Chopin invadira o seu corpo, toda ela devia andar com a música, e no momento bom o amigo chegara com a sua ternura. Ester era dele. Um do outro. Ester dele, tudo dele, o mundo inteiro dele. Ela não queria mais nada, nada sobraria para ela. Só – a avó Elba, o pai, a mãe, tudo fugira. Ester fugira. E a dor se chegando, crescendo, subindo, atravessando o seu coração. Agora era uma dor só, uma imensa dor, querendo encontrar um leito para descansar. Seu corpo inteiro tremia. Quis reagir e não pôde. Um choro queria ser ouvido de longe, dos presentes e dos ausentes. Procurou dominar a vontade, e foi em vão. Chorou alto. Que Ester ouvisse o seu soluço infeliz, que todos ouvissem.

— Que é que tu tens, menina? Que é isto, que foi que houve? – perguntou Ester assustada. — Isto deve ter sido um sonho mau.

Edna enterrou a cabeça nos travesseiros para abafar o seu pranto impetuoso, a dor que corria livre. Ester botou a sua cabeça no colo e começou a alisar os seus cabelos, a roçar o rosto quente pelo rosto de Edna. A ternura foi aos poucos amortecendo o sofrer da outra. As mãos de Ester entravam pelos seus cabelos e traziam para a amiga infeliz aquilo que ela mais queria. E assim Edna se calou como se fosse uma menina no acalento. E o sono foi chegando, um sono como aquele que vinha quando sua mãe cantava para ela o "dorme, dorme filhinha..." A voz doce de sua mãe, as mãos de veludo de Ester, quentes, passando pela sua cabeça... Dormiu, sonhou. Mas de manhã acordou infeliz. Ester quisera saber a razão daquele ataque à noite. Aquilo fora da música:

— Tu estás muito menina para estas coisas.

Na volta do trem ela veio pensando em tudo que vira e ouvira. O pianista falara da terra que dera força ao artista para sua arte. Como tirar aquela beleza toda da terra, daquilo que era de uma feiura tão desagradável? E ligava as palavras do francês ao seu povo, à sua terra nativa. Os porcos grunhiam, as galinhas, as vacas, o campo sempre o mesmo, e os homens tristes e as mulheres feias. Como poderia sair de dentro de tanta coisa desinteressante um canto de poeta, um trecho de música! Era tudo mentira. A arte vinha do artista, só do artista. Ester sustentava justamente o contrário na conversa da noite anterior. E Edna assim absorta não reparava quase nos panoramas que o trem atravessava correndo. Havia flores enfeitando a terra de todos os lados, caía água branca em cachoeira de alturas enormes. Só sentia Ester a seu lado, e agora voltava para casa com a certeza perturbadora. Ela tinha um amigo do peito, um companheiro de concerto, com quem trocava impressões, com quem distribuía as suas emoções, os entusiasmos, as alegrias, as tristezas, e nunca lhe falara dele. De repente surgia aquele rapaz e lhe arrebatava a amiga. Por mais de uma vez quis falar dele com Ester e não teve coragem. Paravam em estações pequeninas. E homens parecidos com seu pai esperavam o trem. Havia pontos de parada sem vivalma. Só o encarregado do posto e a imensa tristeza, a desolação, o silêncio. Procurou coragem para falar a Ester do seu amigo. Até que enfim chegou aonde queria. Foi a amiga mesmo quem lhe deu oportunidade. Ester lhe falou de Roberto. Tinha sido seu colega de classe e era um amigo que não falhara. Foram do mesmo colégio. O pai tivera até posição política. Morrera, no entanto, deixando-o pobre. Roberto entrou numa universidade, mas não chegou a concluir o seu curso. A pobreza da mãe obrigara-o a procurar um emprego. E com isto ele sofreu profundamente, em desviar-se do seu caminho para manter a família. A princípio ocupara um lugar humilde no comércio. Depois um amigo do pai o chamou para o seu escritório. E aos poucos foi ele se revelando, dando de si. Hoje é um ótimo auxiliar, tem a sua posição definida. Mas no íntimo é um infeliz. Fugiu de seu destino, foi arrebatado de sua verdadeira vida. Sempre Ester manteve contato com Roberto. Nunca o deixara esquecido para um canto. Ficara um companheiro de concertos, de teatro. Era uma companhia deliciosa.

Cada palavra de Ester se enterrava em Edna como cravo furando a sua carne. Companhia deliciosa! Roberto era a grande ambição de Ester. A mãe perdera a alma, como ela dizia. Davi se fora, o pai fugira, mas aquele amigo valia por todos, era a sua consolação. No entanto, naquele dia em que Ester lhe falara de sua vida, Roberto não aparecera. Ester confessara a sua infelicidade e agora estava falando de um amigo com uma ternura de quem o amasse. E o amava mesmo. Toda a Ester era de Roberto. Estava ouvindo como ela falava, com que expressão ela se referia à vida, ao sacrifício, às qualidades do amigo. Era louro e belo, e sabia falar de música, conhecia os segredos, os recursos, as dificuldades, os defeitos dos criadores, dos intérpretes. Falando com ele, Ester era outra, amaciava a voz, se exaltava na controvérsia, vibrava. Ambos se aliavam, se acumpliciavam para ouvir o Chopin que o francês revelara de uma outra maneira. Ester estava bem longe dela. Como se modificara! Lembrava-se das noites em que dormiam juntas, no frio, os dois corpos se aquecendo um no outro. O que havia lá por fora não existia, não era coisa nenhuma. E via que para Ester o mundo existia de verdade. Naquela noite em que a sós tocavam piano, o coração de Ester vibrava, se magoava por outra pessoa. E quando ela lhe recitava aqueles versos de poetas louvando a amada, aquela voz doce de Ester, aquele tom magoado, aquela melancolia, tudo era para Roberto. Quando passeavam, quando percorriam a pé os arredores da escola, colhendo flores, Ester parando para ver melhor as coisas, de braços dados as duas, tudo era feito com o pensamento em Roberto. E ela não passava de uma menina, de uma companheira. Ela não era nada, não valia nada. Toda a Ester palpitava pelo rapaz louro, pelo amigo que sacrificava a vida pela família pobre. Roberto era uma grande alma, uma grande figura. E ela o que podia ser para Ester? Uma alma por quem a mestra se afeiçoara. Faria por Norma ou por Sigrid a mesma coisa, se qualquer uma das duas tivesse tido a sorte de lhe agradar. Não representava coisa alguma. Só prestava mesmo para tratar dos porcos. Que poderia dizer a Ester quando ouvissem algum trecho de Chopin? Que poderia dizer de um poema que ela lhe lesse com paixão? Nada. Roberto, não. Este conhecia, sabia, compreendia. Ester falando com ele, falava com um igual, escutava uma opinião de valor.

Foi assim, com esse pensamento, que Edna foi chegando em casa. Ester queria saber a razão daquela tristeza, daquele mutismo. Seria que ela não tivesse gostado do passeio? Edna encontrou um motivo qualquer. Com pouco foram chegando ao burgo. Havia muita gente na estação. E foram muito olhadas por todos. O pastor Schmidt cumprimentou-as de longe, com a cara severa. E as duas amigas, de maleta na mão, foram caminhando para casa. O sol queimava. Edna foi sentindo a terra, a sua terra, aquilo que dera a Chopin força para criar. Não podia acreditar.

— Como tudo isto é bonito, Eduarda!

Ester parava, sorvia o ar puro, derramava os olhos pelo campo todo florido.

— É uma maravilha.

Só as tulipas enchiam as vistas de cor. Edna fazia que olhava. E o elogio de Ester ao campo, às flores, era como se fosse a Roberto. Só Roberto gostava daquilo. Ela não sentia nada. Aquele campo era a mesma coisa de sempre, ora coberto de gelo, triste, pesado, ora assim florido, sem nada demais. Desde que se entendia de gente que via aquilo. No meio das tulipas passava Nicolau com a vaca velha para matar. O campo era a sua casa, os seus porcos, a velha Elba. E Ester, como os poetas, falava daquela beleza. Não podia sentir aquele entusiasmo e botava para a sua incompreensão das grandes coisas do mundo. Roberto sabia gozar aquela beleza. E dela escapava o essencial de tudo. Por isto Ester só teria ternura para ele. Era tão limitada, tão infeliz, tão fria como a sua mãe. Em breve os seus cabelos seriam como os dela, de palha velha, as suas mãos grossas, o seu rosto coberto de manchas. Só os porcos sabiam que ela existia. Já a conheciam de longe. Bastava ela se aproximar do chiqueiro para que eles começassem a grunhir. E com esses pensamentos foram chegando em casa. Ester abriu as portas da escola, escancarou as janelas, deixou que entrasse o sol, o ar feliz da manhã. Descansara um pouco. A mestra radiante, cheia de alegria, e Edna calada.

— Fala, Eduarda, diz alguma coisa.

Mas ela não tinha vontade de falar. Tinha o coração trancado. Se pudesse falar, era para desabafar a sua dor. Mas disso Deus a livrasse. Melhor morrer no fundo do rio do que dar a Ester conhecimento da sua mágoa, da sua infelicidade.

— Vê só – lhe disse Ester. — Aqui passei dias infelizes. Se não fosses tu, Eduarda, o mundo para mim era um deserto. Foram-se os primeiros dias, e a amizade de uma menina de 12 anos me salvou, me deu força. Hoje parece que aquele meu desalento foi de um século atrás, tão distante eu me sinto daquilo. Não sei o que é, Eduarda, mas eu me acho outra mulher. Quantas vezes aqui sozinha, isolada pelo inverno, nesta sala, não pensei na morte! Hoje sou outra. Tu me auxiliaste, me deste coragem. Havia uma criatura no mundo que me queria bem. Isto eu sentia nos teus olhos, na alegria que tinhas quando falavas comigo. Uma irmã não me teria servido tanto. Agora, Eduarda, estás uma moça, com pouco mais me abandonarás. A mestra não servirá mais. A família terá um lugar para Eduarda.

Edna se iluminou com aquela efusão de Ester. Chegou-se para perto dela, e como nos dias de íntima camaradagem a mestra pegou em suas mãos. Estavam quentes. Edna segurou-as com frenesi. Eram as mãos de sua Ester, eram as mãos da amiga. Todo o seu coração estremeceu, toda a sua tristeza sucumbiu. Só a Edna feliz, a Edna que era uma vibração de corpo e alma, estava ali. Foram segundos maravilhosos. Roberto se diluíra, desaparecera como uma sombra.

— Eduarda, vou te levar em casa.

E saíram. A primeira pessoa que viram foi o velho Nicolau, que vinha com uma vaca na corda, em sentido contrário. O velho carrasco deixava sempre em Edna uma impressão de terror. O monstro passou por elas, tirou o chapéu e sorriu por entre as barbas sujas. A vaca de olhos tristes, de úberes secos, acompanhava-o para o sacrifício. Sempre que Edna encontrava o velho na estrada sentia um presságio de desgraça. Chegou-se para perto de Ester. O calor da amiga espantaria aquele frio de infelicidade que o velho irradiava. Ela daria forças para dominar os seus terrores. Em casa foram recebidas com festa. Sigrid e a mãe queriam saber de tudo. A avó Elba, na cadeira de braços, escutava e nada dizia.

Falou-se muito do passeio de Edna com a professora. A velha Elba não dava uma palavra. A menina tinha pai e mãe. Fizessem o que bem entendesse. Mas quando a mãe de Norma comentou a viagem, que era confiar demais numa estranha, ela não se conteve e se abriu. Há muito que vinha prevenindo o filho, abrindo os olhos de todos. Aquela professora não podia merecer a confiança que lhe davam. Não ia ao culto, ninguém sabia de sua religião, de seus princípios, e tinha outro sangue. No entanto, a menina vivia na casa dela, dormia lá, era uma rebelada contra a família.

Comentários se generalizaram. Edna sofria horrivelmente com isso. Escutava a velha debatendo a questão, e a experiência mandava que se calasse. Aquilo passaria. Faltava tão pouco tempo para as férias! Com pouco mais Ester estaria longe durante meses, sem vê-la. Poderia ir com ela. Seria impossível diante da pressão que agora faziam. Lembrava-se da visita do pastor Schmidt a seu pai. Viu-o chegar com aquela cara de sermão, aqueles olhos com sobrancelhas de bicho e a voz arrastada e solene. Falava dela e de Ester. Era o povo que reparava, que sentia a influência da professora sobre a menina. Viu o seu pai pela primeira vez falando claro, dizendo ao velho que não havia nada demais em tudo aquilo. As férias estavam para chegar, e no outro ano Edna deixaria a escola. Tudo estaria por pouco tempo. Ouviu a sentença do pai com profunda tristeza. A verdade era aquela: Ester e ela estavam com seus dias contados. Não havia outro recurso, era a separação para sempre.

Naquele instante a casa estava vazia. O pastor se fora e a sua mãe andava por fora. Sigrid tinha ido à casa de Norma e a velha Elba cochilava na cadeira de braços. Do quarto olhava o campo e via o céu bem limpo, com a primavera. Uma tarde magnífica. Soprava um vento frio. Os poetas de Ester amariam uma tarde daquela. Ela estaria agora em casa, se deleitando com a natureza. "Como tudo isto é bonito, Eduarda!" Sem dúvida que se exercitaria com algum trecho de Chopin e pensaria no amigo distante. O povo de Edna não queria mais que a filha mantivesse relações tão estreitas com a professora. Para o próximo ano não voltaria mais para a escola. Era o fim de tudo. Naquela tarde magnífica, com as tulipas dos campos se balançando ao vento, com o céu limpo, a paz da terra por toda parte, ela se sentiu condenada à morte. Havia uma sentença de morte contra ela. Maria Stuart na torre ouvira o carcereiro dizendo: "É hoje o dia de tua morte! Acorda, Maria, para morrer". E caminhou para o patíbulo a rainha da Escócia, a bela rainha de cabelos negros. O machado cortou-lhe o pescoço. A morte, a morte dura e feia... O fim, o derradeiro olhar nas coisas da terra. Na música de Chopin, quando tudo ia morrendo, uma nota surgia como um grito de vida, um brado de ressurreição. Anda, Lázaro, anda, Lázaro! E o homem andou. E as carnes podres renasceram, o cheiro do sepulcro virou cheiro de coisa viva. A família a separaria de Ester, teria aquela prisão de anos da rainha da

Escócia, os seus olhos não veriam a beleza do mundo, e seus pés não pisariam a terra que o gelo cobria e onde o sol vinha ressuscitar as flores que Ester amava. Não aguentava mais a tristeza que lhe apertava o coração.

Desceu para a sala. A velha Elba dormia: o dragão ressonava. Fora num momento desses que o príncipe passara o fio da espada no pescoço da fera. Aquela era a sua casa. Aquela seria a sua prisão, o seu cárcere. Saiu para ver a tarde de mais perto. Ver as flores, as belezas que Ester amava. E veio-lhe uma vontade louca de estar com a sua amiga. Foi o que fez. Na estrada, com uma corda na mão, só, parado, olhando distraído para um canto, viu foi o velho Nicolau. Teve medo do velho como nunca. Sem dúvida que viera atrás de alguma vítima. Edna correu um pouco até se distanciar do carrasco. A casa da escola já estava à sua vista. As janelas abertas, as cortinas se agitando com o vento. Parou um instante. Ali vivia Ester da manhã à noite. Aquelas salas, aqueles quartos guardavam Ester. Foi andando, e, quando estava quase para entrar no jardim, apareceu o carteiro, que lhe entregou uma carta para a professora. Edna reparou na letra: letra de homem. Ester sem dúvida não a vira chegar e nem notara a passagem do correio. Olhou para os lados. Ninguém a vira chegar. A carta tinha letra de homem. Ficou com a impressão que trazia um furto nas mãos. Quis entrar, dar a carta a Ester, e parou. A carta devia ser de Roberto. Era uma carta volumosa. Podia Ester aparecer e surpreendê-la com aquilo nas mãos. Guardou a carta no seio e ficou com medo de se encontrar com a mestra. Devia era voltar imediatamente para casa. A carta estava pegada à sua carne como uma moeda de ouro na mão de um ladrão. E foi fugindo de Ester. Já estava na estrada. A figura de Nicolau apareceu na sua frente com as proporções de um gigante. Parecia um monstro no momento de agir. Estava parado. Há cinco minutos passara por ali, e lá estava ele na mesma posição. Trazia uma corda na mão. Talvez que esperasse por alguém, algum negócio, alguma compra de vaca velha para matar. Pensou na carta e apressou os passos para chegar em casa. Queria ler o que havia ali dentro. A sua vida inteira estava ali. Quando foi chegando, seu pai parou para falar-lhe. Donde vinha àquela hora? Não permitia filha dele andando sozinha pela estrada. Que ela tivesse juízo, tomasse cuidado. O pastor viera falar dela, todos falavam a mesma coisa. Aquilo não podia continuar. A fala de seu pai não lhe entrava nos ouvidos. Via a cara de foca, os bigodes caídos, e tinha-lhe ódio, uma raiva de morte. Desprezava-o infinitamente naquele instante. Pegada a ela estava uma carta, uma coisa que era como se fosse uma mensagem que decidisse do seu destino. E o pai lhe falando:

— Tu não irás mais para a escola.

Era uma fala horrível, que a martirizava. Não devia ver mais a professora, teria que ficar para sempre encarcerada, as suas carnes podres não renasceriam como as de Lázaro. Uma angústia medonha esfriava-lhe o coração. E lágrimas começaram a correr pelos seus olhos.

— Sobe – gritou-lhe o velho. — Não quero ver-te.

Trancou-se no quarto e arrancou a carta do seio, pondo-se a lê-la. Era de Roberto. Uma longa carta que falava de muita coisa, de uma vida que tinham vivido, de amor que ele pensava morto mas não estava. As mãos de Edna tremiam. Devorava palavra por palavra de tudo que estava escrito. Toda a história de Ester estava ali. Um amor de verdade, um amor absoluto. Roberto recordava situações, os passeios de bicicleta, a noite em que estiveram juntos num parque, sozinhos no meio da floresta. Falava das noites de teatro, falava dos dias de montanha, das corridas de esqui, de noites de felicidade, de amor absoluto, e da grande noite que nunca mais em sua vida esqueceria: "Nunca, Ester, que me esqueça da doçura da tua voz, das tuas carícias". Edna parou um instante. Todo o seu corpo tremia. Teve ímpetos de rasgar a carta, mas se conteve, continuando a leitura. Agora ele falava dela: "A tua aluna me pareceu estranha. Que olhos ela me botou, quando no concerto peguei na tua mão! Parecia um animalzinho feroz. É uma pequena esquisita. Não sei por que, senti que ela me odiava. Não me engano, Ester, mas tenho para mim que essa tua Eduarda vai te dar muito trabalho. Criaturas assim devem ser tratadas com cuidado. Até breve, minha querida. Um beijo do teu Roberto".

Edna parou fulminada. Deitou-se na cama e apertou o coração. Seu choro era de todo o seu corpo, de toda a sua carne. Uma dor profunda, um desespero imenso se estendeu pela sua alma. A morte, a morte! Sim, a morte. E de súbito, conduzida pela dor, correu para o quarto de seu pai. Lembrou-se, porém, que havia deixado a carta em cima da cama. Uma lucidez completa comandava os seus gestos. Poderiam condenar Ester se encontrassem aquilo. A sua amiga poderia saber que ela roubara uma carta de Roberto. Era preciso destruí-la. Desceu até a cozinha, viu sua mãe cuidando do jantar. Deitou a carta ao fogo e sentiu outra vez a dor furando o seu coração. Viu as chamas crescerem, com o papel queimando, as palavras de Roberto destruídas, viradas em cinzas. Ester dera o seu corpo a Roberto. E ali, na cozinha, quis gritar para que todos ouvissem, para que a velha Elba ouvisse e sofresse com os seus gritos. Queria gritar: "Eu quero morrer, fugir de todos vocês, desta casa infeliz!" E quase como louca subiu outra vez para o quarto. Ester feliz, dando tudo que era seu, o seu corpo e sua alma, a Roberto, a voz, o corpo, as carícias, a ternura. Ela só no mundo, e Ester longe, esquecida dela. Deitou-se outra vez na cama. E a carta ainda como se estivesse no seu seio queimando, ardendo como uma brasa. Morte! Morte! A carne de Lázaro apodrecendo, tudo acabado. Não, não. Não ficaria como Maria Stuart. O amor viria para ela, o amor seria dela. E correu para o quarto de seu pai. Ouviu lá embaixo a velha Elba falando, a voz rouca, a voz que se parecia com a de Nicolau. Abriu a gaveta. E a pistola de cano comprido, a pistola que fora de seu avô, lá estava estendida, como num sono profundo. Não queria mais nada do mundo. Ester... Ester... Os cabelos pretos cobririam o seu corpo morto. E um tiro estrondou na casa.

3

Foram cinco anos terríveis os que se passaram após a tentativa de suicídio de Edna. Esteve ela entre a vida e a morte.

A bala atravessara-lhe o peito: um ferimento grave. Quando se levantou da cama, era uma mulher, uma Edna absolutamente diversa. Soube de tudo que se passara com Ester através de Sigrid. Todos atribuíram o desastre à professora. Aquele convívio com a estranha havia desviado o espírito da menina. E então expulsaram-na da escola. O pastor tomara a orientação da campanha. Fizeram um memorial. Não houve uma só pessoa que ficasse do lado da mestra. Ester teve que sair da escola antes do tempo. Fora-se, acabara-se tudo para Edna.

Quando se levantou, a primavera estava no fim. E uma coisa esquisita apareceu-lhe: uma vontade firme de viver. Saíra da morte, arriscara a vida da sua grande amiga, e não sabia explicar aquilo: queria viver, sentir as coisas, amar o que dantes não sabia nem se existia. O campo ainda estava florido, o rio corria manso, as árvores, os pássaros da chácara de seu pai, tudo lhe parecia diferente. Havia beleza, havia o céu, a terra, os bichos. Ficava sentada na porta de casa e reparava em tudo, verificando detalhes, somando, diminuindo, comparando as coisas.

A velha Elba olhava para ela com outros olhos. Teria mudado a avó Elba? Todos de casa, o pai, o irmão Guilherme, que voltara para casa, Sigrid, como que viviam para ela somente. Fora a morte que fizera aquele milagre. O olhar da avó não se fixava sobre a neta como uma ameaça de castigo. A velha vinha falar com ela. E era até mesmo terna nas suas perguntas, nas suas recomendações:

— Entra, menina. Olha, este frio da noite pode fazer mal!

O pai não permitia que ela fizesse o menor esforço. Nem que subisse a escada. E com a ajuda de Guilherme o velho a conduzia numa cadeira para o seu quarto. Todos eram bons. Ela é que talvez tivesse sido uma criatura má e egoísta.

Os dias de convalescença fizeram-lhe aquele bem. Cada dia que se passava, mais descobria, mais analisava. Viera-lhe aquela faculdade de análise. E as conclusões que chegavam não lhe eram satisfatórias. O mundo era belo, havia mais alguma coisa que a sua casa, o seu caso, a sua dor. A presença da morte lhe dera consciência de que viver não era só se refugiar em si mesma, fugir dos outros, pensar que somente ela era obra de Deus. Mudara muito, mas aquela compensação não poderia durar longamente.

Quanto mais se afirmava de saúde, mais a saudade de Ester lhe crescia. Agora era diferente. Bem diferente o seu amor. Ester era outra para ela. Queria vê-la, senti-la, tê-la perto de si para ver como seria o seu comportamento atual. Ester sofrera por sua causa. Fora uma desvairada, uma tonta. Logo que pudesse haveria de escrever-lhe uma carta longa. Contaria tudo, o roubo da carta, a sua loucura. Deus haveria de perdoar-lhe tudo. Via Deus. A morte lhe trouxera também aquela chave que sempre lhe escapara. Deus sempre lhe parecera qualquer coisa como a avó Elba: monstro sem entranhas, fora do mundo, acima das alegrias e das dores, como o velho Nicolau espreitando as vacas magras, marcando a hora da morte, relógio sinistro que nunca parava. E não sabia como, sem que ninguém concorresse para isto, via que a imagem de Deus vinha mudando para ela, tal qual a velha Elba. Deus não era só aquele braço potente caindo sobre os pecados, sobre os crimes. Deus também sorriria com aquela ternura com que a velha sorria agora para ela. Deus soprava os ventos brandos, fazia as flores desabrocharem, enchia de força a terra e deixava que as águas corressem mansas, que os peixes, as aves, todos os bichos vivessem e se amassem. Deus teria Ester debaixo de sua proteção. Não iria permitir que as pragas do pastor, os olhos dos homens e das mulheres arrastassem Ester para a desgraça. Mas esta confiança não durava muito. Vinha-lhe quase sempre uma onda de pessimismo e desânimo.

Podia-se dizer que estava boa. Aos poucos as suas cores voltavam, as suas carnes recuperavam o seu esplendor. E, apesar de tudo, chegava-lhe a hora dos pensamentos aziagos. Fora responsável única pela desgraça de Ester. A pobre perdera o lugar. A mãe doente, pedindo conforto, e a filha expulsa da escola como uma corruptora de discípulas. Que vida seria a de Ester? E Roberto? Roberto poderia salvá-la. Confiava nele. Aquela carta, o amor do rapaz pela sua amiga, fora a causa de todo o desastre. Mas agora fazia fé nele, desejava que tomasse para si todos os cuidados para Ester. Não sofria mais em pensar que fosse um do outro. O que ela mais desejava era saber que

Ester estava feliz, que um homem a tinha tomado nos seus braços e continuava escravo do seu amor.

A felicidade de Ester entrava em todas as suas cogitações. Via flores cobrindo a terra sorridente, via as águas claras do rio correndo, sentia a doçura do ar, e era Ester quem estava em tudo aquilo – a boa Ester que lhe dera tudo que era seu. Nunca mais que tocasse piano. Não queria bulir naquela tristeza.

A nova professora era uma loura grandalhona, que andava de bicicleta. Todos achavam que ela é que era de fato uma professora. Todos a comparavam com Ester. A outra ia desaparecendo como uma sombra má. Fora uma companhia perniciosa, desviara, corrompera. O julgamento de todos repercutia em Edna como uma condenação, como uma censura que todos estivessem fazendo. Ela é que merecia o desprezo e a maldição com que castigavam a amiga. Um dia, teria forças para corrigir aquela injustiça. Faria uma aparição no culto, subiria para o púlpito e gritaria para os devotos: "Vocês todos vêm aqui para agradar a Deus, para pedir, para cantar as glórias de Deus. Vocês todos são uns desalmados. Vocês castigam um ausente: puseram para fora do seu trabalho uma inocente, um coração limpo, mais de Deus que os seus. Eu, sim, é que mereço o desprezo, as iras dos bons, dos justos". E contaria tudo, o roubo da carta, e a sua miséria, a fraqueza de sua carne, de seus desejos.

E os anos passaram assim com Edna vacilando. Sigrid se casara com Oto. E Guilherme se empregara na cidade. A casa era um deserto. A velha Elba, o pai e a mãe, três criaturas sem alma. Só o corpo vivia neles. Era agora ela quem fazia quase tudo em casa. Pretendia com o trabalho pesado corrigir o seu erro. Este erro pesava em suas costas como uma herança de gerações. De erros e erros de gerações.

Nunca mais tivera notícia de Ester. Imaginava a vida dela de maneiras as mais diversas – feliz, infeliz, amando, sofrendo, gozando. Ester, sempre aquele ponto fixo. Um dia, deixaria os seus, criaria coragem e descobriria em qualquer parte a amiga perdida. E seria uma escrava, uma criada para tudo que ela quisesse. Imaginava Ester muito feliz, com filho de Roberto, senhora respeitada, com o pastor passando por ela e tirando respeitosamente o chapéu. Ester concorreria para as despesas do culto, o marido era figura importante do lugar. E os concertos? Estariam em todos os concertos, ouvindo os grandes intérpretes. E conversariam, teriam opiniões opostas, um desejando interpretação mais viva, mais brilhante, o outro desejando mais alma, mais vigor de sentimento, mais coração.

Nunca mais Edna ouvira aquele Schumann que Ester lhe tocava, nunca mais que a música entrasse em seu corpo procurando um lugar, um pequeno leito para dormir. A música se fora. Só mesmo os pássaros lhe davam a sensação de ouvir alguma coisa. Quando o inverno apertava, e o mundo se reduzia, a casa era um deserto maior, os pais e a avó eram corpos mais vazios ainda.

Lembrava-se do piano, da nota que enchia a sala, da força, da melancolia com que Ester dava a sua alma. A sua alma deveria sair viva e quente daquelas músicas que tocava. E ela, Edna, não soubera aproveitar aqueles instantes perdidos, deixara que a vida se fosse. Com Roberto, Ester correria salas de concertos, de mãos dadas sofreriam as mágoas e as dores de Chopin. O Chopin dos cantos heroicos fazia aquilo porque o amor lhe ditava; era o amor que o conduzia para sua pátria, dizia Roberto. Ambos gozariam a tristeza do gênio mutilado, mas, por outro lado, na imaginação de Edna, Ester aparecia uma pobre mulher, sem casa, sem amor, só, desprezada de toda a gente. Para onde se voltava, havia um pastor para lembrar: ela corrompe, desvia, estraga as mais moças, seca os corações dos pequenos, faz nascer pecados nas almas tenras. E a vida de Ester como mulher perdida... Os cabelos pretos embranquecendo, o rosto dela manchado, toda a carne morena se puindo. E ela, Edna, a responsável por tudo aquilo. Aí a sua infelicidade crescia. Havia noites em que calculava uma fuga. Sairia pelo mundo como uma desesperada, pagando, minuto por minuto, o mal que fizera.

Agora tinha um medo pavoroso da morte. Não desejava morrer. Vira a morte de perto, sentira o seu bafo frio, gelado, como se houvesse icebergs boiando em suas entranhas. Nada de morrer. Viver sempre, viver, embora a vida lhe fosse amarga; viver, mesmo no deserto da sua casa.

Tinha 20 anos, e seu corpo perdera aquela flexibilidade. Criara formas robustas. Uma mulher forte, de braços rijos, muito boa mesmo para o serviço. Percebia que os homens a admiravam, sentia os olhos deles. No culto, ao lado de seus pais, da velha Elba, surpreendia, de quando em vez, a cobiça masculina se exercendo sobre ela. Todos eles queriam uma mulher que fosse boa – boa para os porcos, para as galinhas, para as vacas. Uma mulher que lhes desse a cama e a casa em boa ordem. Fazia nojo a Edna aquela cobiça. Para redimir o seu crime, bastava a casa dos seus pais. Todo o serviço pesado estava com ela. O velho ia deixando para a filha robusta o exercício de suas forças; leite quem tirava de madrugada era Edna. Só não pegara ainda nos trabalhos do campo. Mas na colheita os seus dois braços iam até noite alta nos serões. Todos admiravam a filha do velho Lourenço. Parecia um homem, ninguém diria que fosse aquela menina magra que dera um tiro no peito. Era outra criatura. Tudo fora a companhia da mestra judia.

Edna passou a ser respeitada. Mais de um casamento apareceu. A velha Elba ia decidindo por ela. Para a avó, o homem de Edna não aparecera ainda. Guardava a neta para um pretendente melhor. Por todos Edna confessava o seu desinteresse. Precisava ajudar os pais. Guilherme se arranjara na cidade. Sigrid e o marido viviam no seu canto. Precisavam dela, ficaria com os seus. E por isso foi ficando de lado. Os rapazes a tinham na conta de esquisita, de inacessível. Mas os olhos que botavam para suas formas eram de fome. Nas festas a que ia, com seus pais, não se entregava a um só. Todos queriam dançar com ela. E nenhum permanecia o seu par preferido. Uma indiferença completa pelos homens. Todos lhe pareciam inferiores, nenhum que lhe desse um instante de satisfação. Queriam Edna. A carne era boa, os braços bons para o serviço. E ela resolvera não mudar de dono. Para tratar de porcos e cuidar da casa havia o deserto doméstico, a servidão da família. Todos os homens e todas as mulheres que conhecia, nada valiam para ela. Eram uns estranhos. Norma se casara, tinha filhos, era escrava de seu marido. Sigrid, magra e lânguida, passava o dia no trabalho, dando conta do que não podia. Os homens queriam braços e ventres. Não havia nenhum naquela redondeza que não fosse assim como seu pai era – criatura insignificante, de olhar passivo, de jeito grosseiro. Ester lhe dera um conhecimento diverso da vida, lhe ensinara coisas maravilhosas. Sofrera por ela, vira a morte, mas melhor o perigo que a paz de sua casa, a paz que a velha Elba reclamava a Deus nas orações. E era ainda o sofrimento que lhe vinha das saudades de sua amiga que a fazia aguentar, viver sem se confundir com os outros.

 Noites inteiras passava sem sono, e Ester ficava com ela. Aquilo era mesmo curioso, a insônia a ligava com a grande impressão de seus dias de felicidades. Fora-se a amiga e devia sofrer pelo mundo. Era aí que Edna se transformava. O pensamento em Ester surgia como o encontro com um amante misterioso. E era de segundos aquela sensação de felicidade. Depois Ester deixava de ser aquilo para ficar a outra, aquela que sucedera à original, uma outra mulher que tinha para Edna mãos de irmã, de companheira. Era dessa segunda que se aproximava com mais insistência. Esta a deixava quase sempre mais responsável pela desgraça que acontecera. A boa, a doce Ester dos dias de Schumann, das noites de inverno, com o corpo quente junto do seu, vinha para o seu convívio em segundos apenas, e o lugar era da outra, a que estava sofrendo no mundo por causa dela. Deus tinha marcado para Edna a sua tarefa na terra: teria que pagar pecado por pecado. Teria que encontrar um meio de salvar a sua amiga. E estas preocupações martelavam sua cabeça. Como poderia ser feliz, ser uma criatura tranquila, se alguém sofria pelo mundo por sua causa? As prédicas do pastor, os seus sermões eram palavras mortas, palavras que não despertavam a menor ressonância em sua alma. E o Deus que eles glorificavam nos hinos era uma força a serviço de interesses miúdos. Ouvia sempre a velha Elba falar de Deus como de um pai de família sem entranhas. As orações que aprendera eram agora palavras mortas. Nenhuma que a arrebatasse, que lhe comunicasse aquela alegria que vinha de Ester. Ester nunca lhe falara de Deus. Devia haver um Deus que fosse maior que aquele de que o pastor se aproveitava. Olhava nos momentos da oração para o pastor. Ele tinha a cara de seu pai, aqueles olhos miúdos, os bigodes caídos. Fechava os olhos, a voz era rouca, como a da sua avó Elba, e pedia sempre a Deus pelos homens, pedia a Deus que lhes desse noivos para as filhas, que estavam assim como Edna sem casar. Que lhes desse boa colheita, bons dias, bom trigo, boa saúde para a mulher, para os filhos, para as vacas. Por isso era que Edna não tinha coragem de procurar Deus para suas mágoas. Ela teria uma missão na terra, redimir-se de seu grande pecado. Não podia olhar para o Deus que ela imaginava, aquele que fosse o senhor do mundo, o dono dos grandes e dos pequenos, que dava tudo. Pensava nestas coisas nas horas de serviço. Havia vacas, galinhas, porcos e terra para tratar. A sua mãe estava quase como a mãe de Ester, uma alma morta. Via-a na cozinha e sentia-se, não sabia por que, responsável pela sua miséria. Dera-lhe desgostos imensos. Lembrava-se de como ela ficara pegada à sua cama, no dia de sua luta contra a morte. Fora ela a mãe escrava que a ajudara a vencer, a passar o rio tenebroso. Via a sua cara, os seus cabelos velhos como palha seca, e no delírio da febre aqueles cabelos cresciam para ela como uma copa de árvore frondosa. Debaixo daquela sombra queria refrescar-se. O sol queimava-a, tinha sede. Debaixo daquela sombra queria ficar. E quando se chegava, a árvore fugia, os cabelos fugiam dela. Na convalescença a pobre mãe estivera a seus pés. Deixara o serviço da casa, os trabalhos, as obrigações, e viera para junto da filha que quisera liquidar a vida.

No convívio dessas três criaturas vivia Edna com a ideia fixa em Ester, no seu monstruoso pecado. O deserto da casa se estendia para o resto do mundo.

Lá um dia, porém, as coisas tomaram outro rumo. O carteiro parou na porta: havia carta para Edna. O pai estava no campo, a velha Elba cochilava e sua mãe não reparara em coisa alguma. Recebeu a carta com sofreguidão. Tremiam-lhe as mãos como no dia funesto. Viu-se cercada de olhares inimigos, de curiosidade maligna. Subiu para o quarto e trancou-se. Sentira que era uma mensagem de Ester, que lhe vinha do fim do mundo. Os seus olhos se encheram de lágrimas antes de ler qualquer coisa.

Era, de fato, uma carta de Ester. Era a vida que voltava para Edna: tinha a impressão de sentir o sangue nas veias, depois de anos e anos de parado. Era a voz de Ester, a doce voz de veludo que lhe recitava os poemas, que soletrava as palavras, medindo, com aquele timbre de cristal. Leu uma, duas, três vezes a carta. As palavras estavam dentro de seus ouvidos. "Querida Eduarda." Só ela chamava pelo seu nome assim. Ela e a velha Elba. Mas como se distanciavam as Eduardas de uma e de outra! "Leia, Eduarda", lhe dizia a mestra. "Eduarda!", gritava-lhe a avó. As mesmas letras e dois mundos opostos. Agora Ester voltava outra vez para a escola, na saudade de Edna. Via os meninos chegando alegres, e ela sentada no estrado, falando com todos. Para cada um uma palavra diferente, um sorriso. Quando ela chegava: "Como vai, Eduarda?" E era a felicidade, um dom de Deus, que lhe vinha daquelas palavras. A amizade cresceu. "Entra, Eduarda, vamos para a lição de piano." Sentava-se ao seu lado, os seus dedos corriam no teclado, os dedos dela pegavam nos seus dedos. Eram quentes, os dedos de Ester.

Vinha agora a carta, vinha tudo que ela pedia ao seu Deus, o Deus que não era aquele do pastor e nem o das orações da velha Elba.

"Eduarda", lhe dizia a carta, "há muito tempo que eu desejava te escrever". Era a doce voz. Os poemas saíam assim com aquela sequência, aquele ritmo sereno. E ela lhe falava de tudo. Procurara vê-la depois do incidente. Não deixaram. Pedira notícias dela, e não lhe davam. Pensara que ela tivesse morrido e chorara muito. Todos lhe atribuíam a culpa. Fora insultada, mas ficara feliz quando soubera que Eduarda não morreria. Não morreria, e era tudo. Perdera a situação, mas até hoje não conseguira saber a razão daquele gesto terrível da sua amiga.

"Por que morrer, Eduarda, quando havia em ti a vida, uma tão rara compreensão das coisas?"

Falava do piano, queria saber se a aluna perdera tudo, se não continuava os estudos.

Também falava dela. Aí Edna foi devorando, palavra por palavra, a história de Ester contada por ela mesma. A vida fora dura no começo. Lutara forte. A morte da mãe, preceptora de uma família inferior, os atritos com alunos, pais e mães. Depois, Roberto apareceu. Estava na Argentina, com um bom lugar. Escrevera para saber de sua vida e falou-lhe de casamento. Gostava de Roberto, mas não para casamento. Rejeitou. Mas por fim aceitou. Agora via que fizera muito bem: o marido era uma flor, viviam admiravelmente. Já tinham dois filhos: um se chamava Carlos e a menina Eduarda. Lembrava-se sempre dela. Dera seu nome à filha como uma recordação boa. Era uma menina morena, com os olhos e os cabelos da mãe. Estavam há quatro anos na Argentina, e Deus a livrasse de voltar outra vez para a Suécia. Roberto desfrutava uma situação de primeira ordem. Possuía automóvel, ganhava muito. A princípio, pensara em auxiliar o marido. Fora para lá nesse propósito. Mas a vida era tão fácil, Roberto ganhava tanto, que não permitira que ela procurasse emprego de espécie alguma. A terra e a gente não tinham aquela estreiteza, aqueles preconceitos que tanto asfixiavam a vida dela na Suécia, a vida de uma judia. Era um mundo diferente. Estava satisfeita. Roberto, feliz. Os filhos, admiráveis. Só dela, de Eduarda, se recordava com saudades. Só ela ficara do mundo que abandonara para sempre. E por isso lhe escrevia, queria saber notícias suas, saber de sua vida, de seus planos, de tudo que tivesse ocorrido de bom ou de mau com a sua querida Eduarda.

Depois a carta começava a falar da Argentina, e era mais uma descrição, as palavras mais frias. Ester se estendia nos detalhes. Era da melhor sociedade da cidade de Corrientes. Tinha amigas, fugia dos seus compatriotas, já falava espanhol. O que faltava na terra era música, concertos. Isto fazia mal a Roberto. Era o único inconveniente. Mas, quando aparecia um pianista razoável, entregavam-se, os dois, à música, como se depois de dias e dias de caminhada descobrissem um oásis. Caíam na água fresca e gozavam a sombra das árvores com deleite mórbido. Uma ocasião chegaram até a ir a Buenos Aires, somente para ouvir Cortot. Era aquele francês que elas tinham escutado juntas em Estocolmo. Ele dava um concerto de Chopin.

> Tu não calculas a nossa satisfação. Ouvimos o concerto de Chopin com lágrimas nos olhos. Estivemos em êxtase o tempo inteiro. Lembrei-me de ti. Choraste naquela noite do concerto como uma criança com medo do bicho-papão, lembras-te? Botei-te no meu colo, e o teu choro foi passando. Três dias depois tiveste aquele gesto de louca. Mas nem é bom falar nisto. O que vale é que estejas uma moça forte, capaz de levar a vida para diante. Penso muito em ti, Eduarda. Terás achado um homem bom para te casares, ou continuas com os teus parentes? Não quero falar, não quero te despertar nenhum sentimento de rebeldia, mas sempre achei a tua gente muito abaixo de ti. Mereces uma vida maior. Uma vida que corresponda à tua alma, aos teus sentimentos. Estou quase arrependida de te dizer estas coisas. És uma alma de qualidade superior. Deus queira que essas tuas qualidades não tenham desaparecido. Roberto te achava esquisita. Não eras esquisita. Eras uma viva, no meio de criaturas mortas. Tinhas vontade de viver, no meio de moribundos. Escreve-me, Eduarda. Anseio por notícias tuas. Quem é, atualmente, a professora daí? Escreve-me, conta a tua vida, fala de ti.

Edna repetiu várias vezes a leitura da carta. De cada vez que acabava de ler, uma nova Ester aparecia. Uma nova mulher vinha de longe para substituir uma imagem que se gravara na sua memória. Aquela que andava pelo mundo sofrendo por sua causa, aquela que lhe enchera a vida toda de intensa alegria e de amargor, era uma Ester feliz, boa esposa, mãe.

Era de tarde. Edna tinha de dar conta de suas obrigações. Os porcos estariam chiando por ela. Foi para o serviço com a carta na cabeça. Tudo se acabara admiravelmente. Podia dormir descansada, esperar que os dias passassem sem aquela angústia que lhe engolia o sono e lhe devorava a paz de espírito. O seu passado, a sua culpa desaparecera. Ester encontrara o seu caminho, o caminho da tranquila felicidade.

À noite, Edna ainda pensava na coisa. Um mundo novo lhe viera das palavras da sua amiga. Era como se lhe dissessem: "Olha, Edna, tu estavas sujeita a um castigo de Deus e Deus te perdoou". A sua alma se aliviara de uma carga terrível.

Foi dormir e não dormiu. A insônia persistia, apesar de tudo. Ester estava com ela, era ainda a sua amiga que continuava a seu lado. A família de Roberto, os filhos, a mulher bela, a terra boa, o sol, a primavera eterna do outro lado do mundo. E ela ali, com os porcos, com o pai, a mãe, a avó. E um ódio dos seus, de toda a sua gente, do seu povo, se apoderou de Edna. Via como todos se conduziam. Os pais fazendo dos filhos sombras. As mulheres com a vida presa ao trabalho duro.

Lá do outro lado lhe chegava uma voz que lhe falava de felicidade, de amor, de largueza. Ali era aquilo que se via – no inverno, gelo, o mundo reduzido a quatro paredes, a monstruosa paz da terra abafada. Depois, a prisão pior, a paz do deserto humano, que era a sua casa. Ficara livre de uma Ester, libertara-se de remorsos sinistros, mas a realidade lhe parecia tão penosa quanto o sofrimento que se acabara. De sua cama media a situação.

    A carta de Ester viera-lhe como um grito de alguém que se salvara de um poço. Um brado de vida, uma advertência.

    Não podia dormir. Leu outra vez a carta. Lá embaixo Edna ouvia os porcos grunhindo. Seu pai, sua mãe e a avó Elba dormiriam sem espécie alguma de tormento. Todo o tormento do mundo estava com ela. Todas as angústias da família estavam com ela.

    Apareceu-lhe na mente a cara do pai. Estava mais gorda, com os bigodes caídos, e aquela pacatez, aquela mansidão de foca. A mãe não tinha feição de criatura viva: quase um fantasma. E a velha Elba, esta, bem viva, com todas as reservas de força de sua gente. Chegara até a admirar a velha. Era uma energia incalculável. Mas era uma força que ela sentia exercitada contra si. Vira-a terna nas horas tristes, fazendo tudo para que a neta vivesse. Vira-a chorando no casamento de Sigrid. Mas a voz rouca, dura, da avó das orações, da mesa de jantar, dos hinos de domingo do culto, era o seu retrato, a sua cara, o seu espírito.

    A sua casa era assim um deserto governado por um tirano. Todos os seus vizinhos eram mais ou menos os mesmos. Havia a família de Norma, o pai vivendo da glória dos seus tempos de capitão de navio, a mulher como a mãe, o filho como todos os filhos. Norma casada, Oto casado com Sigrid, e tudo a mesma coisa, a mesma gente, numa terra que era aquela, que não enriquecia os homens como a terra de onde Ester lhe escrevera aquela carta, de tantas felicidades.

    O sono só lhe chegou pela madrugada. E o dia que viria era como se fosse uma noite continuada. Gelo, gelo. Frio, um frio que gelava a alma e entorpecia o corpo. Lá das bandas de

Ester o sol fazia a beleza da terra, havia flores, cantavam os pássaros da manhã à noite, de inverno a verão. O sol não fugia da terra, não se sumia dias e dias, meses e meses.

A vida com os seus era uma condenação sem recursos. Aquela carta viera para lhe abrir os olhos. Tinha 20 anos – um corpo jovem, que o amor de um homem não fizera ainda vibrar. Quisera morrer uma vez, quisera destruir esse corpo no tempo em que ele fora flexível, vibrátil. Hoje, não. Desejava viver, desejava se abrir como uma flor para o sol. Que todos os raios quentes do sol se derramassem pelo seu corpo, penetrassem pela sua carne e fossem até à sua alma, que era fria e mansa, que não se rebelava, que se submetia.

Sigrid estava entregue a Oto, como um pobre cordeiro. Aquela alma terna e doce entregue à fúria de um vento tempestuoso. Oto era um homem de força, uma energia desregrada. Não tinha a cara de foca de seu pai. Havia nele nervos e músculos. A alma terna de Sigrid sucumbiria.

Edna é que esperava por um furacão, uma força desencadeada que viesse movê-la de seu canto. Até ali Ester lhe impedira desafiar os elementos. Havia uma culpa a redimir. Agora não, o seu maior anseio era descobrir num lugar qualquer alguém que pudesse agitá-la, dobrá-la aos seus desejos.

Tudo aquilo, porém, era plano de sua imaginação. De repente voltava à terra. O seu destino estava traçado. Não poderia vencer a paz que a cercava. Teria que se submeter e se escravizar.

Dias e dias se passaram após a chegada da carta. Ester desaparecera como por encanto, mas uma coisa maior, mais intensa de proporções, se criara para Edna. A terra da boneca de Norma, o claro país de sol, das flores, da música doce, aparecia: surgira para ela como um último recurso de seus sonhos. Levou noites inteiras com o mundo de Ester, sonhando com Ester. Vira a amiga morta estendida num chão sujo, com a lama cobrindo-lhe o corpo. Acordara molhada de suor.

Ester não existia mais no seu consciente. O que lhe aparecia, com uma insistência de ideia fixa, era o desejo de fugir, de abandonar a sua gente. Que todos morressem, que todos fossem esmagados por uma torrente de gelo. Que os corpos deles se reduzissem a gelo, a blocos de gelo que saíssem boiando pelo mar. E que ela, sozinha no mundo, pudesse viver. Viver como milhões viviam. Ester quase que sucumbira. Quase que fora tragada. E agora era feliz na terra do sol, de gente livre, de homens que amavam e mulheres que viviam. Ali não podia ficar. Uma vez a livraram da morte. E era uma morte lenta, cruel, monstruosa, que lhe ofereciam. Não podia ficar. Não podia ficar. Por toda parte, a qualquer hora, aquela ideia lhe martelava a cabeça. Seu corpo pedia qualquer coisa. Havia uma terra coberta de luz onde os homens amavam e as mulheres viviam. A voz rouca da velha Elba doía-lhe nos ouvidos: "Pai nosso que estás no céu, santificado seja o teu nome..."

SEGUNDA PARTE
Riacho Doce

1

HÁ DOIS ANOS QUE ESTAVA ALI, trazida pelo marido. Seu casamento a princípio contrariara toda a família. Casara-se com Carlos, o filho mais velho dos católicos romanos. Um rapaz diferente de quase todos os outros da redondeza. Fora educado fora. Lembrava-se dele quando ainda menino. Diziam que os pais de Carlos eram adoradores de bonecos. Que tinham parte com o diabo. E na escola excluíam-no dos brinquedos. Filho de hereges, de papistas, como a velha Elba dizia. Depois desaparecera. Falaram que estava num colégio de padres, estudando de graça. Os católicos romanos auxiliavam-se, protegiam-se entre si.

Foram-se os anos, ela crescera, sofrera, era aquela Edna alta, robusta, o pé de boi da família, coração vazio de tudo, ansiando por uma ocasião para fugir dos seus, procurar terras estranhas, onde pudesse nascer outra vez. Desejava era fugir, encontrar um meio de abandonar os seus parentes, a sua terra. Aquele rio manso, que corria no verão, era a imagem da sua gente, aquela mesma voz de submissão, aquela mesma docilidade. Nem uma vez arrebentava em suas margens e se despedaçava como um doido pelo seu leito. Gelado, de entranhas petrificadas no inverno – aquele cordeiro, sem dias perigosos.

Carlos aparecera. Era engenheiro, trazia grau da universidade, e deu para olhá-la. Na feira do burgo estiveram juntos, conversaram de coisas que outros ali não sabiam o que era. Era também da música, como Roberto. Ficara espantado quando ela lhe falara de Chopin, de Schumann, do pianista francês que estivera em Estocolmo. Era simpático, embora aquela cara de menino, aqueles olhos azuis, limpos demais, olhos sem certa profundeza, de quem não via a vida de perto.

Edna ficou gostando dele. Viram-se outras vezes. O interesse do jovem era insistente. A família de Edna não aceitava o casamento, os pais de Carlos também. Os velhos todos conspiravam contra eles. A avó Elba dizia claramente:

— Antes tivesse morrido do tiro, do que se casar com um adorador de boneco, um papista, inimigo de Deus!

Os dois, porém, fizeram força, as famílias resistiram. Só a mãe de Edna se recusara a intervir. Até Sigrid fora contra. O pai ameaçou-a. Aquela cara mansa de foca se enfurecera.

Da parte de Carlos fora o mesmo. Seria para os seus pais um castigo cruel. Criaram o filho, deram-lhe tudo, a melhor educação, e quando todos esperavam que ele fosse subir de situação, chegava para dar-lhes aquele desgosto. Queria casar-se com uma camponesa, uma moça que nem juízo parecia ter, que tentara contra a vida e vivera na companhia de uma professora que lhe metera coisas na cabeça. Nem era uma moça bem-procedida. Mas os dois resistiram e se casaram. No fundo, Edna não amava o marido. O que ela queria era fugir, retirar-se do meio infernal em que vivia. Vira aquele rapaz, aceitara-o, embora soubesse que a sua gente romperia com ela. A família de Carlos fez exigência. A moça teria de batizar-se. Edna se submeteu. A religião do marido seria a sua. Aceitou tudo. Carlos não fazia questão de coisa alguma. Os seus pais fizeram essa exigência, e o mais fácil era concordar. Pensou que Edna sofresse, e ficou radiante quando ela concordou. Fora um escândalo. As famílias todas da redondeza receberam a notícia com a indignação de quem repelia um adultério. Menina sem coração, sem respeito, sem espécie alguma de vergonha. Era uma desgraçada, marcada pelo demônio.

A família de Edna deixou-a de lado. A velha Elba considerou-se vítima de um castigo, o maior castigo que Deus podia dar-lhe na terra. Era uma pecadora, e o seu grande castigo fora aquele. Edna morrera para ela.

Casaram-se e foram para Estocolmo. Carlos trabalhava para um escritório. Era um ótimo rapaz.

Edna tinha a impressão de que havia saído da prisão, dos trabalhos forçados, para uma liberdade absoluta. Seis meses levou meio tonta com a liberdade. Não havia concerto, teatro, cinema a que não fossem. A música de Ester devia ser a sua companheira preferida. Deu para ler sobre música e para comprar revistas que falassem nessas coisas. Era o meio que tinha de se ligar com o mundo novo em que vivia. Carlos tinha amigos que só falavam nisso. Havia um judeu, seu colega de trabalho, engenheiro-chefe de seu escritório, que era como se fosse um profissional de orquestra. Só conversava sobre música. Chamava-se Saul e era casado com uma mulher egoísta, que não ia com os entusiasmos do marido. Indignava-se até com aquela insistência de só falar em tal assunto.

Edna gostava de ouvi-lo. A palavra era fácil e dizia sempre coisas curiosas, firmes, criticava os mestres. A música, para ele, era mais que um passatempo: era uma religião.

A princípio, Saul tratou Edna de longe, mas quando ela se revelou uma iniciada, começou a dar-lhe consideração de adepta do novo culto. Saul adorava Carlos. Tinham sido colegas, estiveram juntos muitos anos, e a bondade, a indiferença de Carlos por certos preconceitos tão enraizados nos outros companheiros haviam feito dele o seu maior amigo. Fora Saul que arranjara o emprego. Apesar de tão preso aos concertos, Saul era um técnico prodigioso na profissão, uma cabeça forte para cálculos. Um espírito feito para dirigir. A sua mulher costumava dizer que ele só tinha mesmo a loucura musical, no mais era um homem como os outros.

Edna ficara sua amiga. Quando Carlos não queria ir a um concerto, Saul a acompanhava. Era bom escutar música com ele, um mestre, que tudo sabia. Com pouco, Edna podia tratar do assunto com segurança. Saul dizia mesmo que encontrara uma criatura nascida e feita para a música, o contrário de sua mulher, que era antimusical por excelência.

Foram assim os primeiros meses de Edna numa grande cidade. Passara, com brilho, de camponesa a moça da capital. Deixara os porcos pelas salas de concertos. E quem a visse de cabeça erguida, de cabelos louros amarrados, de olhar abstrato, ouvindo um intérprete, não diria que ela vivera até bem pouco tempo entre gente desprovida de qualquer sinal de gosto e sensibilidade.

Um dia Saul se separou deles, para assumir um cargo de direção fora de Estocolmo.

Carlos e Edna ficaram sozinhos. Os amigos que de quando em quando apareciam para visitá-los não deixavam nada. Iam-se, com eles desapareciam as conversas. Nada ficava em Edna dos dois colegas de Carlos e suas mulheres. Era como se fossem homens como seu pai e mulheres como sua mãe. Conversavam eles com Carlos sobre serviço, criticavam a orientação dos chefes, davam palpites sobre negócios, e as mulheres só queriam falar de modas, de vestidos, quando não se entregavam a um bate-boca monótono. Eram iguais a todas as mulheres que Edna já conhecera.

A fuga de Saul, para Edna, fora um desastre. Carlos, afinal de contas, não tinha nada de grande para dizer-lhe. Ia com ela aos concertos, mas ouvia música como a maioria, sem aquela volúpia de Saul ou de Ester. A música entrava em Carlos e saía deixando-o livre, liberto de seus poderes mágicos. Ele voltava dos concertos como entrava, o mesmo, sem uma mágoa, sem uma alegria a mais. Reparava em Saul como se transformava, como criava outra feição, outro semblante. A música para ele era alimento, estimulante, paixão, uma força que se confundia com a força de Deus.

Edna se lembrava de que Ester era assim também, ia para a música como para um culto. O Deus dela não teria aquela voz de pastor, aquele duro e áspero falar. O Deus de Ester e de Saul penetrava de casa adentro, ia atrás das almas, nas suas maiores profundezas, nos seus mais recônditos esconderijos. Carlos não era assim. Ele sabia distinguir uma valsa de Chopin, uma sonata de Beethoven, compreendia um bom trecho. Sabia que era um Schumann que estavam tocando sem olhar o programa. Mas quando era para sentir ou se entregar, havia nele barreiras, diques intransponíveis. As nuvens de harmonia se chocavam nele como sobre montanhas, desviavam-se, fugiam. A fuga de Saul deixara Edna sem companheiro. Saul se espantara de sua adesão absoluta a seus entusiasmos. Era para ele um milagre. Dizia mesmo para todos. Custava-lhe crer que uma menina do campo, que não tinha piano em casa, com tanta facilidade se apercebera de dificuldades maiores. Era a vocação, ouvidos que dispunham de antenas. Ele conhecia o filho de um concertista de renome que nascera ouvindo sonatas, a infância toda em cima do teclado, e até hoje era incapaz de distinguir Bach de Beethoven. Faltava-lhe o entendimento, a alma, um campo preparado para a cultura.

Edna, quando o viu distante, se sentiu só. Só em casa e só até na companhia de seu marido. Cobria-se de vergonha com aquilo. Carlos era uma flor de trato, adivinhava-lhe os pensamentos, dava-lhe tudo, arrastara-a do meio dos porcos, e ela, miseravelmente, sentia-se só ao seu lado. Fugiu ainda mais para os concertos. Quando não os havia, refugiava-se nos cafés de orquestra. Era uma Edna que chamava a atenção nos lugares públicos. Os homens olhavam-na, as mulheres fitavam-na com admiração, reparavam na sua beleza. Era bela, disto estava bem certa. Lá, entre os seus, no meio dos porcos, esta segurança de sua beleza física sempre lhe escapara. Agora não, tinha certeza de que era bela, de que a carne do seu corpo jovem fazia fome aos olhos. Reparava como o olhar dos homens se iluminava à sua passagem.

Carlos amava-a, mas era um amor distante, que não entrava nela como a música de Ester. Podia ser crueldade, porém notava que o marido lhe escapava. Teria que fazer o possível para vencer esta aberração de sua natureza.

Afinal de contas, que queria mais? Podia-se dizer feliz. O que conseguira fora o máximo para uma moça de sua situação. Deixara os porcos para ser o que era, gozar de uma posição invejável, esposa de um engenheiro de categoria, visitada, frequentando os melhores teatros, as melhores salas de concertos.

Carlos não a contrariava em coisa alguma. No tempo de Saul ia sem ele, com o amigo, aos concertos. Outro qualquer teria repelido aquela amizade tão íntima. Na verdade se conheciam de tão pouco e ela se ligara a um seu amigo de forma tão particular que poderia ter provocado estranheza a qualquer um. Mas nada. Ele se portara de uma forma que a confundia. Confiava no seu melhor amigo, amava sua mulher, e isto lhe bastava.

Era um homem adorável, o seu Carlos. Tinha todas essas qualidades. Era bom e ela verificava não amá-lo. Faltava-lhe um não sei quê, faltava-lhe uma coisa mínima, que ela não sabia o que era.

Em todo caso, tudo corria bem. Eram felizes até aquela data, sem nenhuma desinteligência entre eles. Viviam na melhor harmonia. As famílias de ambos já se haviam entendido com eles. Sigrid escrevera a Edna falando dos seus. Tinham-se conformado, embora a velha Elba continuasse a repelir a ideia monstruosa do batizado. O pai e a mãe se comoveram com a felicidade da filha, orgulhavam-se da posição dela. Estavam todos radiantes.

Edna se alegrara com o contato restabelecido com os seus. A princípio pensara que nunca mais pudesse lembrar-se daquele deserto que abandonara com avidez. Que os seus parentes se sumiriam de sua memória como um sonho ruim que se procura esquecer. Verificou, porém, que havia deixado qualquer coisa com os seus. Não sabia o que era, mas qualquer coisa ficara lá com a mãe, com Sigrid e o pai, os porcos, o rio, as flores da estrada. Um pedaço de Edna ficara por lá. Recordava-se dos seus. A carta de Sigrid fizera-lhe um bem enorme. Quando Carlos lhe chegou satisfeito com a carta que recebera da mãe, compreendeu e participou da alegria do marido. Como ela, Carlos havia restabelecido o contato.

Nada havia para fazer de Edna uma mulher insatisfeita. Marido bonito, bom, vida regular, com diversões e a paz com o seu povo. Tudo lhe corria bem, no melhor dos mundos. Quando ficava só, ou quando voltava à noite de um concerto e encontrava Carlos dormindo, e o seu sono não chegava, logo um mundo de insatisfação se formava na sua cabeça, sentia-se isolada, abandonada, infeliz. Era o cúmulo. Talvez fosse doença, um mal secreto que estivesse roendo a sua estabilidade.

A música lhe dava aquele meio êxtase com que Ester se embriagava. Havia um outro mundo quando tocava algum trecho do seu agrado. Mas este mundo se ia, desaparecia, e o que lhe ficava era aquilo, como que uma mágoa de estar vivendo, uma espécie de rancor pelo seu destino.

Talvez que um filho lhe pudesse dar essa estabilidade. Pensou nisto como numa ideia de salvação. Um filho era a sua carne, o seu sangue, misturados ao sangue e à carne de Carlos. Pensou nesta solução, andou atrás dela como atrás de um porto. Tinha vergonha de si mesma. Era uma impura, daquelas de que falava o pastor: um ser renegado.

Não gostava quando Carlos a procurava para o amor. Via as preparações, os agrados, as carícias do marido, como se ele estivesse tramando contra ela. Casara-se para o amor, para as delícias de amor. Carlos queria-a e desejava-a. Era sôfrego para tê-la nos braços, dar-lhe aqueles beijos demorados, fazer-lhe aqueles afagos.

Edna começou a sentir repugnância de tudo isso com verdadeiro desespero. Era a sua desgraça. Voltaria aos tempos da expulsão de Ester, quando sobre ela pesavam todas as responsabilidades do desastre. Estaria desgraçada outra vez.

Havia dias, porém, em que aquela repugnância passava e ela entrava em contato com o marido como se nada tivesse existido, como se o amor habitasse mesmo em seu coração. E sucedia sempre acordar, após estas ligações, com os seus problemas inteiramente resolvidos. Tudo fora o capricho. Um capricho dos seus sentidos, uma onda de angústia que se aproximara, mas que o amor de Carlos vencera facilmente. Tudo caminhava assim, até que outra crise se pronunciava. Era como ameaça de tormenta. E quase sempre lhe sucedia aquilo quando voltava de um concerto.

Recordava-se bem: uma noite, Carlos e ela haviam ido ao concerto de um violoncelista rumaico. O homem tocava admiravelmente. Tocou muitas coisas de sua terra e depois voltou-se para Chopin. O instrumento vibrava com agonia de peito humano dilacerada. Edna chorou, lágrimas vieram impetuosas aos seus olhos. Quase que escandalizou a sala com os seus soluços, mordendo o lenço. Carlos reconheceu a sua dor e quis levantar-se. Ficou, porém, até o fim. Aquilo era bom. Sofria, sentia que sua alma se despedaçava, mas queria ficar até o fim. Lembrou-se de Ester, de Saul, das tardes de inverno na escola, do mundo que era só ela e Ester. E uma dor antiga apareceu, uma dor que ela julgava morta, extinta para sempre. O diabo do violoncelista rompera outra vez no seu coração uma ferida cicatrizada.

Em casa Carlos procurou-a. Sem dúvida que ele viera excitado pela música. O artista tocara tantas coisas quentes que teria bulido com os seus instintos. Edna, quando o marido de manso se aproximou dela, deu um grito de medo, como se as mãos que a afagassem fossem um roçar de réptil pelos seus seios. Carlos espantou-se. Levantou-se para acender a luz e foi procurar um pouco d'água com açúcar para sua mulher. Atribuiu aquilo à exaltação da música. Edna era emotiva em excesso, sentia as coisas com violência. Aquilo passaria.

Pela manhã, ela meditou no episódio da noite. Aquela repugnância, que lhe enchera todo o corpo, doeu-lhe como se tivesse cometido uma monstruosa ingratidão. A culpa era de seu corpo, de sua carne. Porque gostava de Carlos, toda sua alma confraternizava com seu marido, e viera, no entanto, aquele asco mais violento do que os outros.

A vida foi correndo com alternativas dessa ordem. As crises iam-se amiudando cada vez mais. Edna, ferida pelas traições de seus sentidos, foi perdendo a satisfação dos primeiros meses do casamento. Irritava-se por qualquer coisa, dominava ao máximo os seus impulsos, as suas cóleras, os seus ímpetos.

O marido pensou em filho. Talvez que fossem os primeiros sinais de gestação. Nada. Havia qualquer coisa de doença em Edna. Foi com ela aos médicos, que queriam saber de tudo, dos pais, dos avós, das doenças em pequena. A um deles, mais simpático, Edna falou na tentativa de suicídio e sentiu-se aliviada. Quando voltava de um consultório e pensava que havia ocultado um incidente, era como se houvesse ludibriado o especialista. A um, porém, contou tudo. O médico sorriu, não deu importância ao fato e aconselhou a Carlos uma viagem, um passeio demorado.

Em casa, ambos ficaram tristes. Ela em se sentir pesada, como um fardo, e Carlos pela impossibilidade de tomar o conselho do médico. Não tinha recursos para o remédio.

Levaram dias assim. Até que uma tarde o marido chegara em casa com uma notícia. Havia recebido um convite para a América do Sul. Uma agência alemã lhe oferecia o lugar de engenheiro numa exploração de petróleo. No outro dia teriam mais detalhes.

Edna se rejubilou com a notícia. Há tempos que uma alegria assim não a dominava inteiramente. Quase que não dormiu. Nessa noite o corpo de Carlos confundiu-se com o seu. O amor chegou para eles como há muito tempo não vinha, com a satisfação de quem estabelecia uma paz duradoura.

No outro dia Carlos voltou com todos os detalhes. Era no Brasil. Ao Norte, numa exploração à beira do Atlântico. A proposta era ótima, contrato de dois anos e um ordenado compensador. Com casa, criadagem, tudo por conta dos exploradores.

Edna foi logo comprar uma geografia alemã que tratava de todas as terras com a maior variedade de informações. Na escola pouco aprendera dessas coisas. Sabia que havia o Brasil, um imenso país, com rios e bichos gigantescos. Era uma terra de gente de outra cor e onde se falava o português. Pela geografia se informou de muito mais coisas. A capital do país era um porto belíssimo, numa baía das mais belas do mundo, e com um milhão e quinhentos mil habitantes. Uma cidade que valia por muitas Estocolmos reunidas. Havia estradas de ferro no país, havia outras cidades maiores que a sua terra. Procurou saber da região para onde iriam. Viu no mapa a zona referida por Carlos. Havia uma cidade de cem mil habitantes, estrada de ferro etc. A produção da zona era cana-de-açúcar, e gente de três raças compunha a população. Havia brancos, pretos, amarelos. Clima quente, temperado, os ventos amenizavam o calor.

Uma intensa febre de iniciativa tomou conta de Edna. Encontrou uma gramática portuguesa. Era preciso auxiliar Carlos, fazer qualquer coisa para ajudá-lo em sua nova missão. E enquanto o marido se preparava, tratando dos papéis, concluindo as negociações com os agentes, ela se metia a decorar palavras e verbos. Os parentes receberam a notícia com pena. Sigrid escreveu dizendo que a mãe chorara quando soubera. E a velha Elba não mostrava nenhum desejo de vê-la, antes da partida. Depois viu os parentes no seu embarque: Sigrid, o irmão, o pai, e teve o pressentimento de que nunca mais os veria, nunca mais tornaria a vê-los. Era um salto perigoso que ia dar, atravessar mares, percorrer terras desconhecidas. O rei de sua mãe saíra para sentir as desgraças dos homens. Era um rei que sofrera como o mais infeliz dos homens.

Levaram quase um mês na travessia. Viu cidades formidáveis. Passaram oito dias em Hamburgo. Mas tudo aquilo não lhe fazia impressão duradoura. Ela ansiava por outra coisa. Um mês de vida de bordo. O navio em que viajava era misto. Trazia uma meia dúzia de passageiros e uma tripulação reduzida.

Vinha com eles um frade alemão bem jovem e bonito, franciscano, que se dirigia para um convento no Brasil. Era o mais alegre de todos os passageiros. Edna entendia mais ou menos o seu alemão e foi com quem conversou quase a viagem inteira. O religioso era de família importante. Poderia ter seguido, como os seus irmãos, a carreira das armas ou o comércio. Era da Baviera. Quando soube que Carlos era de família católica, ficou radiante. Tocava piano e sabia cantos populares, que entoava com uma voz doce, feliz, cheia da sua terra. Edna tocou para ele ouvir o pouco que sabia – umas valsas de Chopin, as coisas de Schumann. Frei Jorge tomava conta do piano, e todos de bordo ficavam na pequena sala, a ouvi-lo. Era, de fato, um artista. Edna conversou com ele sobre música. O frade sabia muita coisa. Discorria com absoluta segurança. Mas quando sentia que estava levando a conversa para ele só, recuava e passava para outro assunto. A sua viagem para o Brasil – dizia ele – já estava assentada havia mais de dois anos. Ia para a Bahia, para um velho convento de quatro séculos. A obra dos franciscanos no Brasil era grande. E mostrou a Edna as fotografias do convento para onde se botava. Uma bela igreja. Edna admirou a cidade. Frei Jorge sabia de tudo.

— O clima é saudável, pouco se sofre de calor e não há perigo de febres. No começo, morriam muitos frades de febre maligna. Agora não. A cidade está saneada, o país civilizado.

Frei Jorge já sabia a língua da terra e começou a dar a Edna as primeiras lições. Ela e Carlos acharam ótima a ideia. O frade tirava duas horas para explicar-lhes os rudimentos da língua que ia ser o instrumento de comunicação deles dois. Acharam difícil. Mas o franciscano os animava. Com o ouvir falar aprenderiam com mais facilidade.

Lá um dia estava Edna com o frade a sós, no tombadilho, a ver o mar manso, o grande mar sem fim. Frei Jorge começou a falar para ela com a voz de profunda tristeza. Edna reparou nele e achou-o diferente. O frade queria contar sua história. Um frio correu pelo corpo dela. Daria tudo para não ouvir, para que ele continuasse o homem feliz, que cantava os *lieds* de sua terra, aquela mocidade exuberante que se dava a Deus e atravessava os mares para o serviço de Deus.

A voz do alemão continuou mansa. No começo quisera ser soldado. A sua pátria vivera dias dos maiores desesperos. Fora esmagada, destruída. Falavam nisto por toda parte. Entrou na universidade, com a vontade de fazer qualquer coisa de útil aos seus. A mãe sofrera então o maior choque que poderia aguentar uma mulher: o marido abandonou-a por outra. Aquilo lhe doeu tanto que a pobre chegou à loucura de se matar. Vira-a morta, com a expressão de dor mais desesperada que se pode imaginar. Quando, pela manhã, abriu a porta do quarto de sua mãe e encontrou-a enforcada, era como se tivesse visto o mundo acabado. Aí os olhos do frade se encheram de lágrimas.

O mar imenso parado, como um lago, e Edna sentindo que a sua infelicidade não era nada, perto da infelicidade da mãe de frei Jorge. E quisera morrer também como ela.

— Pois, minha filha – foi dizendo o frade —, andei tonto com aquela dor de minha mãe, que não me deixava, e terminei caindo nos braços de Deus. O bom são Francisco me acolheu, os meus bons irmãos me deram coragem e alegria. Escolhi o Brasil para o serviço que deveria oferecer a Deus. Hoje sou feliz, tenho o que fazer na vida. Deus me dará força para o meu serviço.

Era aquele o frei Jorge que Edna admirava. A mãe lhe dera motivo para que a sua vida tomasse aquela direção. Vinha da Baviera para os trabalhos de Deus; deixara os irmãos de sangue, os seus louros companheiros de universidade, para se entregar de corpo e alma à salvação de almas de pretos, de mestiços, de estrangeiros. Ela corria da vida, de sua terra, de seus parentes, de seu marido, para quê? Com que fim? Com que entusiasmo?

Aquela história deixou-a abatida. A grande iniciativa de frei Jorge humilhava-a, se se punha a comparar com o seu caso. Vinha vazia de intenções para a América. Queria era viver, fugir de seus tormentos, e para isto aceitara aquela viagem, sugestionara o seu marido àquele sacrifício tremendo. No fundo, não passava de uma egoísta, de uma mulher perversa.

À noite, quando ficou sozinha no camarote, enquanto Carlos jogava cartas com os companheiros, chorou. Não seria um país qualquer nem uma terra exótica que lhe restabeleceria o equilíbrio. Para onde fosse, lá iria com aquela angústia, aquele anseio de sair de si mesma, de procurar uma estrada que não encontrava. Levara os dias pensando que só o sol, a luz, o verde das árvores, a terra feliz lhe daria solução para os seus problemas. Na terra da Espanhola, lhe diziam em criança, os rios não gelavam. As árvores frutificavam o ano inteiro, os pássaros cantavam de inverno a verão. Agora marchava para um recanto assim, e frei Jorge marchava com o mesmo destino. Ele levando uma vida para o serviço de Deus e dos homens, e ela somente para dar tréguas às suas angústias, aos seus desejos injustificáveis. Desprezara os parentes, tinha ódio ao pai, indiferença pela mãe, e Sigrid e Guilherme já eram de outra gente, para ela. A velha Elba ficara por lá.

Pela vigia, olhava a noite escura. No céu pinicavam estrelas, e o mar agitado rosnava de encontro ao casco do navio. No seu camarote, frei Jorge rezava, rezava para a salvação de sua mãe, para a salvação do mundo. Em breve estaria entregue às dores dos outros, fazendo força pela humanidade.

    Quando Carlos chegou, Edna ainda estava acordada. Uma dor muito viva estava com ela. Viu o marido acender a luz, despir-se. Olhou bem para ele. Seria um sacrificado pela loucura da mulher. Sentiu que sobre ela cairia a maldição de todos, e chamou pelo marido, com medo. As lágrimas corriam de seus olhos. Carlos chegou-se para perto dela, humilde, tocado pela dor de Edna, indagando pela razão daquele choro. Não valia a pena chorar. Seriam felizes, a terra era boa, todos aqueles tripulantes do navio conheciam o lugar para onde iam.

    — A terra é boa – repetia.

    Mas Edna não ouvia e chorava como desesperada. O marido acariciou-a. Até que ela se abraçou com ele e falou, falou muito, descarregou todos os seus pecados. Era uma cruel. Obrigara-o àquela viagem perigosa; não merecia considerações de espécie alguma.

    Carlos replicou, deu os motivos: antes de ter aceito o convite, já estava pensando em fazer aquilo. Queria ser rico, e ali na Suécia não conseguiria nunca. Aceitara o convite com ambição de mandar, de ser um grande homem. E chegar em Estocolmo um dia como um poderoso, ir com ela às festas da rainha, fazer de sua mulher uma das grandes damas do país. Ela não fora culpada de coisa nenhuma.

    Carlos ficou com Edna no mesmo beliche. Encontraram-se. Os seus corpos embalados pelo mar uniram-se com violência. As lágrimas de Edna não tinham corrido em vão.

    No outro dia, estiveram nas lições de frei Jorge. Edna procurou algum dos tripulantes para falar da terra, saber das coisas. Nem parecia mais aquela do desespero da noite anterior, a pobre mulher, a fatal Edna que desgraçara o marido. Todos a bordo eram felizes. Vinha com eles também, para Buenos Aires, um casal de alemães, que retornava à América. Estavam radiantes, e falavam da Argentina como de um paraíso. O homem era quase rico. Tinha negócios de couro, e a mulher, cheia de joias, de prosperidade à flor da pele, não falava em outra coisa senão no dinheiro que se ganhava tão fácil na América. Voltavam da Alemanha: tinham visto a miséria do povo, da gente da sua aldeia. Não puderam suportar mais de um mês entre os seus parentes. Todos deviam sair dali. Eles eram felizes.

E foram chegando. As terras misteriosas se aproximavam. O mar já era outro. Os ventos que sopravam eram diferentes. O país de ouro, dos pássaros, dos bichos, dos rios como o mar se aproximava. Passaram no equador, e o comandante batizou os noviços. Os tripulantes riam-se às gargalhadas com a cerimônia.

Na primeira noite que Edna sentiu não ser mais uma noite como as outras, quase que não dormiu. Ficou no tombadilho. O mar gemia. E o céu, claro, estrelado. Esteve assim horas e horas. Carlos ficou jogando; e uma brisa passava pelos seus cabelos, pelo seu colo nu, pelas suas pernas sem meia, com uma ternura de amante. Era a noite tropical de que tanto ouvira falar nos poemas, a noite cheia de encantos para o amor.

Ficou ali, deixando-se possuir pelo vento que vinha cheirando a mar. Que ele entrasse pelo seu corpo, lambesse as suas carnes, dormisse com ela. Faiscavam as estrelas como as pedras de um vestido de princesa encantada. Por cima de sua cabeça, um céu resplandecente. E acariciando o seu corpo, mãos macias de um amante sequioso. Quando ouviu foi o chamado de Carlos. Tinha dormido ao relento.

2

O vapor estaria no porto de Maceió no dia seguinte. Acordariam com terra à vista. Pouco dormiram naquela noite de expectativa. Nem ela nem Carlos conseguiram pregar olhos. Estavam no fim da viagem. Até ali o contato com a sua gente, com o seu povo, se fizera através dos homens da tripulação. Com eles estava a Suécia; a língua, o regime de vida, tudo era da terra perdida. No outro dia todas essas amarras estariam cortadas.

Pela vigia entrava a brisa fresca molhada de mar. Mas o sono não chegava para Edna. Carlos rebolava na cama, nervoso. E no escuro, sem ver a sua cara, ele começou a falar, com uma franqueza que nunca tivera. Revelou-se amedrontado. Pela primeira vez abriu-se com a mulher. Para lhe falar com franqueza, até ali não tinha podido medir as consequências do passo que havia dado. Procurava fazer pouco caso da tentativa, e verificava agora que temia o que lhe pudesse acontecer. Trabalharia, daria o que fosse possível de suas energias, tudo que estivesse em suas forças tentaria. Mas uma coisa lhe falava de fracasso, de insucesso.

Edna sentiu aquela confissão do marido como uma descarga de culpa sobre ela. Viu-se de repente autora de um crime, responsável pela desgraça dele. Era um profissional bem encaminhado na vida, que ela arrastava para uma aventura. Quis falar, e não teve coragem. No silêncio profundo que os cercava, com aquela confissão de Carlos, era como se estivesse no julgamento, diante de juízes atentos, na iminência da sentença terrível. Tinha conduzido o marido à aventura. Era uma pérfida, uma desalmada.

Carlos se calara; e uma música triste rebentou lá debaixo, no meio dos tripulantes. Há tempos que não escutava aquilo. Era um acordeão, que ajudava a saudade de algum pai, de algum amante, de algum filho. Reparou no gemido, no sofrimento da música. E não sabia por que, pela primeira vez em sua vida, teve uma grande saudade de sua gente. Estava de longe, a milhares de milhas dos parentes, desse deserto humano que a cercara de monotonia, de vida mesquinha; ali, ao lado de Carlos, com a terra nova que no outro dia surgiria para eles, e no entanto sentia saudades dos que haviam ficado para trás. O marido havia-se descoberto por inteiro. Toda aquela satisfação, aquela alegria, aquela confiança era falsa. No fundo, o que ele era, realmente, era um tímido que ela desviara de uma vida tranquila. O amor pela mulher fizera Carlos abandonar o seu ideal de existência. Talvez que tudo aquilo também não passasse de um pavor injustificado. Carlos lhe falara tantas vezes em fugir da terra pequena, em futuro grandioso, em riqueza, em domínio... Tantas vezes ele se revelara cheio de ambição... Tantas vezes ele lhe enchera os ouvidos de histórias de engenheiros que teriam enriquecido na América... Aquele desabafo, talvez que fosse um medo passageiro, espécie de terror pelo desconhecido que se aproximava. Não fora culpada de coisa nenhuma. O marido se servira de sua doença como de um pretexto para satisfazer uma ambição.

O acordeão continuava. Agora não estava mais triste. Tocava para dança uma música ligeira, sacudida, cheia de movimento. Edna teve vontade de ir ver a noite lá de fora. Chamou Carlos. O marido recusou-se.

Saiu. O céu estrelado, o imenso céu coberto de chispas bulindo, e o mar calmo, profundo. Em poucas horas estariam em terra. Ficou em pé. O vento banhava-lhe o corpo inteiro, úmido, trazendo-lhe o gosto de mar para a sua boca. Viu uma pessoa na torre de comando olhando para um ponto fixo. Um marinheiro, para quem o mar, o vento e as estrelas já não tinham importância. O cotidiano deles era aquele. Era como ela, como o rio, as árvores, o velho Nicolau. Do mastro do navio estendia-se uma luz pelo mar afora. De quando em vez tinia a campainha de comando. No outro dia seria a terra, o povo, a vida que haviam escolhido para substituir a outra, que era pesada e triste. O marido se queixava. Botava para cima dela todo o fracasso. Uma injustiça: ela fora seduzida pela ambição dele de conquistar nome e fortuna. Precisava se convencer disto. Ter a certeza absoluta de sua inocência, senão outra vez cairia sobre as suas costas o peso de um mundo morto. Fora assim com Ester. Agora as coisas teriam que tomar outra direção. Ela teria coragem para se impor, para fugir de responsabilidades que não lhe cabiam. Viera para a América, acompanhando o marido, que desejava vencer, ficar superior aos colegas, que levavam vida mesquinha, e morreriam pobres. Carlos pretendia comandar indústrias, não havia precisão dela andar se mortificando para fazer-se culpada. Podia mesmo lhe dizer tudo isto, e ela não acreditaria. E não sabia como, nesse instante, teve ódio a Carlos. Então, porque se sentia fraco, impotente, sem ânimo para a luta, vinha para ela com aquelas lamúrias, querendo descobrir na mulher razão de fracasso? Então, ele, que lhe falava com tanta ternura, com aquela confiança, com aquele apego amoroso, lhe aparecia trêmulo de voz, vagaroso, para lhe dizer que não tinha coragem, que não tinha mais forças, que era um fraco, e que ela o arrastara para o perigo?

Ficou com raiva do marido. Estaria no camarote, enrolado nos lençóis como menino com papão no telhado. Precisava de uma mãezinha para embalar o seu sono. Aquele era o conquistador, o pulso de ferro que queria fazer o mundo novo. E ainda lhe vinha falar de homens que comandavam, que venciam com riso nos lábios. Todos deviam ser assim, mais ou menos assim como Carlos. Em todos eles existiria um Carlos, o medo de menino, vacilando, se arrependendo de tudo, precisando botar culpa para cima dos outros.

O acordeão voltava outra vez à tristeza anterior. Cantava para a noite tépida qualquer coisa que o gelo do Norte lhe ensinara. O fio de luz do mastro se estendia pelas águas do mar. Edna olhava até onde ele ia. No camarote, o marido tremeria de susto.

Sentou-se num monte de cordas. A vida para ela poderia parar ali. Aquele navio poderia ficar ali para sempre. Tudo parar. Não haver dentro dela angústia nenhuma, nenhum desejo de fugir dos seus, de se conduzir ao contrário dos ventos, das águas. E ser uma mulher como as outras, ser uma Edna feliz e boa. Tudo poderia se findar e uma outra vida se estender mar afora.

Voltou para o camarote. E esperou em vão pelo sono. O marido mexia-se no beliche a cada instante. Viu pela vigia a madrugada, o mar se cobrindo de luz, o sol tomando conta das águas. Um pedaço de céu que descortinava estava tino pelo arrebol. O rumor das hélices cortava o silêncio. Ouviu vozes de gente passando pelo corredor. Um tripulante dizia para outro:

— Vamos chegar à tarde. O vapor atrasou a viagem por causa do vento.

Edna demorou-se no camarote. Tinha o corpo moído como se tivesse trabalhado a noite inteira.

Carlos falou-lhe de cima do beliche. Dormira pouco. Vira Edna se levantar e não tivera coragem de segui-la. Devia ter feito uma noite esplêndida.

A mulher, calada, não lhe deu oportunidade para que continuasse a conversa. Dentro dela permanecia aquele ódio, aquela repugnância pelo homem que queria se libertar do medo responsabilizando um companheiro.

Frei Jorge já estaria pelo tombadilho, lendo o seu livro de orações. A terra de seus sacrifícios, de suas obrigações, estava a poucas milhas. Em breve Deus teria o seu instrumento na obra. Estaria radiante, cheio da sua fé, do seu amor, da sua coragem. E ela e o marido ali, a dois passos de uma vida nova. Ele, amedrontado, e ela, odiando-o. Aquilo era uma coisa monstruosa. Não podia ser. Tudo não passava de delírio de sua imaginação. Talvez que Carlos não a culpasse por coisa nenhuma. Dissera aquilo por dizer. Simples desabafo, sem consequência. Ela é que arranjara logo aquela situação de tragédia. Carlos não pensaria aquilo, era absurdo fazer tal juízo de seu marido. Precisava vencer a Edna impetuosa, a Edna que os ventos agitavam a seu gosto. Era preciso criar uma alma nova, estabelecer um plano de ação, de cura, como lhe aconselhara o último médico. Tudo que passava pela sua cabeça criava corpo, palpitava de vida. Na noite anterior nem tivera coração para sentir a beleza do céu, do mar, tão cheia de preocupações estéreis estivera. O pobre Carlos passara a ser para ela um monstro, a sua vida um fardo – tudo perdido.

O dia estava alto quando apareceu no tombadilho. Frei Jorge passeava de um lado para outro. E quando a viu veio logo falar-lhe. Era o último dia que ela passaria em viagem. Ele ainda teria mais 24 horas. Fora-se quase um mês. Gostava muito de ter conhecido o casal. Vinha pedindo a Deus pelos dois. Eram felizes, mas a bondade de Deus não tinha limites. Deus ainda os faria mais felizes.

Na saleta, o frade procurou o piano e tocou um pedaço de Schubert. Era a voz do povo da sua terra, com o doce canto de um pastor perdido. Vieram lágrimas aos olhos de Edna. O padre louro de olhos claros e coração puro não sabia nada da vida. Era um menino, como Guilherme aos 10 anos. Não conhecia o coração dos homens. Conversara com ela mais de vinte dias, olhava-lhe o rosto, via os seus olhos, tocava o Schubert que ela escutara tantas vezes, e nada sabia dela, nada pegara de sua alma. Deus não lhe dera força nenhuma. Era só aquela bondade, só aquele coração querendo sangrar em sacrifícios. E mais nada. Nem a mãe morta lhe abrira os olhos para ver a dor dos outros. Pensava que ela fosse feliz.

Quando saíram do almoço já se avistava terra. Até entre os tripulantes a mancha azulada fizera rebuliço. Todos se agitaram, estremecendo de alegria. Viviam no mar, mas o contato da terra, pisar em terra firme, devia trazer para eles um contentamento enorme. Era uma mancha ligeira que se avistava.

O comandante desceu da torre do comando para falar. Estava demais comunicativo. Com duas horas estariam entrando no porto. Não sabia contar o número de vezes que viera com carga de bacalhau para Maceió. Quase sempre tocava ali diretamente, de Hamburgo até lá. Às vezes levavam dias no desembarque da mercadoria. A terra era boa, salubre, bom peixe, ótimos mariscos, água de coco deliciosa. O homem parecia com outra cara. O casal de alemães não gostava do Norte. O Brasil era o Sul, havia higiene, o trabalho, o povo era melhor.

— Aqui pelo Norte, os bandidos correm o sertão, assaltando. Nada como São Paulo. Aí já se pode viver.

Edna via a terra se apresentando, com emoção profunda. Ficou com Carlos olhando. O sol se derramava pelas águas. O céu era limpo, azul, sem uma nuvem.

No princípio parecia uma cadeia de montanhas longínquas se confundindo com o horizonte. Só se avistava mesmo a névoa azulada. Frei Jorge, ao lado dela, falava de companheiros seus que estavam por lá. Na cidade de Penedo havia um convento de franciscanos. À margem de um grande rio, os seus irmãos fundaram há quatro séculos uma casa de Deus. Estavam lá.

Carlos e Edna quase não ouviam. Era a terra que se chegava. Ali do navio tinham a impressão que era a terra que vinha ao seu encontro. Edna achava que as duas horas do capitão se prolongariam.

A fumaça do navio sujava o céu limpo, e as hélices borbulhavam. O navio arrancava com vontade. Era preciso ver terra, sentir a terra, pôr os pés no chão duro. Ninguém estaria como ela, mais apreensiva, mais cheia de espanto. Ora se sentia no fim de uma vida que abandonara sem pena, ora culpava-se de um passo errado.

Carlos nem sabia o que andava pelo coração da mulher. A sua Edna estivera como ele, naquela noite terrível, com medo, apavorada com o destino. Fazia calor. Mas havia gelo no coração de Edna, um frio de angústia lhe atravessava o peito. Era a terra nova, o mundo oposto ao seu que vinha chegando. Iriam para ele, teriam que tudo dar, alma e corpo, ao desconhecido. Uma louca vontade de chorar se apoderou dela. Reagiu. Fez força, e dominou a crise de pranto.

A terra vinha chegando. Um pedaço de sol lavava-lhe o rosto. A terra vinha chegando. Era como uma amante de hora marcada. Os minutos corriam morosos, minutos que eram como horas. Carlos, calado, aguentava também os seus sobressaltos. Frei Jorge continuava a falar. Passaria a sua vida inteira no Brasil, nunca mais voltaria à Alemanha. Aquela seria a sua pátria, sua terra.

Agora o navio mudava de rumo, e a terra se mostrava, como uma mulher que fosse aos poucos levantando o véu do rosto. Via-se um casario branco, como se fossem moradas de anões afundadas na distância. Corria-se para a terra. Gaivotas voavam serenas e as cabeças dos botos apareciam à flor d'água. O comandante orientava. Aquilo era peixe inofensivo, de carne ruim.

Edna não tinha olhos para ver. Não sabia o que era aquilo que estava sucedendo a ela. Não via e não ouvia coisa nenhuma. Quis amparar-se em Carlos e sentiu os seus dedos como se fossem de algodão. Quis gritar e não pôde. Quando deu sinal de si, um cheiro aborrecido de éter tomava conta do camarote inteiro. Tinha vindo de um sono profundo. Carlos, a seu lado, o médico de bordo e frei Jorge. Falavam num caso de insolação. Já estavam no porto esperando as visitas das autoridades. O calor se atenuara. Era melhor subirem, dizia o médico.

— Ela precisa de ar puro.

Lá de cima, Edna viu a terra com a distância de uma milha. O mar verde, os coqueiros, o casario, os trapiches compridos e sujos, entrando de água adentro, e a areia branca espelhando. Sorveu o ar. Viu a paz imensa que cercava tudo. Olhou para o outro lado, e era o mar, a grande estrada por onde vieram. Fazia calor. Mas a brisa corria branda.

Carlos, aflito com o incidente, queria que ela se deitasse numa cadeira no tombadilho. A terra, a uma milha, parada, imóvel, esperando por eles.

Edna levantou-se: corria-lhe suor pelo corpo, descia suor frio pelas axilas. Lembrou-se num relance dos seus, e logo os esqueceu. A terra parada. Era bela a luz sobre a água verde-cana do mar. As ondas mansas. Vinham chegando barquinhos de vela, todos caídos para um lado como um voo de gaivota. Era a gente da terra que chegava. Lembrou-se dos filmes americanos, dos indígenas coroados de flores, amando nas ilhas que eram um paraíso. Frei Jorge lhe veio falar, queria falar sempre, como um embriagado. Aquilo sem dúvida era medo, estaria como ela e Carlos assombrado com o novo mundo aparecendo. Subiram homens fardados, um homem branco quase louro, um outro quase preto.

Edna andou em redor do navio, Carlos acompanhando-a, receoso ainda de qualquer coisa. E aos poucos era a tarde que caía. O sol se pondo. Agora estava só. O marido tratava dos papéis com seu chefe, que havia chegado a bordo.

O sol se punha. O céu recamado de nuvens, de novelos de nuvens de todas as cores. Olhava a maravilha. Era um assombro: o disco solar, como de cobre, ardendo em fogo no último arranco de vida. Nuvens ensanguentadas, roxas, se chegavam para aconchegar o leito do moribundo. Morria de fato, caía aos poucos. Sumiu-se de repente. Fora-se o dia.

Edna olhava o espetáculo, abismada. Estava só. Quase na popa do navio. Lá debaixo gritavam homens de cor gesticulando, fazendo sinais desesperados. Um tripulante respondia com gestos àquela gritaria.

Carlos apresentou-a ao chefe, o dr. Silva. Tinham que descer.

A noite vinha chegando, e os homens de cor, do barco, continuavam a gritar. No silêncio do mar o rumor dos remos fazia um barulho enorme. O chefe do seu marido tinha olhos grandes, cabelos pretos. Remavam dois homens para terra. Os trapiches entravam para dentro do mar ainda mais. De um bote parado vinha uma luz fraca. Um homem cantava uma coisa triste.

Encolhida, bem perto de Carlos, Edna ouvia bem que era triste o que ele cantava. Outro barquinho de vela cruzou pelo seu. Os homens de lá gritavam para os companheiros. O vento enchia a vela branca. Era o terral, vento que levava para o mar alto.

 O navio ia ficando longe, todo iluminado na escuridão. Ficava para lá a terra de Edna, o acordeão do tripulante, a voz de frei Jorge. Ficava para lá o mundo. Quisera um dia morrer naquele mundo! E agora fugia para um outro...

3

 No começo havia somente aquela igrejinha pobre, caiada de branco, debaixo do coqueiral. Casas de palha pela beira do mar, caiçaras por onde os pescadores dormiam a sesta e guardavam as jangadas no descanso.

 O riacho descia com água doce e trazia febres para eles. Era boa a água, era fria no verão mais pesado, mas as marés subiam, as grandes marés subjugavam a água doce, levando a pobrezinha para as levadas podres. E os maceiós fediam, as febres faziam tremer os dentes, inchar a barriga, matavam menino, aleijavam os grandes. E eles viviam, apesar de tudo. O peixe do mar, a farinha de mandioca davam de comer, matavam a fome. Eram poucos por ali. As pescarias de cavala, à linha, faziam o dinheiro para comprar o pano para cobrir as indecências dos grandes e dos velhos. Os meninos viviam mesmo nus – de olhos vermelhos pelas doenças, de barriga inchada como zabumba. Os que resistiam, os que fugiam das febres e caganeiras seriam o Joca-Terto, o Maneco Piaba, os homens da jangada, dos dias e noites em alto-mar esperando o peixe, fazendo a vida mais dura deste mundo. Voltavam das pescarias. Quarenta e oito horas ao relento, com o sol nas costas, sem dormir, comendo a farinha seca, o peixe frito. Caíam na madorna das caiçaras, de corpo batido, arrebentado. Quem os visse assim falaria de preguiça, de gente imprestável, do pobre Brasil. Há cem anos que viviam assim. Tinham os currais de peixe que o governo de quando em vez mandava quebrar. Tinham as jangadas, compradas pelos olhos da cara, paus que vinham de Quitunde, pano comprado com economias medonhas. Tinham o mar, que ninguém lhes tomava, a terra arenosa, e as febres que a água doce dava de presente.

    A igreja branca era um ninho de morcegos. A velha Aninha tratava dela. Dia de Natal, vinha o padre de Ipioca rezar a missa que eles pagavam de seu bolso, com o preço das cavalas vendidas, das ostras, das ciobas, das carapebas. E o ano inteiro era no mar e nas caiçaras. Enterrando filhos mofinos, emprenhando as mulheres magras, esperando as luas, os ventos – o nordeste que dava camarão, o terral que puxava para os fundos. Que a vida corresse. Viam os automóveis cruzando a estrada, os aviões correndo no céu, os navios fumaçando de longe, e ficavam esperando o sol, esperando a lua, esperando a morte.

    Ali no Riacho Doce não se contava com mais nada. As mulheres faziam renda. Dias e dias numa almofada. Compravam linha e depois apuravam uma ninharia, dois cruzados pela vara, regateados na porta de casa pelas compradeiras que vendiam em Maceió. O peixe que matavam era para vender. O que sobrava, comiam. Salgavam sardinhas para os matutos que negociavam no sertão. Depois haviam criado as colônias de pescadores. Complicavam as coisas no começo, tinham que botar número e letras nas velas das jangadas, mas não adiantara muito. Tudo para eles continuava no mesmo. Ali, de suas casas de palha, viam entrar e sair ano. O cemitério pertinho não enjeitava ninguém.

Em Ipioca a vida não era melhor. Na Barra do Santo Antônio a coisa era outra. O rio descia com mais água e as marés não entupiam o riacho como ali. As febres não eram tantas, porém morria menino da mesma forma. Fazia pena vê-los. Mas não havia jeito. Agora com a estrada de automóvel vivia-se mais a locé. Ficava dinheiro dos passageiros nas balsas. A velha Ismênia vendia o seu peixe mais caro.

No Riacho Doce tudo era no mesmo, tudo como há cem anos.

Era assim o Riacho Doce, quando um governador achou aquilo bonito e veio passar uns dias na praia. Foi um rebuliço, uma completa transformação no lugarejo perdido. Fizeram casas novas, trouxeram para ali luz elétrica, e uma vida diferente se agitava pelo recanto outrora esquecido. O governador começou a passar o verão no Riacho Doce, vieram outras pessoas graduadas, apareceram veranistas de todos os lados. Agora os praieiros tinham de que viver. O peixe subiu de cotação. Uma cavala regular passou a custar dez mil-réis, e não dava para quem queria. Crescera o lugar, a igreja era um brinco, vinha padre dizer missa de graça, os automóveis que passavam por ali em disparada agora paravam. O governador se espalhava na espreguiçadeira, na conversa. À noite havia pastoril, reisado, chegança. Tabuada, o mestre maior, descera de Bebedouro com o seu grupo para lá.

O povo de Ipioca, da Saúde, de Jacarecica vinha para as festas de Riacho Doce. A água do mar lavava o governador, os secretários. O ar da praia robustecia. Virara um lugar milagroso. Um ricaço mandou fazer sobrado na Garça Torta. Tinha até corta-vento puxando água.

O mar verde morria na praia, e os coqueiros choravam ao vento. As jangadas partiam para o alto-mar com a certeza da pescaria bem vendida. O Riacho Doce era feliz, próspero.

Depois foi-se o governador, e o novo que chegou não gostava de banho de mar. As casas novas se fecharam, ninguém gostava mais do Riacho Doce, aquilo ali dava febre. Falavam de um rico que perdera um filho de impaludismo, pegado no Riacho Doce. Era até um perigo demorar um automóvel por aquelas bandas. A igreja voltou a ser um ninho de corujas e morcegos. As missas de festas voltaram a custar 100$000, tirados do bolso do povo.

As casas grandes de alpendre, fechadas. Só lá para as bandas da praia continuavam os pescadores, as jangadas saindo de madrugada para a pesca de cavalas. As mulheres ali não ficavam pensando nos maridos distantes. Raros teriam morrido no mar. Eles sabiam resolver as coisas, os quatro paus da jangada não os deixavam nunca ir ao fundo, nem que as sereias os levassem para o seu reino longínquo. Voltariam. Não rezavam por eles, não ficavam esperando na praia a volta das embarcações. O mar não comia os homens, não fazia viúvas. Era bom e manso. Quando estava raivoso, eles ficavam nas caiçaras esperando que a cólera do mar passasse. Mau era o rio doce pequeno, aquele fio de água, comparado com o mar gigante. Dele vinham as febres, as dores de lado, a sezão implacável.

À tardinha, quando os meninos saíam do banho do rio, vinham tremendo de frio, de dentes batendo, e a febre traiçoeira no corpo engelhado.

A velha Aninha benzia a morrinha do corpo. Bem velha era, mãe e avó de praieiros robustos. Sempre tivera força de fora, de cima, para as manobras com os outros. De sua casa de palha saíam as suas orações, os seus benditos para a gente de perto e de longe. Ela sabia quando a lua vinha forte, quando as marés cresciam, quando a chuva tirava os peixes do mar. Velha sábia, de poderes estranhos, de coração duro. Era forte na dor, na desgraça, na alegria. Via defunto, fechava os olhos dos moribundos, cantava as orações dos mortos, benzia meninos, curava as frieiras dos bichos, fazia as cobras correrem para o mato. E nunca ninguém vira a velha Aninha com lágrimas nos olhos.

O marido morrera em briga, num reisado de Ipioca. Morrera nos braços de uma rapariga. Tinha deixado a mulher em casa numa noite de festa, e se desgraçara pelo amor. A velha Aninha não se maldisse. Criou os filhos, criou os netos, e vai assim, magra, com aquele vestido de chita de rosas escuras, fazendo o que pode pelo seu povo. É a maior força da terra.

Os praieiros sorriem dos ventos, do nordeste, do terral, da lua, das chuvas, do subdelegado Floriano, mas da velha Aninha nenhum despreza um conselho ou evita um chamado.

Ela vira o Riacho Doce cheio de gente importante, vira casas novas de telha, de chão de tijolo, brancas de cal, e não dera importância. Tomaram-lhe a igreja, correram com os morcegos e as corujas, e ela calada no seu canto, vendo em tudo aquilo uma malvadeza do diabo. Quando lhe vinham falar de mais uma casa começada, de mais uma grandeza do Riacho Doce, a velha tirava o cachimbo da boca, cuspia de lado e sorria, com aquele sorriso que encerrava uma sabedoria, uma compreensão misteriosa das coisas. Os praieiros estranhavam a atitude. Então a velha Aninha não queria que a terra deles melhorasse? Teriam que viver assim pelo resto da vida, dando os pescados por quase nada, levando dias no alto-mar para matar a fome? Por que a velha desconfiava da fartura que chegava para eles todos? O governador mandara fazer uma casa para a escola. E a velha Aninha sorria.

Os meninos de morrinha chegavam para ela benzer. Só tinham mesmo os olhos vivos. Ela pegava um galho de arruda tirado do pé do lado em que o sol morria, mandava que a mãe deixasse na terra nua, e rezava. Batia com os ramos na cabeça, nos pés, nas costas. E rezava até que as folhas murchassem. A doença tinha-se ido. A morte não resistia aos seus golpes. A velha Aninha podia com a morte. Só ela ali não tinha medo da morte.

Quando havia gente nas últimas, mandavam chamá-la. E ela vinha, tomava conta do quarto, sentava-se ao lado da esteira do doente, e de cabeça pendida para um canto, ora batendo com os lábios nas orações, ora muda, esperava que a visita chegasse. Ela sabia o jeito preciso, conhecia os passos sorrateiros do monstro. Sentia o frio de longe, o frio que soprava mais fino que o nordeste, chamava para uma distância aonde terral nenhum poderia levar. A morte encontrava a presa preparada pela velha Aninha.

O Riacho Doce teve governador tomando banho nas águas do seu mar verde, e a velha sorria. Casas novas de telha e cavalas vendidas a dez mil-réis. E ela sorria. Só ela sabia as coisas. Só o seu poder devia ser ali absoluto.

Vivia com um filho, pescador de sorte, que nunca perdera um filho: Juca Nunes, espécie de chefe de todos os outros. O parentesco com a velha lhe dava prestígio. Mas não era só isto. Juca conhecia o mar como ninguém, sabia os lugares, as manchas que as águas apresentavam, os jeitos do mar, as manhas dos peixes. Nunca voltara ele de pescaria com o samburá vazio. E a família crescera sem que as febres entrassem de casa adentro. Ninguém sabia explicar tanta sorte. E botavam para a velha, para os seus poderes. Mas não era. O que fizera ela para salvar os seus outros filhos? Lá se fora Antônio, com a ponta de prego no pé. Morrera com todo o corpo, num dia, se torcendo como uma cobra ferida. E os outros filhos? O que se fora para embarcadiço, e as filhas que morreram de parto?

Só o Juca era aquilo que se via – sorte no mar, sorte com os filhos que já eram grandes. Havia Nô de 20 anos, que estivera na escola de Ipioca e sabia ler corretamente. Estava agora em Maceió, trabalhando nos armazéns dos Peixotos. Vinha ao Riacho Doce de quando em vez e trazia sempre coisas para o seu povo.

A velha Aninha gostava dele, era o parente que mais lhe tocava. O rapaz era bonito, tinha os olhos castanho-escuros e os cabelos pretos ondulados. Lembrava o avô, o que morrera de faca na festa de Ipioca. Os cabelos ondulados, a cor escura da pele, de um queimado leve. E a fala doce, a doce fala dos homens dali.

A velha Aninha, quando ele chegava, não o deixava descansar com as perguntas. Nô queria fugir para o mar, que era a sua grande atração. Pegava na jangada pequena do pai, soltava vela remendada e corria de água afora, manobrando os quatro paus, fazendo piruetas, dando voltas, como se experimenta um cavalo novo. Todas as moças de Riacho Doce esperavam ansiosas que Nô chegasse de Maceió. Todas suspiravam por ele. A voz de Nô era doce, o cantar doce. Nas brincadeiras que faziam, era sempre ele que tirava o coco, a cantoria triste. Vinha dele o chamado, a palavra de comando. As outras vozes acompanhavam. E Nô abria a boca ao luar, ficava no meio da roda dando os passos difíceis, atraindo para ele a moça escolhida. Fora-se para a cidade, mas todas ali o esperavam.

Havia aquela Carolina, filha de Fabiano: era uma pequena de olhos verdes, de olhar terno. Nô para ela era como o senhor do mundo, tudo seria reduzido e pequeno para ela: os poderes do seu pai de nada valiam, de nada valia a riqueza dos outros. Só Nô era grande e belo, o maior homem da terra. Chorara quando ele se fora. Sabia que Nô não se importava com ela. Não fazia mal. Os homens casados do Riacho Doce não se importavam com as suas mulheres. Queria Nô, ele seria seu. As outras irmãs mangavam, chamando-a de namorada sem ventura. Não ligava. Carolina era fina, pequena, mas firme no seu amor.

A velha Aninha gostava dela, dizia mesmo que um dia terminaria casando o neto com a menina. Mas Nô vivia de longe. Não dava nenhuma atenção especial a moça nenhuma. Agora, quando voltava de Maceió, aos sábados, era só a jangada pequena que o tentava. Faziam coco na beira da praia e ele não dava por isso. Queria dormir cedo, para acordar com a madrugada e ganhar o mar, fazer a sua jangada correr, matar os seus peixes.

Depois Nô fez a sua primeira viagem. Embarcou num navio cargueiro da costa. Andou meses, e quando voltou era outro, tinha perdido aquela humildade, aquele ar de medo com que falava. A velha Aninha achou-o diferente. Todos sentiram que os meses de embarcadiço tinham mudado Nô da cabeça aos pés.

E havia agora no Riacho Doce outro rebuliço como aquele do tempo dos banhos do governador. Estavam montando uma fábrica de tecidos na Saúde. Viera gente de fora, operários de outras terras, para lá. O peixe voltava ao bom preço, mas os pescadores não viam com bons olhos aqueles novidades. Falava-se de muita coisa. A Saúde seria uma cidade, fariam casas de telha para operários, com banheiros de água encanada. E iam desobstruir o rio lá em cima, para que as febres se fossem. Numa das casas grandes estava morando um engenheiro que dirigia os serviços. Passavam caminhões com material, chegavam barcaças carregadas de ferro, e eles olhavam de suas palhoças, desconfiando de tudo aquilo.

A velha Aninha profetizava desgraças para todos. Haviam de esticar a canela quando a sezão batesse. Não ficaria ninguém para semente. O filho Juca pedia-lhe que deixasse em paz os outros. E ele falava, com a palavra branda, mas dizendo tudo que queria. Todos eles só desejavam uma coisa: era acabar com o Riacho Doce. Mas não acabariam, porque os poderes de Deus eram grandes. Deus lá de cima marcara os destinos de cada um. O seu marido tinha mesmo de morrer na ponta da faca e morreu, as suas filhas tinham que morrer de parto e morreram. Tudo estava marcado no livro grande. Era besteira querer riscar por cima das letras que Deus escrevera.

Nô tinha voltado da primeira viagem, do seu primeiro andar pelo mundo, e viera outro homem. Andava no bate-boca com as meninas, andava fazendo roda às franguinhas da praia. Nô não era mais o neto que chegava de Maceió, meio enfiado, ouvindo tudo que ela dizia. Ele aprendera com os embarcadiços o que não devia. Mas a velha não se zangava com isso. O destino do neto estava traçado. Carolina que se casasse com outro. Havia tanto rapaz bom para ela! Os filhos de Juca estavam todos dando certo: as meninas achando casamento e os rapazes pegados no serviço.

Nô sairia pelo mundo. A vida de embarcadiço ensinava muita coisa. Embarcadiço mudava de cara, de jeito de ver e de ouvir. Era que o mundo e o mar ensinavam, viravam o corpo e a alma dos que se metiam com eles. Quem olhasse para Nô nem sabia que ele era o mesmo menino que ela criara, a quem ensinara as orações, os padre-nossos, as ave-marias, a grande oração de fechar o corpo. Havia orações para o corpo e para a alma. Ela sabia de todas. Nô agora não queria saber da jangada pequena do pai. Pegava no violão e ficava ali no terreiro da casa, cantando modas. Vinham as moças de perto ouvir, vinham os companheiros dele saber das histórias que ele contava, e das mulheres, dos homens que vira, dos perigos que atravessara. Seria piloto, um dia mandaria num navio, botaria para correr paquetes, entraria em Maceió com divisas de comandante. Aquele comandante Tancredo, do Acre, não fora moço de bordo, não saíra do Recife menino, grego para tudo? Seria grande, seria capitão.

Depois Nô se fora. Tinha promessa de pegar no Rio o cargueiro da linha de Hamburgo. O seu pai achava que o filho estava numa carreira de grande. A mãe chorou com a partida. A velha Aninha achava que tudo estava escrito lá em cima. E ele se foi. As moças do Riacho Doce suspiraram. Viram o navio em que ele foi passando ao largo, enchendo o céu negro de fumaça, e acharam que Nô estava perdido para elas. Carolina sofreu muito. Nada podia fazer. Nô não era mais aquele que ela amara. Tudo se tinha acabado, e Deus daria jeito a tudo.

A fábrica da Saúde se levantava. O movimento crescia dia a dia. As outras casas do Riacho Doce estavam ocupadas com engenheiros. A água do rio era boa, dava bem para tecido, para máquinas. A água do rio era boa e limpa. Tinham escolhido aquele oco do mundo por causa da água. A água que dava febre tinha fama de bondade. Os praieiros sabiam dos perigos da água doce. O rio era tão manso, via-se o fundo dele, a areia branca, as pedrinhas roliças, mas quando as marés cresciam nas luas de janeiro a água do rio represava, fugia para as levadas, dormia por lá, dormia tanto que apodrecia. E as febres vinham, nunca deixaram de vir. Diziam que os homens da fábrica iam abrir o riacho até bem longe. Até onde as marés subissem. Mas os homens não podiam com os poderes de Deus. Eles não iam naquilo. A fábrica viria com goga, com importância, derramando dinheiro. E após tanta coisa voltariam as febres, voltariam as marés com mais força, e as águas dormiriam outra vez nas levadas, a lama federia, subiriam nuvens de mosquitos.

Eles estavam na beira do mar. Tinham as suas jangadas, tinham os seus peixes, plantavam mandioca na terra fraca, comiam farinha com peixe. Os coqueiros gemiam ao vento por cima das suas palhoças. Tinham dono. Eram do capitão Laurindo. Ninguém podia tocar num coco. Ninguém podia dispor de um fruto sequer. Os cachos pendiam; havia os vermelhos, os que eram remédio para o fígado. Cachos e cachos. E eles quando queriam fazer a sua moqueca tinham que pedir ou comprar ao Chico de Joaninha, que era o vigia do capitão. Mas tiravam. Às vezes não podiam se conter. Aquela fartura ao alcance da mão, e as ordens para não bulir, não tocar. Os meninos subiam de gatinhas, botavam uma vela de jangada debaixo do coqueiro, e os cocos caíam no manso, sem fazer barulho no chão. Chico de Joaninha que se danasse. Se viesse a saber, chegaria no outro dia com conversa comprida, querendo ameaçá-los. Não lhe davam ouvidos. O peixe de coco estava quente na panela de barro.

A vida deles era essa. As filhas compravam vestido novo para as festas de Natal, vestidos de chita, eram felizes, se casavam na igreja, dariam filhos, dariam outros pescadores, outros que soubessem fazer o que eles faziam. Alguns, como Nô, saíam pelo mundo. E voltavam sabendo muito mais do que eles.

Agora a fábrica vinha trazer gente para aquelas bandas. Riacho Doce ficaria como Fernão Velho, o povo escravo dos apitos da fábrica, as meninas trabalhando noite e dia, os donos mandando nas moças como em vacas leiteiras. E a perdição tomando conta de tudo. Não havia praieiro que não temesse pelo destino do Riacho Doce. Sabiam o que era Fernão Velho, ali na beira da lagoa. Os homens escravos. As mulheres, os meninos, tudo no cabresto do dono.

Em breve Riacho Doce seria como Fernão Velho. Todos tinham medo da fábrica, seria uma calamidade pior que as febres. A velha Aninha rogara as suas pragas. Ela tinha boca perigosa. Teria força de vencer os ferros, a máquina, os teares.

Os praieiros cismavam. Lá de longe da terra, quando soltavam a linha para as cavalas, os pensamentos estariam presos ao Riacho Doce ameaçado. A jangada vacilava entre ondas, corria com o vento. A cavala mordia a isca. Eles teriam, depois de horas, a presa boa, que lhe garantiria um bom dinheiro. Às vezes chegava a noite com o céu escuro, o mar banhando os seus pés. Não dormiam, ficavam na vigia a noite inteira, à espera do peixe cobiçado. Quase que caíam de sono. O jogo da jangada ajudava, um descuido maior podia ser desastroso. Os tubarões passavam por eles. De dia viam a sombra deles na água. Não atacavam as feras do mar. Que eles passassem. Também diziam tanta coisa que não era verdade... Nunca por ali sucedera pescador morrer comido de tubarão. Juca Nunes de quando em vez trazia um, morto, amarrado de corda, arrastado pela jangada. Carne ruim, dura, e fedia.

Eram todos felizes, e para que então se lembraram de botar fábrica no Riacho Doce? Diziam que o capitão Laurindo terminaria vendendo o seu sítio de coqueiros aos homens da fábrica. Era falação do povo, mais assombração. A fábrica ficaria na Saúde e deixaria em paz o Riacho Doce.

Houve pânico no meio dos praieiros. Noites e noites ficavam na conversa, no terreiro, enquanto a lua branca derramava-se nas folhas dos coqueiros e o velho mar soluçava aos pés das palhoças. Conversavam, discutiam, e não achavam solução para a vida deles. Como seria se o capitão Laurindo vendesse o sítio?

A velha Aninha, calada, fumando, cuspia de lado. Não tinha opinião porque não acreditava na fábrica. Aquilo cairia de podre. Os ferros enferrujariam, os homens morreriam de febre. Era o poder de Deus. Os homens não acreditavam. A velha Aninha estaria caducando, teria perdido a força. E terminavam sempre a conversa como haviam começado, com a dúvida, com o medo, com os filhos e as filhas ameaçados.

E assim fora-se o primeiro ano. A fábrica começou a funcionar. Vieram operários. A Saúde cresceu. Lá mesmo no rio as barcaças entravam pejadas de algodão. Caminhões saíam de lá carregados de fardos. Tudo foi seguindo, foi crescendo, mas Riacho Doce ficou no mesmo. Os pescadores dormiam tranquilos, acordavam serenos. A vida era mansa. O mar era o mesmo nas noites de lua, nas noites de escuro, nos dias de bom pescado, nos meses de marés brabas. Os coqueiros do capitão Laurindo, por cima das casas deles, suspiravam com as suas folhas e carregavam-se de frutos.

A vida era boa, apesar de tudo. Diziam que o Riacho Doce não daria mais febre. E no entanto os filhos de Lucas estavam de cama, todos com febre. A água doce, boa de se beber, boa para banhos, que fazia espuma no sabão, continuava dando febre, botando gente para tremer. Nô se fora. Diziam que agora tomaria o navio que atravessava o mar de lado a lado. As moças não esperavam mais por ele. Era de outra terra. Era de outra gente.

4

Quando Edna chegou ao Riacho Doce, a fábrica da Saúde já tinha entrado na decadência. Os operários arribavam de lá com medo das febres. O rio desobstruído, com eucaliptos novos pelas margens, e as febres continuavam a sair de suas entranhas. E assim a vida do lugarejo continuava quase como dantes. Os praieiros na mesma rotina, só contando com o mar, esperando as luas e as marés.

Agora, porém, havia aparecido uma notícia mais séria que aquela da fábrica. Diziam ter sido descoberto óleo nas terras das proximidades. Apareceram por ali homens com instrumentos, gente de fora. Vinham todos os dias. Eram engenheiros, tomando nota de tudo que viam. Lá para as bandas de Jacarecica havia gente do governo furando a terra. Mas nada saía de dentro.

Agora, porém, um doutor de fora andava comprando terra, fazendo contrato com os moradores de perto. Era o óleo que dormia no fundo da terra. Acreditavam. Muitos deles viram a água do mar em certos cantos com mancha de azeite. Outros tiravam pedras que pegavam fogo.

Havia alguma coisa mesmo por ali. A velha Aninha botava para o diabo. Coisa do diabo. Mexer nas profundezas da terra, furar, passar das águas, atravessar as pedras, furar, só podia ser encomenda do demônio. Era outra vez a tentação que chegava para eles. Quando lhe apareciam com notícias, com fatos novos, ela desprezava tudo:

— Vocês estão procurando a desgraça. A fábrica também foi assim. E hoje Chico de Vasconcelos, o dono dela, está de cabeça branca, pedindo bênção aos cachorros. Isso de riqueza não vai...

As máquinas estavam chegando. Caminhões passavam abarrotados de peças de ferro. Viera arrastada pela estrada uma caldeira de cem tubos. Faziam festa com a passagem do monstro. Mais de cinquenta homens empurravam a bicha de ladeira acima, vinham com ela devagar, tomando cuidados.

Quando a bicha chegou no Riacho Doce, todos saíram de casa para vê-la. Só a velha Aninha não arredou o pé de sua palhoça. Não tinha o que ver. Eles que se entregassem aos poderes dos diabos. Um dia se arrependeriam.

Os praieiros estavam tontos com as novidades. Pagavam dez mil-réis por dia pelo trabalho de um homem. E estavam precisando de gente. Só Juca Nunes não se entregava. O seu serviço era no mar. De nada lhe valiam os dez mil-réis. Teriam que passar o dia na enxada, carregando tijolo, fazendo barro. E no fim da primeira semana todos tinham-se convencido do erro. Só o mar era que devia ser o campo deles, o mais era duro, era pesado demais.

Tiveram que chamar gente de fora, porque os da terra não quiseram saber de dias de serviço. Ficavam pelas caiçaras, contando histórias, ouvindo-as uns dos outros. A riqueza estava para chegar no Riacho Doce. Era mesmo que descobrir minas de ouro.

Havia nos trabalhos um negro mecânico que falava da América. Havia terras na América que foram assim como o Riacho Doce. E hoje eram cidades que davam cem vezes o tamanho de Maceió. Tinha sido obra do óleo arrancado da terra. Era assim. Num dia qualquer, quando mal se esperasse, o óleo subiria para o céu com uma força danada. E todos ficariam ricos. Eles teriam que sair dali, viriam donos novos, e até o mar passaria a ser de um só. As terras, de um senhor só. A velha Aninha era quem tinha razão. Ela falara da fábrica, e as febres vieram para mostrar que ela estava com a verdade.

O negro falava de cidades grandes. Ali terminariam fazendo uma cidade como Maceió. E eles para onde iriam? Pescar não poderiam mais. O mundo ficaria outro. Sobrados tomariam conta das suas palhoças, navios de dois bueiros ancorariam no porto. Um porto imenso, cabendo tudo, barcaças, botes, navios. E as jangadas e as pescas se acabariam.

A velha Aninha compreendia o porquê das coisas. E aí todos ficaram hostis, criaram ódio aos trabalhos das sondagens. O engenheiro era um homem alto, de olhos verdes. Morava com a mulher, uma americana, na casa que fora do governador. Vivia de botas, andando para cima e para baixo, dando ordens. Chamava todos eles de preguiçosos, de indolentes. Só mesmo à força eles saberiam o que era o trabalho.

No dia em que alguns deixaram de ir ao serviço, ele foi em pessoa falar com os praieiros na caiçara grande. O velho José Divina, deitado de papo para o ar, recebeu a visita. Levantou devagarinho. O doutor falou áspero. Por que haviam abandonado o serviço? Estavam precisando de homens, aquilo era um absurdo.

O velho enxugou os olhos e foi dizendo:

— Doutor, nós somos de outro ofício. A gente não pode com o repuxo lá da sonda.

O doutor voltou a censurar. Era um absurdo. Estava ali com muito dinheiro empatado, precisando de braços, e eles se recusavam, só queriam viver na malandragem.

O velho respondeu com toda a calma:

— Doutor, a gente não é escravo não. O senhor pode ver, a gente é livre. O serviço é do senhor, mas o braço é da gente.

Foram chegando outros para ouvir. Todos se recusavam. Tinham que fazer uma pescaria na madrugada, as noites estavam boas, e havia peixe demais no alto.

O doutor cresceu a voz.

— Doutor, não adianta – disse então o Juca Nunes. — O senhor manda lá na sonda, e a gente manda em nós.

— Pois vocês vão ver – ameaçou o doutor. — Falei com o capitão Laurindo. Vou comprar essas terras todas. E quero ver luxo de praieiro em que dá...

E foi. Os praieiros ficaram meditando na ameaça. Juca Nunes abanou a cabeça, o velho José Divina voltou a deitar-se de papo para o ar, dizendo para os outros:

— O que tem de vir já está feito. Mortalha se corta no céu.

As jangadas estavam preparadas para a madrugada. De velas enroladas, em posição de descerem para o mar. Pelo chão as redes secavam ao sol. E resto de peixe morto da manhã cheirava mal. O vento roçava as palhas da caiçara. Os coqueiros suspiravam e a tarde vinha chegando. O velho levantou-se, espichou o corpo, abriu os braços, olhou o mar:

— O terral está bom. Vai ser dia de cavala.

Os outros levantaram a vista para o mar, que espumava branco na areia. O sol se punha para o outro lado, mas pelas águas agitadas ainda se via uma luz mortiça, tingindo as ondas. Soprava um ventinho frio.

O doutor viera dizer aos praieiros que eles eram uns preguiçosos, uns malandros que não tinham coragem de pegar na enxada. De madrugada sairiam com um bocado de farinha seca, umas carapebas fritas, e passariam o dia, a noite se preciso fosse, ao balanço das ondas, sujeitos ao sol de rachar, ao sereno, às friagens da noite. O velho José Divina tinha mais de 70 anos e sairia com os mais moços. Era encruado, como os outros diziam, de corpo feito para a chuva e o vento, para o sol, para as friagens.

O doutor havia dito que tudo ali seria dele. Todos eles acudiriam ao seu grito. O mar passaria a um dono só. Os coqueiros, as areias da praia, os cajueiros, tudo seria de um senhor, que viria chamá-los para o serviço.

5

Os primeiros meses de Edna e o marido em Riacho Doce foram difíceis, sobretudo para ela. Carlos ainda se entregava ao trabalho com uma fúria de desesperado. A exploração era a mais primitiva, os serviços escassos. Faltava tudo. E dele queriam tudo. Esperavam que o engenheiro estrangeiro lhes desse o milagre.

Nos primeiros tempos lutou com a deficiência da língua. O dr. Silva falava inglês, a mulher sabia alemão, mas os auxiliares eram quase todos nacionais. Só um dinamarquês mecânico lhe aliviou um bocado as dificuldades. Aos poucos foi aprendendo a língua da terra. Após dois anos de luta é que aprendeu a pedir, a mandar, entendendo o pensamento dos homens que o cercavam.

Edna se assombrava do entusiasmo com que ele se entregava aos estudos, às máquinas, ao resultado da perfuração. Via-o sair para o trabalho quase de madrugada. Voltava às carreiras para o almoço, e à noite não tinha tempo nem para uma conversa ligeira. Caía de corpo e alma na cama, dormia profundamente.

Tinham cartas da terra, longas cartas escritas para ela, cartas compridas dos parentes de Carlos, que quase que não as lia. Ele era só do serviço bruto.

O dr. Silva vivia atormentado pelas dívidas. Os seus agentes, que saíam na venda das ações da companhia, reclamavam. Os portadores dos títulos queriam saber do resultado da perfuração. Faltava numerário, faltava orientação geral na administração. O escritório em Maceió fazia propaganda do petróleo como se os poços estivessem jorrando. Um advogado presidente da Sociedade distribuía frasquinhos com amostra do produto. E enchiam os jornais com um noticiário escandaloso. O petróleo jorraria em pouco tempo. O engenheiro sueco que estava com eles era o maior técnico da Europa. Distribuíam prospectos com a marcha da sondagem, com o número possível dos barris que colheriam por dia.

Era a riqueza, a imensa riqueza do Brasil resolvida. Vinham caravanas do interior, dos estados vizinhos, abalados pela propaganda. Às vezes, o engenheiro tinha que parar os seus trabalhos para as visitas importantes que chegavam. Deputados, senadores, de passagem pelo porto, queriam ver a sondagem, a marcha da exploração. O sueco respondia ao interrogatório. Muitos desejavam saber a época exata do jorro milagroso. Os interessados sofriam com as respostas do técnico, com as informações detalhadas. Para eles aquilo estava por pouco tempo. Daquele pedaço de praia nasceria a verdadeira independência da pátria.

Por fim Edna ouviu o marido num desabafo doloroso. Teve pena dele. Era como se lhe viesse revelar o seu fracasso, uma desdita sem jeito. Tudo aquilo não passava de um logro ao público. Todas as suas atividades, todos os seus esforços, todas as noites perdidas nada significavam. Edna ouviu na cama, com o calor intenso e os perigos da noite tropical lá por fora. Isto fora nos primeiros meses após a chegada a Riacho Doce.

Edna vivia só. De quando em vez a mulher do dr. Silva aparecia, falava alemão, mas era o mesmo que nada, tão longe se encontravam uma da outra. O marido no trabalho e Edna isolada com as duas criadas dentro de casa, mestiças da terra.

Lembrava-se da primeira noite do Riacho Doce. Deixara o navio, vira-o iluminado de longe. Tudo ficara para lá. Vira gente diferente. Parou na ponte, desceu do bote fazendo malabarismo para não cair. E estava na terra nova. Foram andando; um automóvel velho esperava por eles. O dr. Silva achava melhor que subissem logo para o Riacho Doce. Jantariam com eles. E foram furando a noite, no automóvel que fazia barulho de lata velha. A estrada ruim, e o que a escuridão deixava ver era muito pouco. Passaram por casas iluminadas, atravessaram matos.

Sentia o coração apertado no peito. Há 12 horas atrás, a sedução da terra nova enchia-lhe a alma. E era aquilo. Entre dr. Carlos e o dr. Silva não encontrava jeito de se sentir no meio de gente. Parecia que estavam fugindo da humanidade. E só existia aquela escuridão que atravessavam, aquele chofer mestiço que a conduzia para o desconhecido.

Andaram muito. Cheiravam flores pela estrada. Era um cheiro agridoce, um perfume esquisito. Pensou nas belezas dos trópicos, nas maravilhas que contavam de lá. E a noite os cercava, profunda, sem nenhum aspecto humano, uma noite que era como feita para abafar a sua alma. Teve medo, medo de sucumbir ali, de ser uma vítima fácil de bichos que davam febres, medo dos malefícios da terra quente.

Ficara frei Jorge no navio, cheio de amor pelo próximo, de coração transbordando de uma bondade que queria ter aplicação. Ficara tudo, terra, família, o amor pela música. Viera com a ânsia de afogar as suas angústias, as suas complicações, no mistério de uma terra que não fosse igual à sua. E era aquilo.

De repente lhe viera a saciedade, o enjoo de tudo. Seria a mulher mais desgraçada de todas. E o automóvel andando aos pinotes. O dr. Silva se esforçando para se fazer compreender por Carlos, que devia estar também de alma partida como ela. Por fim pararam. A escuridão não deixava ver coisa nenhuma.

Estavam na porta de uma casa de alpendre grande.

Foram recebidos pela mulher do chefe, que falava alemão e fez o possível para agradá-la. Deram-lhes um jantar delicioso, um peixe gostoso, cerveja gelada. E ficaram até alta noite se esforçando por uma conversa. Edna sentia-se mole de corpo. Soprava um vento como aquele do navio. Uma brisa boa vinha lá de fora com o cheiro dos cajueiros em flor. Entrava de boca adentro. Ali do alpendre ouvia os rumores do mar. Os coqueiros balançavam-se ao vento. A escuridão não deixava que se visse nada. De longe em longe passava um automóvel saltando com os faróis acesos.

Tinham que dormir naquela noite como hóspedes do chefe. A cama de arame, o doce cheirar dos cajueiros, a moleza do corpo deram-lhe um sono pesado, como se tivesse caído num poço profundo. Dormiu até tarde. Acordou com o marulhar do mar, o gemer dos coqueiros. Carlos já se tinha levantado. Espichou-se na cama. Entrava luz intensa pela janela. Abriu o mosquiteiro, pisou no chão de tijolo. As paredes brancas, o teto sem forro. Era vida nova.

Uma negra trouxe-lhe café numa bandeja. Vestiu-se e saiu. Ficou tonta com tanta luz na sua frente. A mulher do dr. Silva, no alpendre, recebeu-a alegre, mas o que ela viu foi a luz, a luz mais intensa, mais clara que os seus olhos já tinham visto. Os coqueiros mexiam ao vento as suas palmas. O céu azul, e de longe o rumor surdo do mar, o mundo de encher a vista. Não sabia o que era, a terra vinha chegando para ela, vinha-lhe dando qualquer coisa de íntimo, de suas profundezas.

Aquele primeiro contato dos seus olhos com a terra virgem fez-lhe um bem enorme. Todas as angústias da viagem de automóvel desapareceram como por encanto. Dona Helena chamou-a para um passeio na praia. Foi andando pela areia fofa, com a sensação de quem andava pela primeira vez. Lá para baixo ficavam as palhoças dos pescadores. E o mar verde convidava a uma amizade profunda. De um verde que era uma festa de ondas que morriam na areia branca, parecia um mar bom, carinhoso, sem violência.

Olhava tudo. Vinha das coisas uma carícia esquisita para os seus sentidos. Um cheiro bom, uma brisa mansa, e aquela luz, aquelas cores que as coisas tinham. Andaram pela beira do mar, tiraram os sapatos. E a água molhou-lhe os pés, as pernas, fria, sem aquele frio da água da sua terra, de um filo que não ia aos ossos, ficava na carne acariciando.

Andaram muito tempo. Pegou em mariscos. Enterrou as mãos na areia morna. Beirando o mar, coqueiros pendidos que o vento levava para onde queria, e, mais para longe, uma ponta verde entrava de mar adentro como uma floresta de palmeiras que se quisesse afogar.

Edna parava de vez em quando, nem reparava no que a companheira lhe ia dizendo em alemão. Estava tonta, embriagada. O sol queimava-lhe a pele fina. Teriam que voltar. Dona Helena sorria com o seu deslumbramento. Há anos atrás, sofrera aquela mesma embriaguez. O sol lhe dera aquele ar de felicidade, de gozo.

Teriam que voltar. As ondas lambiam as suas pernas. E corriam pela areia siris brancos numa pressa de perseguidos. O mar gemia, e o sol resplandecendo sobre tudo, os coqueiros se balançando, o ar puro.

Pararam ainda um pedaço para olhar as coisas. Mais tarde tomariam um banho. Agora era preciso cuidar da casa, arrumar tudo, ver como ficariam na casa nova. Um pescador sacudiu uma tarrafa n'água, olhava para o mar como se estivesse vendo qualquer coisa, e sacudia a rede com violência. Vinham peixes, que ele espalhava na areia. Um homem escuro, de chapéu de palha grande, com as duas mulheres ali pertinho dele, e nem as olhava. Tinha os olhos no mar e o chapéu quase que lhe cobria a cara. Mais em cima duas jangadas enxugavam as velas molhadas. Por perto restos de pescaria, iscas abandonadas, sobejos deixados de lado. Cheirava a coisa podre.

Edna olhou as embarcações. Ali pareciam duas aves molhadas de chuva, num recanto, esperando que o sol esquentasse as suas penas. Homens escuros conversavam por perto, sentados em rolos de madeira. Não olhavam para elas duas. Eram escuros, de pés no chão, de chapéus de palha como aquele outro da pescaria. Falavam uma língua arrastada.

Um mais velho veio andando para elas, tirou o chapéu e falou com dona Helena. Uma fala branda, como se pedisse qualquer coisa. Depois voltou com o peixe grande, de cor prateada, espelhando ao sol. Dona Helena falou, o homem voltou, com a sua fala mansa, e depois saiu com o peixe dependurado na direção da casa do engenheiro. Andava num descanso de quem não queria chegar. Era a terra e era o povo que seriam de agora por diante o ambiente e a sociedade em que viveriam. Os homens feios, quase todos velhos, e a terra aquela maravilha de sol e de luz. Não havia dúvida que os contos de fadas não mentiam. Pendiam frutos dos coqueiros. Um menino parou na porta da casa grande com um cesto cheio de frutos amarelos.

Espichou-se na espreguiçadeira. O corpo amolecido fora tocado pelos eflúvios da luxúria tropical. Era a terra dos seus sonhos. A terra de onde devia ter vindo a boneca de Norma. Descera para o seu corpo uma carga de desejos bons, uma vontade de se sentir tocada, de sentir-se nos braços dos outros, de receber o calor de alguém, de uma criatura de carne se chegando para ela, ali, naquela cadeira, por onde sopravam ventos que vinham do mar. Bem na sua frente um coqueiro se balançava langoroso, com os seus frutos vermelhos em cachos se dando a quem quisesse.

Um rumor de automóvel despertou-a daquele enleio. Eram amigos de dona Helena, um casal de estrangeiros que vinha para conhecer os novos hóspedes do Riacho Doce.

6

A TERRA FOI-LHE ENTRANDO PELOS OLHOS, pela boca, pelo corpo todo. A luz sobre as coisas era-lhe sempre uma novidade.

O verde do mar, o verde das árvores, o azul do céu e aquela balbúrdia de cores de crepúsculo, a tristeza das tardes, o esplendor do sol nascendo.

Depois foram as comidas. Carlos resistira, mas ela aos poucos foi cedendo. Dona Helena lhe mandava pratos preparados por ela. Nunca fora seduzida pelos prazeres da mesa, mas não resistia aos petiscos. O peixe de coco, as comidas, os refrescos de caju. E o mar foi o seu mestre maior. Vivia à beira d'água, levando o sol das manhãs e das tardes. No começo o corpo sentiu a aspereza da luz. Queimou-se. Caiu-lhe a pele, sofreu muito, mas aos poucos se acostumou. Estava como dona Helena, com manchas escuras pelo rosto, com sardas espalhadas pelo corpo.

Os banhos deram-lhe os grandes prazeres dos primeiros dias. Ia para a praia com alvoroço. Dormia tão cedo que deu para espreitar as madrugadas na beira do mar. Via o sol imenso nascendo, cobrindo as águas como um macho sequioso. Apontava no horizonte com uma luxúria de luz. Incendiava as nuvens, para depois botar a cabeça de fora e espalhar-se nas águas, subir no céu, ficar dono de tudo.

Edna ficava de maiô, quase nua, deitada na areia úmida. Vinham as ondas mansas cobrir as suas pernas. Deixava que elas se fossem chegando, subindo pelo corpo. A água era como se fosse morna. E deixava-se possuir pelo amante que lhe beijava os pés, as coisas, os seios. O sol de repente clareava a praia inteira. As areias de longe espelhavam. E a Ponta Verde enterrava-se de mar adentro. O mar estava ali lambendo o seu corpo e Edna se dava a ele como nunca se entregara a ninguém. Nadava até quase os arrecifes, confundida com as águas, boiando com o sol no rosto. Fechava os olhos, e minutos e minutos ficava ao léu das ondas. Quando voltava a si, daquele amor, era tarde. As jangadas já se tinham feito ao largo. Às vezes ficava por perto dos praieiros. Quase sempre, quando chegava, os jangadeiros do alto já haviam largado para a pescaria. Encontrava ainda os que faziam a pescaria de perto, de camarão, de carapeba. Eram os mais inexperientes, ou os mais velhos, que não queriam mais se meter nos perigos.

Edna a princípio espantava os homens simples. Com o tempo eles se foram habituando com aquela curiosidade. Às vezes saía ela com algum deles até pertinho. A jangada abria a vela ao vento, bordejava um pouco, aproximava-se da Ponta Verde. De lá, Edna via o Riacho Doce coberto de coqueiros, com as palhoças afundadas na terra e a brancura das casas do alto e a igreja pequenina. O praieiro não dava uma palavra, manobrando, e voltavam ao mesmo ponto de partida.

Dona Helena achava graça na facilidade com que Edna se identificava com o povo, com a terra. Com três meses parecia que estava ali há um ano.

O verão estava magnífico. Cheiravam cajueiros pela estrada, e um reisado de Jacarecica subira para o Riacho Doce com as suas tristezas, os seus cantos, a sua indumentária pitoresca. À noite se ouvia o canto melancólico crescendo, subindo, baixando. Vozes de mulheres cortando o canto varonil dos homens, ou o sapateado como um tropel de cavalos batendo no chão.

De sua cama Edna escutava até tarde o gemer das cantorias. Era uma tristeza que lhe cortava o coração. Carlos dormia a sono solto. A lua entrava no quarto, pelas telhas. Ela ouvia os gritos como se estivessem dentro de casa, o barulho da mata, o barulho do mar, os coqueiros batidos de vento. E aquela melopeia, aquele gemer soturno. De vez em quando vozes finas eram como clarins, mas logo depois era a tristeza contínua da melopeia, a voz fanhosa de quem carregava ferros nos braços, nos pés. Era o canto do povo da terra. Dona Helena lhe dissera que assim eles se divertiam, gemendo como se dores imensas pesassem no coração de tudo.

De manhã, quando voltava para o banho de mar e olhava o sol, as águas verdes, a maravilhosa claridade de tudo, não acreditava, não podia crer que aqueles cantos da noite viessem de tanta alegria, de tanto fulgor. Comparava-os com o seu povo, prisioneiros do gelo, da neve, dos invernos de quase seis meses, e via um povo ali com aquele sol prodigioso, com aquela luz banhando a terra, e de noite cantando aquelas coisas de cortar coração. Eles é que pareciam viver, nas eternas noites do Norte, atolados na escuridão, e era como se só pelo canto, pelas melodias, pudessem ser ouvidos pelo resto do mundo.

As jangadas singravam os mares com elegância de pássaro bonito. Eram alegres, vivas, fortes, apesar de toda aquela fragilidade. Tinham muito das coisas primitivas, de uma simplicidade animal, com aquela esbelteza de ave feliz.

Os primeiros meses de Edna foram assim. Um noivado com a terra. Tudo que a terra lhe dizia parecia a linguagem do eleito do seu coração. Terra boa, água morna, céu estrelado, lua doce, e coqueiros gemendo, e o canto triste e gostoso do povo.

A linguagem das coisas era terna, carinhosa. Tudo que vinha de fora para Edna vinha para o seu encantamento. Aprendera num instante, muito mais rapidamente que Carlos, a dizer algumas palavras. Já entendia o que a sua cozinheira queria lhe dizer. Não sabia quase nada do que significavam as palavras, mas a mulher abria a boca, mostrava tanta solicitude, sorria, e Edna pegava o seu pensamento, sabia o que pretendia dela.

O mar beijava-lhe o corpo. A brisa passava pelos seus cabelos. O entendimento lhe vinha pelos sentidos aguçados. Todos se espantavam de tanta facilidade de compreensão. Era um milagre.

Dona Helena estava no Brasil há cinco anos, e era aquilo que se via, alheia a quase tudo, falando mal a língua da terra, a tropeçar em dificuldades a cada instante. E a mulher do engenheiro novo, com três meses, parecia que estava ali há mais de ano.

Edna era feliz. Sentia-se absolutamente senhora do seu corpo e de sua alma. Foram-se os sustos, os medos, as preocupações à toa. Carlos trabalhava muito. Só aos domingos fazia companhia à mulher nos banhos de mar, e sentia-se uma criança naqueles instantes. Corria com ela pela praia. Iam longe os dois, atrás de coisas insignificantes. Andavam até se sentirem cansados. E caíam na areia de corpos amolecidos. A água boa do mar curava o cansaço. Demoravam muito assim espichados na areia, com a mão cobrindo os olhos da violência do sol. O mar imenso a seus pés.

Todos os domingos viam dali a passagem do avião do correio. Ouviam o barulho de longe, o rumor dos motores, no silêncio imenso da praia, e depois, como uma mancha no céu, o avião se aproximava, vinha vindo. Espelhava o sol na prata das asas e o monstro passava roçando as águas.

Estavam ali os dois, duas criaturas de outra terra, como as únicas pessoas vivas do mundo. Na frente era o mar, atrás o deserto. Só eles ali viviam. O mais era a vida dos peixes, nas profundezas das águas, e a vida dos outros lá para longe. Dos homens feios, das mulheres imundas. Só eles viviam, sentiam, gostavam daquele mar, daquelas águas, daqueles coqueiros. Só eles, naquela imensidão de léguas e léguas, àquela hora magnífica do dia, gozavam a beleza de tudo, recebiam no seu corpo o ardor do sol e a carícia das ondas. Todos os demais não sabiam que aquela praia existia.

Carlos sentia-se, assim, com orgulho da posse da terra e da mulher que estava a seu lado. Aproximava-se de Edna, chegava-se para a carne que o sol queimava, a carne que era sua, e acariciava-a, punha-se a agradar a sua Edna, o seu amor. O calor dava força ao marido. A praia era um deserto: nenhuma criatura, nenhum animal dando sinal de vida. Aproximava-se, chegava-se, e o leito de areia virava leito nupcial. Com o céu azul por cima deles e aquela riqueza de mar e luz, ele amava, atingia aos seus prazeres máximos. A carne nórdica se aquecia ao sol, o sangue nórdico se agitava ao calor da terra. Amavam-se como dois animais do bom Deus.

Depois dos domingos Edna quase que não via o marido. Saía de madrugada para o serviço, almoçava às carreiras, e quando chegava em casa era para dormir, como um pedaço de pau, dormir um sono só até de manhã.

Ela acordava primeiro do que ele. Preparava o pequeno almoço e saía para a praia. Não se cansava de tanto sol. Trouxera livros para ler, e não lia coisa nenhuma. Às vezes fazia um plano: depois do almoço ia começar os romances de

Sigrid Undset. Almoçava, pegava o livro, lia a mesma página duas e três vezes, e não pegava o sentido das coisas. Vinha para ela uma gostosa preguiça, subia para o seu entendimento, abraçava a sua vontade, fechava-lhe os olhos. E o corpo todo se entregava. Dormia, e acordava às vezes com os automóveis que passavam fazendo barulho pela porta.

Dona Helena vinha conversar. Saber se precisava de alguma coisa. Era um encanto de mulher, de companheira. Mas não se entregava a ela. Era de seu sangue, no entanto parecia que lhe fugia, que era de mais longe, de mais distante que os coqueiros e a mestiça que estava lá dentro na cozinha. Quando ela chegava para conversar, tinha a impressão, não sabia por que, de que a velha professora antecessora de Ester lhe entrava de casa adentro. Não sabia explicar, mas lhe vinha sempre essa impressão desagradável. E no entanto era só agrado, só boa vontade, desejo de ser-lhe agradável. Mal a avistava, de óculos, era como se alguma coisa de sua Suécia lhe chegasse para lhe dizer:

— Olha, menina, toma cuidado com este sol, este mar, esta lua. Tudo isto pode te fazer esquecer a tua terra, a tua gente.

Dona Helena trazia-lhe jornais alemães, revistas, mandava de presente tanta coisa, levava-a para passeios de automóvel, para correr os arredores. Uma vez convidou-a para um baile na cidade. Edna não tinha vontade, faltava-lhe um bom vestido. Inventou aquela desculpa para fugir. Mas dona Helena arranjou-lhe uma toalete fina. E foram ao baile. Gostou de ter ido. Viu uma moça bonita, rapazes elegantes, e a alegria de todos. A música era doce. Uma delícia. Boa para se dançar. Dançou. O dr. Silva apresentou-a a vários rapazes. No começo estranhou os passos, mas aos poucos sentiu que entrava nela a doçura da música. Sentiu as pernas de seus pares nas suas, o corpo de gente morena pegado a ela. Aquilo tinha qualquer coisa do mar e do sol que a possuíam na praia. Dançou muito. Viu olhos lúbricos entrando pelos seus sentidos. Foi admirada, procurada várias vezes para dançar. Beberam uísque.

Carlos dançou também, bebeu muito, e a música bamba, mole, caindo sobre eles como a água do mar e o cheiro dos cajueiros.

Voltou para casa de corpo mole, batida de enfado. Mas no outro dia de manhã estava na praia. Espichou-se na areia, entregando-se como nunca ao calor do sol e aos beijos das ondas. Foi dele sem se mover, atolada na areia molhada, sentindo a música da noite no seu sangue, na sua alma. Tinha entrado na sua alma, fora até dentro dela, ao fundo de si mesma, fora até onde se escondera Chopin, o Chopin daquela tristeza carinhosa, o Schumann de Ester – bom e doloroso. O sol estava nos seus olhos, as ondas subiam de perna acima, e a música permanecia dentro dela, aquela música que conduzira os seus passos, que fizera os homens se aproximarem, se debruçarem sobre ela. Nem o barulho do mar, nem o gemido do vento nos coqueiros lhe podiam encher os ouvidos. Toda a Edna era da noite anterior, do calor que lhe dera o uísque no seu corpo.

Caiu n'água naquela manhã e nadou muito. Foi mais longe do que tinha ido até ali. Viu uma jangada passar por ela com um homem de chapéu de palha fazendo sinal. Era uma advertência à sua ousadia. E foi voltando para terra. O Riacho Doce aparecia com as suas palhoças, as casas brancas, a igreja. Lá mais para longe, a torre da sonda de petróleo, onde Carlos furava a terra como um verme.

7

A galega nova, como os praieiros chamavam Edna, para distingui-la da mulher do dr. Silva, começou a impressionar fortemente os nativos. Há seis meses que chegara, e parecia mais antiga por ali que a outra. Os pescadores gostavam de vê-la de mar adentro, nadando como um peixe, correndo pela praia, de papo para o ar, aguentando o sol, tomando interesse pelas pescarias, naquela sua língua complicada perguntando as coisas, fazendo-se de amiga de todos.

As mulheres a princípio criaram medo dela. Viam-na, com escândalo, quase nua na praia. Era para todas uma verdadeira perdição aquela mulher branca nesses trajes, de coxas de fora, as costas ao vento, sem vergonha dos homens, conversando com os seus maridos e seus filhos como se fosse homem também. E a galega nova ficara no começo, para todas, como um perigo.

A velha Aninha deu para falar: onde já se vira uma coisa daquela, uma mulher assim, com as partes de fora, tomando banho de mar...

— Isso é peitica do diabo!

Mas aos poucos Edna foi se chegando. A mulher que trabalhava para ela na cozinha e a lavadeira Firmina encheram o Riacho Doce com as bondades da patroa. Era uma santa de coração. A galega nova não fazia questão de besteira, não chorava miséria, e fazia gosto trabalhar para ela. A fama cresceu, e aos poucos as mulheres do Riacho Doce começaram a ver Edna de maiô sem susto. Só a velha Aninha permanecia com o seu ponto de vista. Aquela barata descascada era uma mandada do capeta.

Na casa do seu filho, porém, todos gostavam da galega. A sua neta Francisca estava na almofada batendo bilro, fazendo renda para Edna. E a sua nora gabava, enchia de elogios a moça branca. O próprio Juca, quando matava a melhor cavala, não levava mais para o dr. Silva. Ia direto para a casa da moça. Ali estiveram no tempo do governador moças da cidade, e nenhuma era assim com aquelas maneiras. Fazia gosto vê-la nadando. Nadar como ela só mesmo o moleque Morais, da Barra do Santo Antônio. Era um peixe. E por mais de uma vez saía com os pescadores na jangada.

A moça prestava atenção a tudo. Era uma diaba. Edna entrara nos corações dos praieiros. E a mulher do dr. Silva ficara, no entanto, a distância. Pouco aparecia no meio deles. Era boa, mas de bondade que tinha um lugar à parte para se manifestar. E a outra era o que se via.

De fato, cada dia que se passava mais Edna se aproximava da terra. Tinha medo de subir, de ir mais para longe que a praia. Lá para cima era a mata misteriosa. As febres vinham de lá. Os rios se corrompiam lá em cima. As águas claras criavam mosquitos, se estragavam. Não queria negócio com banho de rio. Dona Helena fugia deles. Os moleques saíam de dentro da água batendo os queixos. E assim vivia Edna de casa para a praia. O mistério da terra não a tentava. Nada de morte, de doenças perigosas. A negra Firmina ia bater roupa nas nascentes do riacho. Levava com ela o filho mais moço. Uma negra bonita, que falava pouco. Via-a saindo com a trouxa na cabeça, e sentia uma certa inveja daquela coragem de subir, de ir longe desafiar as febres.

Nas conversas da caiçara, começavam os homens da terra a avaliar a gente de fora. Aquela história de óleo não estava dando certo. Falavam que a riqueza viria do fundo da terra, que o azeite subiria até os céus, e nada. Furaram, furaram, e nada. Aquela maquinaria toda, comendo lenha, bebendo água, aquela agulha furando pedra, atravessando a lama, e nada – tudo não passava de conversa. O alemão que morrera na Manguaba inventara essa história há quase cinquenta anos. Ele andara ali no Riacho Doce. José Divina se lembrava bem do bicho. Era barbado, meio estourado com os cabras que andavam com ele. Depois o governo botou gente para cavar a terra, e nada de sair o óleo. Com o dr. Silva a coisa tinha pegado forte. Era um cavar que não tinha mais conta. Aquilo até fazia agonia. O buraco já dera na água, já dera na pedra, estava na água outra vez, e a máquina rodando, aquele prego furando. Só podia ser invenção do diabo.

José Divina tinha mais de 70 anos e nunca vira visagens, nem ouvira canto de sereias, como outros dali. Outros falavam de noites de tentação, quando saíam sozinhos na jangada. Ouviam vozes do fundo do mar, de dentro das ondas, quando a lua dormia nas águas. Alguns tinham visto a mulher de corpo branco, de cabelos até a cintura, boiando, levada para longe. José Divina não acreditava, mentira com ele não formava. Saíra em jangada de noite e de dia, e o que via era o mar, só o mar. Não lhe viessem com história de aparição que ele mudava de conversa. Saía de casa para matar peixe, e horas e horas passava em cima d'água, e nada de lhe aparecerem aqueles mistérios de que os outros falavam. Mentira, só mentira. E era mentira também aquele óleo que um dia subiria para o céu do fundo da terra. Estava com a opinião da velha Aninha: aquilo não passava de tramoia do diabo. Os homens queriam bulir com os poderes de Deus.

Conversavam então sobre as coisas, e sobre os homens. Achavam o dr. Silva meio doido. Pois o homem vendera tudo que herdara do pai, o velho Silva lá do sertão, vendera gado, terra, animais, e estava ali com aquela ganância de enricar. Aquilo era o mesmo que arrancar botija. Homem que desenterrava botija não ia para a frente. O dinheiro desenterrado não rendia, só andava para trás. Em Ipioca o escrivão de lá achara uma botija enterrada na beira do rio. Ouro muito, vindo do tempo dos Afonsinhos. E deu a morrinha nele e na família, de cortar o coração. A mulher morreu mordida por um cachorro danado, uma filha fugiu com um negro, e ele foi dando para trás, foi ficando pobre, dando para beber, até que o governo mandou tomar conta do cargo dele. Tudo obra do dinheiro de botija.

Era o que estava acontecendo com o dr. Silva. Moço de ideia, trabalhador, andara na estranja, e dera para aquele serviço, para cavar buraco na terra, como tatu. Descobrir o que estava escondido por ordem de Deus. Se Deus deixara aquilo assim escondido nos confins da terra, era porque não queria dar aos homens.

Neco do Lourenço achava que José Divina não tinha razão. Os peixes também estavam no fundo do mar, soltinhos, e eles saíam de casa, soltavam as velas das jangadas, ficavam dias e noites esperando por eles, deitando iscas. Deus fizera os peixes para que vivessem soltos.

José Divina não achava aquilo. O Divino Mestre era pescador. Peixe era obra de Deus, para os homens se servirem dele. São Pedro pescava, e o Mestre, quando quis dar de comer aos pobres, deu peixe, pescou ele mesmo, abrandou as ondas do mar. Esta é que era a verdade. Furar a terra nos gorgomilos não era a mesma coisa que matar cavala no alto, tarrafear carapeba, limpar os currais. Eles todos estavam ali porque Deus queria. A vida deles era aquela, pescar, viver do mar.

Neco de Lourenço não ia atrás do velho. Fora moço de barcaça. Carregara açúcar de usina de São Luís do Quitunde para o Recife. Sabia o que era uma cidade, conversara com outros. José Divina não acreditava nas sereias, e tinha medo do poço do petróleo. Neco de Lourenço vira a sereia, e acreditava que do fundo da terra sairia óleo para enricar muita gente.

O negro mecânico falava todos os dias da América. José Divina era somente do Riacho Doce. Quando saía dali, era só para vender as suas cavalas, no mais longe em Maceió. O que ele podia saber das coisas? E ainda mais dizer que não havia sereia no mar! Uma vez ele, Neco, vinha numa barcaça carregada até as beiras de açúcar. O mestre estava com sono e o deixara tomando conta do barco.

— Era uma noite de lua, no mês de outubro. Uma beleza. O mar manso, tão manso que parecia a lagoa Manguaba. E o vento enchendo a vela da barcaça – a Estrela do Norte. Uma barcaça verde, com o nome escrito em preto. O mestre confiara em mim: "Toma o leme, Neco, eu vou tirar uma soneca". O vento soprava com vontade. E eu pegado no leme. Passou uma hora, duas, e tudo ia muito bem. Pois não é que eu comecei a sentir uma coisa? Na minha frente só via a lua dançando em cima do mar, a estrada grande, e a barcaça cortando água. Comecei a sentir uma coisa, seu menino – Zé Divina não acredita —, comecei a sentir uma coisa, que eu mesmo não sei dizer como era, me enchendo o peito assim como uma saudade grande demais. E por Nossa Senhora da Guia, eu vi uma mulher espichada como se estivesse boiando. Vi uma mulher bem bonita. Segurei no leme com vontade, e quando vi foi o baque nas pedras dos arrecifes. O mestre gritou lá debaixo para mim. Sacudiu-me de lado, e se a maré não estivesse alta tudo estaria desgraçado. Perdi o lugar. O mestre me desembarcou em

São José da Coroa Grande, e andei dando de perna por aí até que fui parar na esteira da usina de Barreiros. E custou passar aquela visagem da minha cabeça.

    Os outros acreditavam. Neco de Lourenço vira mesmo a sereia, estava acabado. Mas concordavam com Zé Divina e com a velha Aninha no que diziam a respeito da exploração do petróleo. Viviam lhes dizendo que o Riacho Doce ficaria a cidade maior do Brasil no dia em que o óleo espirrasse lá de dentro da terra. Não encontravam vantagem naquela mudança. O capitão Laurindo venderia as terras. E eles estariam perdidos.

    Só poderia ser mesmo o que a velha Aninha dizia desde o começo, uma invenção do diabo. A fábrica da Saúde andava para trás, matando operários de febre, comendo o dinheiro dos donos. E aquele poço ainda daria conta de muita gente. José Divina achava também que aquilo devia virar um vulcão. Buliam tanto com o tutano da terra que a bicha daria para tremer como a cidade de Lisboa tremeu. Morria gente que nem se podia contar a história.

    Às vezes, alguns deles paravam por perto da exploração para olhar. Viam o cano botando água para correr, uma água suja, e o aço furando a terra, furando uma polegada, duas, num dia inteiro. E lama saía de dentro. O engenheiro, o galego, tomando conta de tudo, mexendo nas máquinas, parando, consertando, todo sujo de lama, e o dr. Silva no meio dos operários, fazendo serviço de gente pobre. Olhavam as manobras da exploração e voltavam para casa com a coisa da velha Aninha na cabeça. Tudo aquilo era obra do diabo.

    O galego pouco saía de casa. Só aos domingos danava-se com a mulher no banho de mar, levando sol, correndo pela praia. E os praieiros não tomavam conhecimento da existência dele.

A mulher é que era outra coisa. Já estavam acostumados com aquela brancosa que não saía d'água. Viam-na na praia, nadando, deitada na areia, com a língua atravessada perguntando, querendo saber das coisas deles. E terminaram gostando de Edna. Ela também fazia o possível para se aproximar de todos. Enquanto dona Helena não saía senão raramente para o banho, e quando descia à praia era como se eles não existissem, a outra era o que se via. A negra Firmina, a cozinheira sinhá Benta, só falavam da galega para elogiar. Dava-lhes presentes, não fazia questão de restos, e era boa para os moleques. O filho da negra Firmina vivia cheio de mimos. Adorava Edna. Aquilo é que é uma patroa. Sinhá Benta de Maceió gabava. Nunca trabalhara em casa de grande com a largueza de dona Edna. Fora criada de ricos como o dr. Levino, o coronel Ezequiel, e ali com a galega a coisa era melhor. Achavam graça em tudo que Edna fazia. Ia ao banho de mar com aquela roupa que deixava aparecer o corpo. E não reparavam. Achavam-na bonita. Gabavam a beleza dela, os seus modos. Neco de Lourenço dizia que ela tinha corpo de sereia. Quem visse a galega boiando com aqueles cabelos louros de rainha, diria que era sereia, esperando o besta para puxar para dentro das águas. A que ele vira não tinha que ver ela.

José Divina sorria de tudo. Das mentiras de Neco, da galega, da sonda. Só não sorria dos poderes de Deus. Os ventos que sopravam, a lua, o sol, a cor das águas, tudo isto que era obra de Deus, José Divina respeitava. Quando ouvia algum dos seus maltratar o vento, com um "diabo deste vento não para", vinha logo com a reprimenda:

— Cala a boca, homem. Bate na tua boca; com os poderes de Deus não se brinca.

Ele não era contra nem a favor da galega. Não sabia bem o que Edna representava ali, se era de Deus ou se era do diabo. A velha Aninha ainda nada lhe dissera sobre ela. A velha só tinha força para maldizer a sonda. E a galega vivia dentro d'água como peixe. Dava coisas à negra Firmina e à sinhá Benta. Não era tacanha como a mulher do dr. Silva.

Para a velha, Edna constituía um perigo. Às vezes, quando a via descendo para a praia, e a olhava quase nua, quando a via espalhada na areia como um peixe fora d'água, ela devia, no íntimo, censurar aquela liberdade: mulher não devia tomar banho de mar. Mulher era para parir, trabalhar, criar filhos, morrer. Mas a galega não era propriamente mulher, ela fazia coisas de homem. Aquele corpo branco, aquelas braçadas, aquela coragem de se meter no mar afrontando ondas e correntes, aquilo era de homem, e de homem disposto. A carne branca de Edna não devia tentar os homens dali. Carne sem vida, sem sangue correndo nas veias. Aquilo não devia tentar os homens do Riacho Doce. Podia ela mostrar o seu corpo. Eles tinham as carnes morenas e rijas, carnes que a água do mar não salgava, que só se banhavam na água doce do rio. No corpo da galega, para sinhá Benta, não andaria o diabo. O diabo devia correr na carne escura, nos cabelos pretos, nas coxas roliças. Ela sabia muito bem dos passos que ele dava. Todos se lembravam da filha do Joca Caboclo, aquela menina de olhos verdes como os de Carolina, de cabelos pretos, de boca sem-vergonha. Todos se lembravam da desgraça que ela fizera no Riacho Doce. Andara por ali como um vento de peste. Os rapazes da terra perderam a cabeça. Julinho de José Divina deu para doido por causa dela. Deu para chorar, chorar sem ver de que, aleseirado, até que se deu a desgraça. Apareceu boiando na Ponta Verde, com três dias de morto, com os olhos roídos de siris. E a bicha sorrindo contente. O menino não aguentara o repuxo da cabra. O outro foi Deodato. Era um rapaz de jeito. Tinha a sua jangada, tirava o seu resultado na pescaria, tinha os seus paus de roça lá em cima. Pois bem, se engraçara da mulher. Todos diziam:

— Tem cuidado com ela, Deodato; olha o visgo da mulher, Deodato!

E a coisa foi andando, andando, e deu no que se viu. O homem abandonou a mulher e filho, abandonou a jangada, a roça. A mulher dele procurou a velha Aninha. A outra estava com os poderes da peste. E só os poderes de Deus poderiam com ela. A bicha sorria de tudo. Para ela o nordeste podia soprar, o terral podia parar, o mar podia encher, a lua no céu andar de um lado para outro, o sol aparecer e desaparecer e ela sorria. Ela sorria porque tinha outra força nos peitos, nas coxas, na boca, nas partes. O diabo a enchia de força. Comeu Julinho, desgraçou Deodato. Os homens do Riacho Doce saíam com as jangadas para o alto pensando nela. Joca Caboclo não tinha sustância para subjugar a desgraça. O pobre sofria com aquele demônio dentro de casa. E a mãe, de vergonha, nem botava a cabeça de fora. Uma vez a pobrezinha procurou a velha Aninha, e voltou sofrendo ainda mais. Tinha ela parido uma obra do diabo. Todo o corpo de Chica era obra do diabo. O diabo pelo seu corpo, era ele que lhe dera aquela beleza. Sinhá Aninha falara franco à mãe da miséria, dizendo que não havia jeito: um dia Deus terminaria com aquilo. O anjo Gabriel, de espada na mão, pegava o tinhoso, jogava os pés no peito dele e vencia as forças do diabo. A força de Deus terminou vencendo. Um dia, no reisado de Jacarecica, um homem de Maceió levou Chica para longe do Riacho Doce. Com um ano depois chegou a notícia. O homem tinha matado a cabra com vinte punhaladas. Naquele corpo andava o diabo.

A carne da galega era como carne de peixe: devia ser fria, e os homens dali não gostavam daquilo. Sinhá Aninha olhava para Edna sem medo e sem susto. Podia ela correr pelas praias, nadar, andar com os homens de jangada. O diabo não lidava com ela. Ele gostava era de acender as carnes da morena, de botar fogo nas Chicas. Mas Neco de Lourenço vira a sereia que tinha o corpo da galega com os cabelos louros de rainha boiando sobre as águas. Era assim como ela, direitinho a galega nova. Os outros sorriam. Neco ficara avariado desde aquele dia em que jogara a Estrela do Norte nas pedras da Coroa Grande. Corpo de sereia devia ser moreno como o de Chica.

8

Sigrid:

Tenho não sei quantas cartas tuas para responder. Não é que eu me tenha esquecido de ti, não. É que a preguiça não deixa, uma preguiça que está em todas as partes do meu corpo. Uma preguiça até da alma. Cada dia que se passa, minha querida, mais esta terra me prende, me subjuga. Estou aqui há mais de seis meses, e é como se tivesse chegado ontem. Tudo continua novo em folha para mim.

Podia te contar a minha vida. Para quê? Quero, antes de tudo, te contar o que vejo, tudo o que sinto por aqui.

Carlos é um homem que quase não vejo, só aos domingos. No mais é no trabalho, na ânsia de descobrir o que os chefes dele desejam: petróleo. Só falam em petróleo.

Vivo só, como vês. A mulher do engenheiro-chefe, uma americana, fala alemão. Uma ótima senhora, Sigrid. Porém tu me conheces e sabes como a solidão me persegue.

Vivo só, mas, se me falta companhia que me agrade, por outro lado tenho aqui uma coisa que vale por todas: o mar. Tu não podes calcular o que seja este mar do Brasil. Tudo o que me contavam da terra onde o pai de Norma ia buscar dinheiro, tudo é pura verdade.

O sol aqui não tem medo de gelo, de neve, de inverno. O mar é cálido, as águas não gelam, é verde, verde. A areia da praia é como se fosse feita para o corpo da gente repousar. É branca, limpa, branda. Passo todas as minhas manhãs nesse paraíso. Nado muito, corro, entrego-me às águas, e não me sinto lassa. Qual nada! Este sol nos dá é força.

Desde que cheguei aqui que não chove, e por isto nada te posso dizer sobre o tempo ruim desta terra. Já me disseram que na época da chuva tudo muda, tudo aqui se entristece, mas estou certa que não será uma tristeza igual a essa nossa tristeza do inverno. Nada no mundo poderá se comparar com a nossa tristeza.

Tenho muitas vezes recordações dos nossos e muitas saudades. Papai continua com aquela cara de foca? Não me censures, Sigrid, por te falar assim do nosso velho; é brincadeira. E mamãe? Dela tenho pena, tanta pena que tu não podes calcular. A avó Elba é que deve ser a mesma, não é? Há por aqui uma velha que é como a nossa Elba. Avalie você que ela é como um pastor, é que toma conta da igreja, reza, e dizem que até casa gente. Mas isto é uma história que te contarei depois. E tu como vais, minha querida, com teu marido e os filhos? Imagino as tuas trabalheiras.

Não quero te falar dessas coisas. Vou falar de minha vida aqui. É melhor, e pelo menos eu não te magoarei com as minhas perguntas. Durmo cedo. Não sei por que, tenho medo das noites de escuro daqui. Parece-me que todos os perigos da terra se encontram na porta de casa. Que todos os bichos malignos da mata ficam por perto nos espreitando. Não podes avaliar a escuridão. A nossa casa fica no alto. Tudo lá de fora é a noite. As casas dos pescadores distam um meio quilômetro da nossa casa. Olho o céu estrelado muito longe e escuto o gemido e a cantoria dos bichos da terra, mosquitos, sapos, grilos e uma infinidade de insetos que invadem a casa. Confesso-te que tenho medo dessas noites. Agora uma noite de lua é como se fosse um dia sem o calor e o brilho do sol. Uma maravilha. Nessas noites eu costumo descer para o mar. Levo comigo a cozinheira, uma mestiça, quando Carlos não quer me acompanhar. E tu não podes imaginar o que é uma noite de lua aqui, com o mar roncando no silêncio, as águas espelhando à luz da lua. A areia mais branca ainda que de dia, e as folhas dos coqueiros (palmeiras) se balançando. E uma calma, uma pureza de ar e o frio que o vento traz. O frio aqui não é um castigo. Ele nos vem com a brisa e, em vez de nos cortar a carne, o frio aqui nos chega como uma carícia, nos dando vontade de entregar--lhe o corpo para que o acaricie à vontade.

Fico horas e horas na beira do mar em noites assim. Às vezes os nativos cantam. Lá das palhoças dos pescadores vem um canto muito triste. Não sei explicar. Tanto sol, tanta beleza, tanto verde, e o canto é muito triste. Com a lua se derramando pela noite, ainda é mais triste. Não se parece com aquilo que a nossa gente canta ao acordeão. Aqui cantam mesmo sem instrumento. Chamam de coco, me disseram. É uma música feita para dança.

Outro dia fui ver uma dessas danças, e fiquei gostando. Eles fazem uma roda, e no meio da roda fica um homem ou uma mulher remexendo o corpo como se estivesse tomado de um langor esquisito. Os outros em redor batem palmas, sacodem o corpo de um lado para outro. Puxam o canto, e a pessoa do centro se esforça, se deixa tomar de verdadeiro delírio. E termina com o corpo chamando o outro para o meio da roda. As mulheres chamam os homens, num gesto que qualificaríamos aí de obsceno, sacudindo o corpo um para o outro. E o canto continua. Eles não se cansam. Vão até de manhã. Fazem sempre essas festas em noite de lua. Quando a coisa é melhor, vem uma espécie de orquestra ajudar: um zabumba, uma espécie de lata de conserva com pedra dentro – e aquilo toma um relevo inexplicável.

Quando estou deitada e escuto o coco, dá-me uma tristeza terrível. Não durmo, não consigo dormir com a monotonia daquele gemer. E não sei por que, Sigrid, aquela música rude e bronca me arrasta para os pensamentos que eu tinha quando Ester tocava Schumann ou Chopin. Sinto-me com a angústia que me deixava a música de Ester como se o piano estivesse outra vez me chamando para ele. Mas deixemos o coco e vamos falar de outras coisas.

Carlos já não é o mesmo homem. Ando percebendo que ele vai mudando. Sempre vem nos ver aqui um casal de noruegueses. O marido é gerente de uma casa de gasolina na cidade. E ficam ele e Carlos bebendo uísque e conversando, falando muito da terra e dos homens. Ambos acham que o povo tem péssimas qualidades, falam da preguiça, da malandragem, da falta de iniciativa, a mulher quer conversar sobre moda, elegâncias, sobre uma vida que não podemos ter por aqui. Procuro fazer-lhe companhia o mais possível, mas termino sempre me cansando e com uma vontade doida que eles tomem o automóvel e desapareçam. Antes mil vezes a solidão.

Sei que Carlos bebe para disfarçar a grande decepção que vem sendo para ele a exploração do petróleo. A mim me tem dito que não há recursos para se fazer um trabalho eficiente. E esta decepção vem dando a Carlos uma maneira diferente de ver as coisas. Não é mais aquele otimista de outrora.

Apesar de tudo, para comigo ainda não senti diferença nenhuma dele. Pode ser que esteja disfarçando, procurando encobrir o mais possível qualquer mágoa. Para te falar com toda a franqueza, até hoje para mim é o mesmo.

Vamos deixar Carlos de lado. Tudo isto pode passar, e ele poderá se habituar à situação. Esta carta está ficando longa, mas eu estou com vontade de falar com alguém, de me abrir, e é contigo que eu quero me expandir.

Como te dizia, o povo daqui me agrada. Os outros podem descobrir moleza, falta de iniciativa, no que eles fazem. Eu, no entanto, gosto de vê-los, de estar perto deles. E o interessante é que confiam muito em mim. Dona Helena está há mais de dois anos aqui, e é uma estranha para todos. Comigo foi diferente. Sem querer fazer-me de esperta, consegui a admiração e a simpatia dos nativos. A negra Firmina, que me lava a roupa, e a cozinheira, me adoram.

Não podes calcular como esta sensação de me sentir qualquer coisa me é agradável. Olha, Sigrid, fica certa, isto de encontrar simpatia em gente estranha, de outro sangue, me anima a viver. Continuo a querer falar de mim quando há tanta coisa interessante para te contar.

A religião aqui é a católica, como deves saber. Há uma capela pequenina junto da nossa casa, uma pobre igreja cheia de morcegos e corujas. Padre ainda não vi. O vigário que rege esta zona não apareceu desde que estamos aqui em Riacho Doce. Dizem que só há missa em dia de Natal. O povo é devoto. Há uma mulher, assim como a avó Elba, como te disse, que faz as vezes do pastor. É ela quem toma conta da igreja e manda no povo. A negra me conta, até onde eu posso compreender a língua dela, que esta velha faz tudo para os pescadores: cura, arranja casamento, reza para os defuntos, tudo que é função de pastor é com ela. Os homens respeitam-na. E uma palavra dela vale mais do que tudo.

Ontem foi dia de função na igreja. Fui ver: a velha e as outras mulheres rezavam ajoelhadas. Era a velha quem puxava a reza, e o grupo respondia. A voz saía pelo nariz, uma litania magoada. A velha não tem aquela aspereza da avó Elba na hora de pedir a Deus as coisas. A voz dela é mansa, é uma voz mesmo de quem teme e de quem pede.

A igreja é pequenina: uma sala e, ao lado, um quarto com móveis rudes, que serve de sacristia. Nos altares, os santos. Todas as figuras de cara magoada. Eles adoram as pequenas estátuas de madeira. Há umas de feições impressionantes. Um Senhor dos Passos, todo roxo, com a fisionomia de uma dor terrível. E ao lado a Mãe de Deus, com duas lágrimas correndo na face. Tem ela os cabelos pretos até o pescoço, cabelos que foram mesmo de gente, mas que estão mortos e sem brilho. Fiquei impressionada com esses cabelos cortados de alguma mulher. Eles aqui oferecem os cabelos para os santos. Pagam as graças obtidas com essas coisas que mais amam. As mulheres dão os cabelos.

A igreja cheirava mal. E havia rosas nos vasos de vidro. Umas pobres rosas. E o que eu não vejo por aqui é flor. Há muita pobreza de flores nesta terra. Pelo menos na zona em que residimos. É verdade que eu não conheço o campo. Tudo o que conheço é esse pedaço de praia onde moramos. Mas vejo que não se cultivam flores por aqui. E que não há gosto por essas coisas. Desde que cheguei, só vi uma roseira, perto de uma das casas dos pescadores, dando umas rosas raquíticas. Cultivam cravos, trepados numa espécie de sementeira.

Comecei a fazer um jardim em nossa casa, e não sei por que ele não tem ido para diante.

Ainda não te falei das mulheres da terra, ou melhor, da cidade que fica a uns quilômetros de onde moramos. Fui com dona Helena a um baile lá, e foi para mim um verdadeiro deslumbramento. Vi inúmeras mulheres bonitas. Elas têm um ar de um perverso encanto no olhar e na boca. E dançam admiravelmente. Os cabelos ondulados e pretos, assim como os de Ester. São de um moreno delicioso. E muito bem-vestidas, graciosas, desembaraçadas.

Dona Helena é muito querida de todas e me apresentou a vários grupos. Deram-se bem comigo e acharam muita graça no português que eu falava. Achei-as bastante instruídas. Uma quis falar francês comigo, e tive de me servir do francês que Ester me ensinara. Outra falou inglês com dona Helena.

Os homens, Sigrid, estes são magníficos, sobretudo os rapazes. Parece que concentram neles a mocidade, a agilidade, o entusiasmo da vida. E no entanto dançam com gravidade, com uma seriedade que me chocou a princípio, mas que depois compreendi: O "samba", a dança da terra, não é como aquele coco de que te falei. É mais sereno, mas dá mesma tristeza. É uma dança que não dá muito trabalho aos músculos. É macia, e liga o homem à mulher como se todos os que estivessem dançando se amassem com ardor. Os olhares e os gestos de todos são de amantes.

Dancei muito, e gostei muito. Todos os homens queriam dançar comigo. Notei, Sigrid, que há uma diferença espantosa entre os rapazes e os mais velhos. Estes perdem toda a vivacidade, ficam como sem vida, sem cor. A mocidade aqui é tudo, é a terra.

As mulheres da praia é que nos fazem pena pela miséria. Andam de pés no chão e se casam muito cedo. Casadas, são apenas um instrumento de trabalho. Faz pena vê-las. Moças, parecem velhas. Quando as vejo, lembro-me de nossa mãe. Elas têm sempre aquele ar de escrava da nossa pobre mãe. Trabalham muito. Algumas são boas artistas. Fazem rendas. Dias e dias trabalham para conseguir um metro de renda, que vendem por quase nada.

Não podes imaginar como me senti comovida outro dia quando me chegou uma pobre dessas com uma coisa embrulhada num papel de jornal. Deu-me com tanta humildade! Era um presente de renda, o esforço de muitas semanas que a pobre vinha me oferecer. Lágrimas chegaram-me aos olhos. Tive até vontade de dar tudo que tinha em casa à pobre mulher. E ela não quis ficar na sala comigo. Foi conversar com a cozinheira, como se a minha companhia fosse uma honra excessiva, que não se devia gastar por muito tempo.

Mandam-me presentes de peixe e de ovos. Reparo que aqui não gostam de ovos. Vendem-me todos os que conseguem.

Vivo assim, Sigrid, cercada por esta terra e este povo. O mar, sinto-o meu, como se fosse meu, pois só eu me meto nele para gozar as suas águas. O mar é um mundo, e um mundo verde, bom, carinhoso. Até hoje ainda não o vi raivoso, em tempestade, sacudindo as ondas em montanhas.

Não te posso dizer que sou feliz. Isto não. Há em mim uma carência que ainda não consegui suprir. O meu corpo se contenta bem com a natureza que me cerca, me entontece. Mas para te falar com a franqueza devida, continua em mim um vazio que não sei te explicar. Eu mesma não quero quebrar a cabeça para descobrir. Quando estou dentro d'água ou espichada na praia, tudo está bom. Sinto-me completa, uma mulher completa. Nado, dou expansão aos músculos, entrego-me ao mar, sou uma parte da sua fartura, do seu reino. De noite, na cama, ou, às vezes, em casa, caio em mim. E é como se caísse num deserto. Sinto-me só, incapaz, sáfara.

Não devia te contar essas coisas. É tolice minha. Já estou até arrependida. Carlos me diz sempre que a confissão católica é uma invenção prodigiosa para que as pessoas se descubram, se exponham uma à outra. Fazendo esta carta, parece que me satisfiz.

Escrevi uma carta comprida. Nunca pensei que fosse capaz de encher tanto papel. Vou parar. Nem quero reler o que te escrevi.

Olha, nada do que te falei a meu respeito e a respeito de Carlos deve ser conhecido do povo daí. Peço-te o maior silêncio. Tu te lembras do segredo da boneca de Norma? Choramos as duas naquele dia.

Adeus, Sigrid. Escreve-me, manda-me notícias de todos. Da tua irmã que muito te quer,

Edna

9

Depois vieram as chuvas. E o sudoeste tomou conta do Riacho Doce. O mar ficou cinzento, sujo. As águas das margens encardidas, e sargaços pela areia como vômitos. O vento frio e as chuvas torrenciais parando e voltando com uma intermitência infernal.

Edna, com as primeiras pancadas d'água, se deliciou. Viu as águas correndo pela estrada, o roncar da chuva, as trovoadas se quebrando no céu, e achou tudo bonito. No outro dia o tempo era outro. Tiveram que fechar as portas da casa. O alpendre ficara inabitável. E o sudoeste começou a soprar.

Pararam os trabalhos da sonda. Carlos, dentro de casa, lia, lia muito. E agora, com um rádio que o amigo dinamarquês lhe trouxera, tentava ligações com países distantes. Era o chiar enervante do aparelho, apitos, descargas contínuas. Depois chegava a voz amiga. Vinha de longe, falava alemão ou inglês. As orquestras sinfônicas enchiam a casa do Riacho Doce de rumores de trombones, de gritos de pistão, de gemidos de violino. Soluçava o violoncelo, um piano deixava cair uma nota, com a profundidade de pedra rolando no poço.

Edna ligava isto com a sua vida de Estocolmo, os passeios com Saul, as salas de concertos, as conversas sobre Chopin, sobre Bach, sobre Beethoven. Voltava-lhe a vida anterior, o seu deslumbramento pela música. Queria resistir, ser a outra Edna da água tépida cobrindo o corpo, com a espuma do mar subindo pelas pernas, derramando-se sobre os seus peitos, como pétalas de rosa.

Era para Carlos que Edna se voltava. Em casa, sem poder sair com os aguaceiros, o marido se tornava para ela um ponto de fixação. Deu para examiná-lo, para tomar em consideração as menores coisas que ele fazia. Bebia e fumava como nunca, enchendo a casa com o cheiro do seu cachimbo. Não era mais aquele homem do primeiro ano de casamento – um Carlos submisso, vendo na mulher toda a sua razão de existir.

Estavam há quase um ano no Riacho Doce, e se operara nele uma transformação que cada dia mais se acentuava. Agora ela bem que via como se transformava o rapaz que em Estocolmo fazia da mulher a razão da sua vida. É verdade que ela continuava a mesma. O marido nunca lhe dera grandes coisas, nunca fora para ela o que um homem devia ser para a mulher. Vivera com ele até ali com alternativas de satisfação e desprezo. Agora estava quase que o detestando. Fazia-lhe raiva a insistência com que ele começava a se desligar da terra e do povo. Aqueles uísques, aquele fumar constante não eram nada mais que a vontade que ele tinha de fugir, de não se entregar. Havia naquilo uma censura, a ela que era como amante dos encantos da terra, que não resistira às lábias do mar verde, à doçura, à maravilha de tudo. Ele não. Entregara-se ao trabalho da manhã à noite, no serviço duro, e quando não havia ocupação na sonda, bebia, fumava, ligava o rádio para bem longe, como se estivesse com nojo e desejando escapar o mais depressa possível do meio da gente.

Lá fora, era a tristeza da terra encharcada, e o sudoeste soprando com uma violência irritante. Só restava mesmo o recurso de ouvir as irradiações internacionais de quando em vez. Doíam nos ouvidos as vacilações do aparelho. Ia a coisa muito bem, com limpidez admirável, e de repente tudo se perturbava, chiava, gritava o aparelho numa algaravia de louco. Melhor o silêncio, o barulho da chuva. Queria pedir a Carlos que parasse, mas ao mesmo tempo não lhe queria dar esse gosto, e trancava-se no quarto.

Por que então não leria os romances que trouxera? Um dia, estava nas primeiras páginas de um livro de Sigrid, a norueguesa tão gabada por Saul, e não conseguia adiantar-se. Não havia jeito de tomar alento e ir adiante, entrar no fundo do romance, entranhar-se na paixão dos personagens. Parava nos primeiros períodos. Pensara então que aquela preguiça lhe vinha da maravilha da terra iluminada, que aquela distração constante fosse do corpo que o mar enchia de tanto bem-estar, de tanta necessidade de paz. Mas não era. O tempo virara aquela coisa horrível, e a sua inapetência para a leitura era a mesma. Via Carlos lendo os seus romances policiais com voracidade, e irritava-se com a sua impotência, com o seu fastio. Só podia ser um desequilíbrio qualquer.

    Estirava-se assim na cama, e pelos vidros da veneziana olhava a chuva miúda, o céu escuro, tudo sujo, feio, aborrecido. Sinhá Benta andava de reumatismo. Gemia no quarto com as dores, e era ela que tinha que preparar o almoço, o jantar, arranjar alguma coisa que satisfizesse o apetite do marido. Tinha a impressão de que Carlos perdera todo o encanto por ela. Pensando bem, sentia-se até feliz por aquilo. Era um remorso vê-lo com aquele amor, aquela ternura por ela, que não vibrava, não correspondia, com a sua carne, ao ardor, aos desejos do seu marido. Mas ao mesmo tempo, vendo-o distante, a procurar fora dela estimulantes, desesperava-se. Estaria sem atrativos, seria uma mulher insignificante? Então procurava vencê-lo com palavras, ia ao encontro do marido que lhe fugia. E a coragem lhe faltava para concluir o seu cerco. Via-o como uma vítima que ela procurava envolver de malefícios, um pobre animal diante de uma armadilha preparada para desgraçá-lo. Carlos atendia, correspondia aos seus agrados com a mesma delicadeza, o mesmo ar de quem não estava com nenhuma prevenção. Edna era a mesma, a mesma mulher. E ela sofria, amargurava-se, odiava-o. Ali, na cadeira de braços, com o livro na mão, o copo de uísque perto, com o rádio aberto para qualquer estação, o marido lhe parecia um adversário que contasse com todas as vantagens, um inimigo senhor da situação. Queria fugir dele, procurar recursos, mas o tempo era aquele, não mudava.

    Chovia continuadamente. Pela porta da casa, de quando em vez, os automóveis na estrada faziam barulho, espalhando água. Ficava olhando sem ver nada. As cabanas dos praieiros deviam estar afogadas, batidas de vento, com o chão ensopado de chuvas.

Voltava-se para Carlos e puxava conversa, procurando um pretexto qualquer para desabafar, para ver se mantinha com ele uma ligação real. E ele respondia às suas perguntas, fazia-lhe outras, sem tomar conhecimento da sua angústia, do seu desespero.

E foram dias e dias assim.

Com a estiada, o marido se fora para o trabalho. Edna aproveitava o sol para sair um pouco, voltar para os seus contatos com a terra que a abandonara. O céu e o mar continuavam sujos. Corriam nuvens escuras, e as águas verdes dos dias de outrora pareciam de outro mar. As jangadas recolhidas, as caiçaras com os pescadores sem ânimo para as pescarias. Voltava logo para casa com medo, com nojo da terra. Tudo estava horrível.

Dona Helena, que estivera fora uns dias, procurava-a para a conversa. Aquele tempo, dizia ela, era uma infelicidade. Por isso fugia o mais possível de permanecer ali na época das chuvas. Tudo parecia de lama, e aquele vento infernal trazia doenças.

Edna encontrava na americana um encosto para suportar os dias pesados. Dera para ir à sua casa com mais assiduidade. Era uma boa mulher, instruída, com seus bons livros, com gosto pela música. E no entanto ela a desprezara, deixando-a de lado, porque o sol, o céu, o mar de Riacho Doce lhe perturbaram a razão. Estivera tonta.

Dona Helena lhe contava a vida. Os pais alemães, o casamento com o brasileiro de olhos verdes, que estudava na universidade, e aquela aventura do petróleo, aquele sonho do marido de querer fazer qualquer coisa de grande. Botara ali toda a sua fortuna, todos os seus recursos. Poderia estar muito bem em qualquer parte. Com o que tinham e com a herança de seus pais, teriam arranjado uma vida tranquila numa boa cidade da América ou da Europa. Mas o Silva só pensava no Riacho Doce, a vida dele estava ali. A princípio sofrera, desesperara-se, procurara reagir. Foi em vão. Silva deixaria mulher, filhos, para se entregar àquela luta desesperada.

Dona Helena achava inútil aquele esforço. O marido estava dando a sua vida em vão. Por mais que procurasse se convencer, por mais que se enchesse de otimismo, não poderia nunca pensar na vitória. Ficaria ali com ele até a morte. E Edna se encheu de ternura, de pena pela mulher que ela imaginara distante de tudo, indiferente ao marido, com aquela superioridade de branca. Mas qual! Era, como ela, uma infeliz. A terra tirara o amor do seu dr. Silva, o anseio de fortuna fizera dele aquele fanático, um homem para quem a mulher valia menos que um pedaço de xisto encontrado na escavação. A sonda valia muito mais que o amor, mais do que tudo.

Depois dona Helena se fora do Riacho Doce. Uma irmã passara para o Rio de Janeiro, e ela aproveitara a companhia para um passeio. Outra vez Edna se viu só. Agora o tempo melhorava. Já havia dias de sol, de céu limpo, de mar verde. Mas não se animava ainda à vida que levara antigamente. Faltava-lhe coragem para botar o seu maiô e correr pela beira do mar, deitar-se na areia com o sol queimando, e as águas fazendo agrado ao seu corpo. Parecia que tudo agora estava mudado. Sinhá Benta dizia que banho de mar, naquela época, dava febre, fazia mal, porque havia muita água doce no mar que não fizera união com as águas salgadas. Banho naquele tempo era perigoso. Mesmo Edna não se sentia desejosa. Estava sem coragem para coisa nenhuma.

Os amigos de Carlos haviam trazido uma vitrola com ótimos discos de concertos. Foi uma festa no primeiro dia.

Ouviu música, encheu-se de música, pensou em Saul, em Ester, no mundo que deixara para os outros. Ouviu Chopin outra vez com o corpo inteiro, esperando por ele como por um amante. Os quatro discos com as valsas e os estudos rodaram vezes e vezes seguidas.

Sinhá Benta veio escutar, ficou parada ouvindo o bater firme do piano, as notas caindo devagar, e depois, saindo da vitrola, a doçura, o lânguido amor, o feroz desejo, a paixão desesperada. Edna reparava na cara misteriosa daquela mestiça estúpida, ouvindo a música do gênio. Aquilo devia entrar também na alma bronca da outra. Todos tinham alma capaz de sentir, de sofrer a sedução daquela magia.

Quando Carlos chegara para o jantar, ainda a encontrara com a vitrola dando tudo que podia dar a Edna. E ela ficara assim como uma criança, nos primeiros dias, com a vitrola. Aos poucos, porém, foi fugindo da música. E a angústia voltou ao seu ninho, como uma coruja que tivesse sido batida por uma rajada de vento, e voltasse outra vez. Agora nem o céu, nem o mar, nem a terra, tinham mais encantos para ela. E outra vez o vazio, a sensação de mil anos vividos, de gerações e gerações passadas pelo seu corpo e pela sua alma. Carlos era o mesmo, com aquela tranquila distância de tudo que era dela. E sinhá Benta conversava mais. Edna já ia entendendo com mais facilidade a língua da velha serviçal.

Uma noite parou de chover. O vento castigava os coqueiros sem pena, fustigando-lhes as folhas, que gemiam. Carlos fechara o rádio e escrevia na mesa de jantar. Edna, deitada, esperava o sono, quando ouviu uma cantoria como nunca escutara por ali. Era como se fosse um canto de agonia. Vinha de perto, percebia-se mesmo a voz fanhosa de uma mulher puxando um coro sinistro. Aquilo foi-se prolongando, crescendo para os ouvidos de Edna. No meio da escuridão aquilo era lúgubre. Sinhá Benta havia-lhe dito que morrera de tarde uma irmã velha de José Divina, e sem dúvida estavam se despedindo da defunta. Mas não paravam. Era a mesma coisa, os mesmos gemidos, a voz fanhosa crescendo sobre as outras. A morte recebia as suas homenagens. Cantavam para ela.

Sem querer, Edna foi-se lembrando do dia da tentativa de seu suicídio. Vira-se tão só no meio do mundo, que se lembrara de sumir, de perder-se para sempre. O fim de tudo, os braços cruzados, a terra por cima, os ouvidos tapados, a boca trancada, os olhos fechados. Quisera o fim com uma vontade desesperada. Uma partida para a viagem sem termo.

Carlos, na mesa de jantar, escrevia para os seus. Sem dúvida que estaria se abrindo, pondo no papel as suas mágoas, os seus dias de tédio, a sua infelicidade. Ela devia aparecer naquela carta como uma vilã, que havia arrastado o marido para uma terra que era hoje o tormento dele. Tudo ali o aborrecia, os homens eram malandros e a terra de uma falsa riqueza. Ouvia o ringir da pena no papel. De vez em quando ele parava, tomava alento e continuava. Os gemidos, lá de fora, persistiam. Edna quis levantar-se. Os lençóis, no seu corpo, estavam úmidos de suor. Tudo aquilo não passava de fraqueza, de imaginação exaltada. O seu caso era mais simples do que pensava. Só dependia de coragem, de ter forças para se defender, se isolar dos pensamentos maus, das pequenas obsessões. O marido apagara a luz da sala e fora à copa. Ela ouviu bem o ruído do uísque no copo. E depois ele viera para o quarto. Fez que dormia para que Carlos não percebesse a sua insônia. Mas ele queria dizer-lhe alguma coisa:

— Edna, você já está dormindo? Pois eu estou sem sono. Estive escrevendo uma carta, e não há jeito de me chegar vontade de dormir. Aquela cantiga horrível lá debaixo não para. Morreu uma velha, e eles estão velando o corpo. É uma gente doentia, são uns loucos. Edna, nós devemos procurar outra vida.

E calou-se. A mulher fez um esforço medonho para falar. Ele estava desanimado. Aquilo era cansaço. Com pouco mais estaria outra vez cheio de entusiasmo, contando com o sucesso da exploração.

Carlos ouviu-a calado. E foi-se chegando para ela. Foi-se aproximando da mulher como se procurasse um abrigo, um pouso. Ela estava estendida na cama, era a sua Edna, a mulher que ele amava e que devia amá-lo, que tinha o dever de amá-lo.

A noite estava cobrindo as coisas de pavor. Uma noite de inverno no Riacho Doce. Os sapos coaxavam, gemiam os coqueiros açoitados pelo sudoeste, e uma defunta ouvia as despedidas lúgubres dos seus. Carlos queria a carne, a paz do corpo de Edna, para se amparar. Chegou-se para ela, abraçou-a como nunca fazia, e sentiu que Edna fugia. Sentiu que a sua mulher fugia. Insistiu, e ela fugindo, sem querer. Um pobre viajante vinha perseguido pela chuva e pelo frio, morto de fadiga, batia numa porta e lhe negavam agasalho. Fechavam-lhe a porta na cara com ódio, com nojo da lama do seu corpo.

— Edna! – disse ele, com a voz mansa.

Quando ele viu foi a mulher levantar-se da cama com uma violenta crise de choro:

— Saia de perto de mim... Me abandone...

Não sabia o que era aquilo; foi para ela, humilde, procurando saber o que tinha. Estava enfurecida. Não queria que ele se aproximasse. Então um ódio, uma raiva foi crescendo, tomando conta dele. Era demais. A sua mulher fugia dele como de um monstro. Era um monstro, um ser asqueroso.

Levantou-se e foi outra vez para a sala de jantar. Acendeu a luz, procurou o cachimbo. Edna o havia repelido. Havia nele uma lepra qualquer, uma chaga nojenta. A mulher fugia dos seus agrados como quem fugia de um pestilento. Viu como o corpo dela se contraía de nojo. Bebeu mais uísque. Demorou-se um pedaço.

O choro das mulheres continuava, no velório. Aquilo era a fortuna que viera procurar na América. Aquele o ouro da América, a riqueza, o mundo que viera descobrir. Trouxera para ali a mulher, o único amor de sua vida, a boa Edna. Lembrava-se do casamento, de todas as restrições de seus pais. Soubera da tentativa de suicídio. A mãe lhe dissera:

— Olha menino, casamento é coisa sagrada. Vê o que vais fazer.

Reagira contra todos. Casara-se com ela, que era pobre e infeliz. Amava-a muito, era a sua Edna. Viveram bem. Veio depois aquela melancolia na mulher. Correu os melhores médicos. Ela precisava de uma viagem, e pensou na América. Viu-a feliz, entregue a uma vida mais natural, nos banhos de mar, toda da terra que ele odiava. Ficara satisfeito. A mulher, afinal, encontrara uma situação agradável. Podia ele sofrer o que estava sofrendo, mas que ela vivesse bem e tudo estava resolvido. Edna era esquisita, compreendia-a, o seu amor compreendia tudo. Agora, caía-lhe como um raio aquela certeza estúpida. Ela tinha nojo dele. Quase dois anos de mentira, de hipocrisia, de fingimento. Odiava-o.

Estava agora ouvindo o choro dela, o choro abafado pelo travesseiro. Casara-se com uma mulher sem alma. Bem que lhe dizia sua mãe:

— Carlos, casamento é coisa sagrada.

Derramou mais uísque no copo. Bem que a vira com aquela cara de luxúria dançando naquele baile a que dona Helena os levara. Aquela cara era de prazer pelos outros, de gozo em se sentir pegada a outro corpo que não era o seu. E a amizade com Saul, as conversas sobre música, aqueles concertos, tudo não passava de traição, de procura por um homem que não fosse ele. Aquele choro a bordo não era mais que nojo, aborrecimento pelo homem que era seu marido. Por que então se casara? Somente para fugir da vida miserável, dos porcos, da família que ela devia odiar também. Coração duro. Parara de chorar. Estava ali dentro, pedindo a Deus que ele levasse o diabo. Edna não era dele. Edna não o queria. Corria, fugia de sua carícia, de seu amor imenso. Era o homem mais infeliz deste mundo. Estava ali cercado de inimigos, de gente que odiava. O povo, a terra, a mulher, todos o odiavam. Veio-lhe então uma vontade infantil de chorar, de chorar para que viesse um remorso que abafasse a maldade dos outros. Ele só. E o mundo inteiro contra, tudo contra.

Já tinha bebido quase todo o uísque da garrafa. Aquilo não podia continuar. Aquela mulher não tinha o direito de repudiá-lo como a um réprobo. E foi para o quarto. Ela estava espichada na cama com o jeito com que ficava na praia esperando as ondas. Foi para ela. Aquele corpo era seu, só seu. E, sem que Edna fizesse um só movimento de reação e desse o menor sinal de vida, possuiu-a violentamente, com raiva, igual a um animal com fome. Depois ouviu o choro da mulher, manso, fino, como um acalento.

Dormiu. Dormiu como se o canto de sua mãe o embalasse outra vez.

10

O dia seguinte amanheceu de céu azul e de sudoeste parado. Edna veio olhar as coisas, desinteressada de tudo. Tinha o corpo machucado. Havia passado por cima dela uma manada de bestas enfurecidas. Sentia-se vencida, de alma trucidada, torcida pelos ventos. Mas o dia claro, o sol magnífico, o cheiro das coisas começaram a possuí-la, a invadir a sua melancolia.

Saiu para passear. Carlos era um monstro. Parecia sentir por cima dela aquele peso, aquela massa de carne a sufocá-la. Tinha-lhe ódio. Não o queria para mais nada.

A praia voltava à sua beleza de outrora. Havia morrido de repente o inverno. As jangadas naquela manhã já andavam por longe. Viam-se apenas velas sumidas no horizonte como manchas, asas perdidas. Verde o mar, as ondas espumando na areia, a ponta de coqueiros entrando de água adentro. Ela viu que a terra voltava outra vez a ser sua amiga. Tirou os sapatos e começou a andar pela praia. Teve vontade de correr, e correu até longe. Foi a pé até onde nunca estivera. Chegou na embocadura do Jacarecica. Viu o rio barrento entrando no mar, a água doce se perdendo num mundo de águas salgadas. Era um fio, uma língua minúscula que se intrometia pela imensidão. Lá para cima diziam que o rio era perigoso, que tinha forças contra os homens, que trazia as febres mortais. Ali parecia um servo, um ínfimo vassalo. As marés altas o empurravam para as suas nascentes, as águas do mar cresciam e iam até longe, subiam pelo leito do rio, misturando-se fraternalmente com a água doce.

Edna demorou-se o mais que pôde na praia. Estava como naquele dia em que viu pela primeira vez o Riacho Doce.

E veio-lhe uma vontade indomável de cair n'água. A praia, um deserto. Encontrava-se muito longe das cabanas dos pescadores. Estava só ali, em frente ao mar.

Então, atrás de uma moita de guajiru, se despiu. O sol cobriu-lhe o corpo de luz. As suas carnes brancas, os seus peitos túmidos, os seus cabelos louros iam ser das águas, da areia, das espumas, do sol. Aquilo era como uma loucura.

Espichou-se na praia e deixou-se cobrir pelas ondas mansas. Enterrou-se na areia para sentir o calor da terra. O céu azul por cima, o surdo rumor do mar. Ficou assim um tempo enorme. Queria ficar assim o resto de sua vida, e nem se lembrou mais da noite horrível, da brutalidade de Carlos. Era de um amante que tinha força de Deus e era como Deus com a grandeza e multiplicidade de seu amor.

Nadou para os arrecifes. O mar era seu. A imensidão deserta era sua. Nem uma vela de jangada se avistava mais. Todo o mar era seu. Estendeu-se sobre as águas como se fosse um elemento ali de dentro. Boiou. O seu corpo se deixou levar, conduzir.

Nunca o sol se derramara assim por cima dela. Fechou os olhos uns instantes. Nos seus ouvidos, o rumor das ondas repercutia abafado, como se ela estivesse ouvindo um búzio gigante. Uma alegria absoluta estava na carne de Edna. As ondas moviam seu corpo à vontade. De braços abertos, com as pernas estiradas, os cabelos ruivos das suas partes apareciam à flor das águas como uma estrela-do-mar adornada de algas.

Aquilo era uma embriaguez. Teve medo um instante da solidão. Um boto estirou a cabeça quase que a um metro de distância. Era um dono do mar que reclamava contra aquela intromissão. Veio-lhe um pavor da morte, cortando aquela sua alegria de ninfa.

Nadou com braçadas fortes para a terra, com vontade de chegar, de sentir terra nos pés, de fugir de um perigo que lhe aparecia como iminente. Esquisito, aquele terror que a tomara subitamente assim.

Na beira do mar ficou mais de hora ainda, e, enquanto o sol enxugava, foi pensando na noite anterior. Toda a sua vida estava condenada. Sentira na voracidade de Carlos uma raiva de dono, de senhor cruel. O marido descobrira toda a verdade e viera para ela como quem quisesse experimentar o seu ódio. Ficara impassível, entregue à sua fúria, sem um gesto. Depois de tudo, ouviu o seu ressonar, de carne tranquila, satisfeita, quieta, mansa. Só a sua carne haveria de viver naquela agitação constante. O marido chegara por fim à conclusão de tudo. De agora por diante ele sabia a origem das suas tristezas, dos seus humores; sabia que a sua mulher sofria de não poder amá-lo.

Edna foi ajeitando os seus pensamentos, ligando fatos, encontrando caminhos para suas dúvidas. Estava perdida. Para onde correr, para onde dirigir o seu destino? Teria que viver só. Teria que ser a mulher de um engenheiro sueco, uma sombra, uma pobre Edna abandonada. Há meia hora era toda do mar, corpo e alma das águas, sem nada na cabeça que a atormentasse. E agora era aquilo que se via. Voltara-lhe a vida. A vida dela e dos outros, para arrastar e dissolver a sua alegria. Tudo era obra de Deus: os musgos, as ondas, as algas, ela, Carlos. Deus tinha querido que ela vivesse sempre assim, sempre de coração vazio, sempre escrava de nadas. O Deus da avó Elba a conduzia para desertos. Teria que viver. Uma vez lhe viera aquela violenta vontade de destruir-se, e agora tinha medo da morte. A cabeça preta daquele boto aparecendo a seu lado lhe comunicara um pavor esquisito. O medo de morrer, de morrer devorada por um peixe, de ter as suas carnes retalhadas, comidas, fizera com que ela nadasse desesperadamente. E aquilo era a vida, correra para a vida sofregamente. Havia um marido a odiá-la, uma casa triste, e uma terra distante que fora sua. Há pouco estivera feliz, como que senhora de uma imensidão. E de repente tudo se voltava contra ela. Vestiu-se com o sol alto. Em casa Carlos devia estar esperando de cara fechada, com o remorso da noite anterior pesando nele. E foi andando.

Sinhá Benta teria preparado o almoço com cuidado. Era uma perfeição de criada. Apressou os passos. As cabanas dos pescadores, enterradas na areia, cobertas de coqueiros, apareciam. Havia mulheres pela porta, redes de pescar secando pelas paredes de palha. Edna passou bem por perto da casa de Juca Nunes. A velha Aninha, em pé na porta, olhava o tempo, sem que tivesse reparado nela. Cumprimentou a mulher, que respondeu com um boa-tarde distante.

Nisto apareceu do lado de fora um homem moreno, que Edna nunca vira por ali. Um homem jovem, de olhos grandes, pretos, de camisa sem mangas, deixando ver os seus músculos livres. Edna fixou-o, mas fugiu dele quando viu que ele a olhava. Num instante, como um raio que lhe caísse aos pés, aquele homem belo vivia para ela. Foi andando, às tontas, sentindo a cabeça rodar. Aquilo era um verdadeiro mistério. Estava inteiramente agitada com aquela aparição, não sabendo explicar o que ia por dentro do seu coração, do seu sangue. Saía do mar com a infelicidade como uma fratura exposta. Vinha andando para casa com o tédio, com o pavor da vida que seria um tormento constante, e de repente, como numa cena de milagre, como num passe de mágica, de conto de fada, vira um homem, um homem que nunca vira, e sentia que ele era seu, como se já tivesse sido seu há muito tempo. Pensou numa miragem.

Não teria sido uma miragem? Aquele sol quente na areia branca não teria armado uma ilusão para ela?

Carlos almoçava como se nada tivesse acontecido na noite anterior. Puxando conversa com ela, contando detalhes da exploração, sinais, indícios que iam surgindo a cada instante, falando dos novos recursos, dos revestimentos que o dr. Silva adquirira, de um possível auxílio do governo. Estava radiante.

Edna não compreendeu aquela alegria. O homem da noite anterior havia desaparecido completamente. Almoçou e saiu feliz. A natureza humana era um mistério, pensou ela. Aquele homem tivera uma certeza dolorosa, uma noite antes, e era aquele homem tranquilo, sem ódio, bom, que olhava para ela como se nada houvesse existido. Deveria estar bêbado.

Outra vez só, Edna espichou-se na cadeira de espreguiçar do alpendre. O bom vento soprava, uma brisa que vinha com o cheiro do mar. E aos poucos foi adormecendo. Estava por debaixo de umas pedras imensas, um refúgio, num lugar para onde correra com medo dos bichos. Fazia frio ali dentro e era tudo muito escuro. Mas ouvia vozes que se aproximavam, ruídos de passos por cima de sua cabeça. Fugira, mas haviam descoberto o seu esconderijo. Teria que correr outra vez para longe. As pedras estavam por debaixo de uma floresta, trepadeiras floridas as cobriam de ramos. Fazia vento frio, queria correr e não podia, os pés grudados à terra. A boca queria falar e não podia também. A língua presa. Viu então, de longe, um homem de olhos pretos, olhando para ela. Depois o homem era um urso que a fitava. Depois era a boneca de Norma, depois era o urso outra vez, e vinha andando, andando, com as garras. Era um peixe, um peixe de cabeça preta. Estava boiando a seu lado. Mas não era. Era um homem moreno, de olhos grandes, de cabelos pretos, que lhe estendia os braços, e ela via que ele estava nu, nu, bem pertinho dela. O urso voltava, o urso agora vinha gingando para ela. O homem se fora, e as águas desapareceram. Estava só debaixo das pedras, com o frio e o urso. Quis gritar, fez um esforço titânico. A morte se chegava. A morte daquela tarde do tiro no peito. Gritou.

Acordou com a velha Benta na sua frente, alarmada:

— Dona Edna, a senhora deu um grito e eu vim ver o que era.

Voltou a si, meio tonta. Fora um sonho como há muito tempo não tivera. E tudo aquilo como se tivesse sido num minuto. Não chegara a dormir nem meia hora. Fora tudo num relance.

Levantou-se: tinha o corpo entorpecido, mole, a cabeça pesada. Mas sem saber por que, o homem apareceu na sua mente. Vira um homem, e agora não sabia direito se fora obra do sonho, um personagem do pesadelo. Abriu a vitrola e quis voltar à música. O disco encheu a casa com o piano de Paderewsky. Era o Chopin de Ester e de Saul, o mágico, aquele que fazia crescer a dor dos outros, o que fazia da dor um gozo. Mas não ouvia. Não sentia. A vitrola chegou ao fim do disco e ficou rodando à toa. Parou com a música. Não lhe enchia a alma, não lhe dava recurso de vida. Vira um homem moreno, de olhos vivos, de cabelos pretos. Ela vinha da praia com a infelicidade, com o seu destino em negro, e de repente os seus olhos se depararam com um homem, com a imagem de um mundo com que vivia sonhando. Seria verdade tudo aquilo? Não seria o seu sonho de há pouco? Vira a velha Aninha, vira outras mulheres sentadas pelos batentes das palhoças. E, quando ia subindo da praia, o homem apareceu e olhou para ela.

Lá para dentro da casa sinhá Benta cantarolava uma música da terra. Não entendia as palavras, mas era triste, a voz ruim e fanhosa de sinhá Benta exprimia bem a tristeza do povo da terra. Uma noite antes, todos eles lá embaixo cantavam para uma morta com aquele tom magoado de despedida.

Começou a passear pelo alpendre. De raro em raro passava um automóvel, aos saltos. Tudo podia acontecer. O mundo é de surpresas, de bruscas transformações. Dentro d'água fora feliz, de uma felicidade sem limites. O mar a possuíra, e nua se dera ao mar. Depois lhe voltara a maior infelicidade. Uma mulher condenada a ter nojo do marido, a receber o amor, os desejos dele, com repugnância. E imediatamente, como num conto do Oriente, aparecia a seus olhos um homem, uma criatura de carne e osso, que era como todo o modelo de seus desejos. Era sonho, fora miragem. Não podia ser a verdade. O mormaço da tarde com o sol quente dera-lhe um certo langor. Havia dentro de si um germe que crescia, que fecundava outros germes, que ia comendo tudo. Era a luxúria que se multiplicava, e agitava o seu sangue, e dobrava a sua vontade. A luxúria que era mansa e boa na água do mar. Uma desesperada força a dominava. O calor, o tépido mormaço da terra, aquecia a sua carne.

Andou mais depressa. E não podia vencer a coisa que entrara pelo seu sangue como um milhão de formigas. Foi para o quarto, fechou-se, ficou só, inteiramente a sós com o amor que vinha pisando por cima dela. Os coqueiros cantavam ao vento, e o mar gemia surdo, como um grito abafado de gigante.

Quando Edna levantou-se, Carlos já havia chegado para o jantar, e as luzes da casa já estavam acesas. Parecia macerada, de olhos fundos e vazia de tudo. Outra vez o vazio. O amor passara por ela devastando, tirando folhas e flores, derrubando galhos, como uma tempestade dos trópicos.

O marido foi para o rádio após o jantar, em que ambos estiveram calados. E ela, no alpendre, foi ver a lua, que era crescente. O Riacho Doce coberto de uma luz leitosa. Das palhoças dos praieiros vinha um canto como todos os cantos da terra, uma tristeza que se expandia.

Deixou que sinhá Benta terminasse os serviços e chamou-a para descer até a praia. Carlos pediu para que ela levasse agasalho. E, lá embaixo, foi aos poucos voltando a temperatura exaltada da tarde. O mar espelhava com a lua derramada nas ondas. Na casa de Juca Nunes tocavam violão.

Edna ficou deitada na areia, com a criada perto dela, muda. Escutava e via a terra preparando armadilhas para pegá-la. Sofrera naquela tarde as investidas de um amor furioso. Passara, fora-se, e agora vinha ele devagar, manso, com a doçura daquela lua, a magia da noite... O violão crescia, e o canto que ele acompanhava era doce. Um canto de quem implorava amor, de quem queria amar. Uma voz de homem sedento rogando, chorando. Os coqueiros se balançavam por cima das palhoças, e uma nuvem escura cobriu a lua uns segundos. Depois tudo era outra vez de prata. O canto estava ali aos pés de Edna, lambendo, se enroscando a seus pés. Era o amor que chegava furioso.

Sinhá Benta falou:

— Aquilo é Nô que está cantando. Ele chegou trasantonte de bordo. Nô é embarcadiço, neto da velha Aninha, filho do seu Juca Nunes. Ele sabe cantar moda de todos os lugares. Já andou no mundo inteiro. Teve nas estranjas e sabe até falar língua de galego. Nô é bom no violão. Quando ele vem para o Riacho Doce passar tempo, as moças daqui perdem o prumo. Carolina chorava para casar com ele. Casou-se com outro, mas é capaz de ainda chorar. Nô não tem pena de mulher. Ele quer cantar, dizer lorota, e depois ganha o mundo. A velha Aninha tem paixão por ele. A senhora nem sabe as rezas que ela faz para que ele nada sofra do mundo. Desde menino que ela fechou o corpo de Nô para os males, as doenças, ponta de faca, tiro de arma de fogo. Mas Nô não liga à família, não escreve uma carta, não manda um tostão pra ninguém. Quando ele chega assim, de viagem, o pai e a mãe, tudo fica besta por ele. Ele sabe falar, o bicho sabe agradar. É até muito bonito. Dizem que na família do capitão Laurindo se engraçou por ele uma moça branca que estava no colégio de freira de Maceió. Nô estava aqui, num desses passeios, e o reisado de Jacarecica estava fazendo função na porta da igreja. A família do capitão Laurindo estava naquela casa onde está o dr. Silva passando as festas. A moça viu Nô espiando o reisado com a roupa de farda que ele tem. E ficou besta por ele. E deu trabalho ao capitão Laurindo. O namoro pegou, a coisa estava ficando séria quando o capitão mandou chamar Nô. Deu duas horas para ele arrumar os trastes. Agora ele voltou outra vez.

O canto continuava, manso e magoado. A voz de sinhá Benta foi-se sumindo para os ouvidos de Edna. O mar, os coqueiros, murmuravam mais baixo. Nô cantava. Ela via-o, de olhos grandes, de cabelos negros, de voz macia, corpo moreno, chegando para ela. Vinha devagar, vinha com mãos de veludo pegando pelas suas mãos, pelos seus braços, seus seios, suas coxas. Vinha com a boca procurando a sua, os olhos negros profundos como a noite cobrindo-a toda. Sinhá Benta estava calada. E de repente parou o canto. A lua passeava ligeira no céu, e o vento frio fazia desejar um aconchego gostoso. Ela olhou o mar que se balançava com a lua por cima das suas águas. E todo o mundo no silêncio, na paz do sono profundo.

Nô continuava a cantar. O canto da terra rompia outra vez:

> *A sempre-viva é uma fulô misteriosa,*
> *ela é cheirosa, mas porém não tem perfume.*
> *Mandei fazer um broqué pra minha amada,*
> *mas sendo ele da bonina disfarçada.*
> *Tinha o brilho da estrela matutina...*
> *Adeus, menina, sereno da madrugada...*

Sinhá Benta continuou:

— Nô canta como um passarinho.

TERCEIRA PARTE

Nô

1

Nô tinha chegado. Há mais de ano que andara embarcado em navio grande, correndo portos de longe, terras de outra gente. A velha Aninha, os parentes todos ficaram radiantes com o filho pródigo. O velho Juca não se fez ao mar naquele dia; todos queriam ouvir as histórias de Nô.

Trouxera presente para cada um. Para a velha Aninha um xale comprido, que dava para cobrir uma pessoa.

— Menino, tu parece que adivinha os meus pensamentos. Eu estava mesmo a dizer: só queria que Nô se lembrasse de me trazer um xale dos grandes para mim. E o menino foi o que trouxe...

Nô contava histórias, falava de gente, de costumes, da Alemanha, da França, de Portugal. Conhecera tudo que era de grande. O pai, a mãe e as irmãs escutavam de boca aberta.

José Divina, Neco de Lourenço falavam de Nô como do homem maior do Riacho Doce.

— Aquele termina capitão de navio, manobrando os paquetes na travessia – diziam eles. — Aquele menino vai longe.

Nô ficava pelas caiçaras, cantando as suas grandezas, falando dos seus amores e das mulheres que possuíra. Aquilo é que era o mundo. Tinha vindo para passar uns meses até que o navio dele voltasse dos estaleiros. Na primeira oportunidade iria pegar o barco do Recife. Viajar só mesmo para Europa ou América. Andar pela costa feito besta não adiantava. O bom era chegar em Hamburgo, esperar o desembarque do café e cair na safadeza com as galegas, gozar a vida como um lorde, e ainda por cima encher o camarote de seda, de navalha, de frasco de extrato. Isto, sim, é que era ser embarcadiço.

José Divina lhe dava razão. Aquele Honório de Barreiros comprou sítios de coqueiros depois que deixara o navio, assim. Juntara dinheiro no contrabando.

Mas Nô queria gozar a terra, o seu velho mar de menino. O que ele queria era se soltar como antigamente, meter-se na jangada do pai e ficar horas e horas de linha na mão esperando o peixe esquivo. O que ele queria era o seu mar verde, as suas ondas, os seus peixes, a sua vida de outrora. A velha Aninha se espantava:

— Esse menino ainda não se enxerga. Viver assim em cima d'água.

Os primeiros dias de Nô no Riacho Doce foram de reconhecimento, de quem volta à posse de um domínio esquecido. Lá em cima estava o Jacarecica de aguinha fria, doce. O banho, lá, era a tentação dos meninos do seu tempo. Eles viam os homens indo para lá com o caju e a cachaça, e não resistiam. Embora à noite a febre lhes quebrasse os queixos, estourasse os lábios. A água doce do Jacarecica traía-os. O banho era outra coisa que o banho de mar. A água pegava no corpo com outro agrado. E corria de rio abaixo no maneiro, enroscando-se pelos pés de juá, até que encontrava a maré, esperando por ele para o abraço de tamanduá. A maré subia, sujava as águas claras do Jacarecica, depois baixava, baixava até o mar, e o rio então descia livre para se entregar à água gigante que o comia.

Agora Nô voltava ao seu rio para gozá-lo. Horas inteiras ficava lá por cima correndo os seus lugares mais queridos. Havia um cajueiro enorme de copa redonda. Ali ele, com os outros meninos, fazia o quartel de suas brincadeiras. Chupavam os cajus amarelos, doces, sem ranço. Era a sua grande vida que voltava às origens. Teve medo, porém, das febres. Por ali a bicha se escondia, de tardinha saía para pegar os pobres, entrar de corpo adentro para chupar o sangue, queimar as carnes. A avó Aninha benzia meninos com o ramo de arruda ou de vassourinha. A doença queimava os pobres.

Nô resistira às febres, não ficara de barriga dura como tantos outros, não ficara amarelo como os filhos do Zé Divina, com olhares de tísico. Aquela era a sua terra. Nas noites longas de travessia os amigos pediam-lhe que tocasse. Tocava e cantava. E era o Riacho Doce que estava com ele quando cantava. A sua terra era triste, o mar verde, o Jacarecica de águas mansas. Tinha saudades de tudo nas horas de tristeza, nos dias e noites de mar e céu. Voltava de quando em vez para rever tudo. Era de dentro de si que vinha aquela vontade. Um colega seu, que era de Pernambuco, cantava também como ele, trazendo no coração o Poço da Panela ou o Capibaribe, e os pastoris da Encruzilhada, os dias de carnaval.

Nô tocava os cocos de sua terra. Menino, aprendera na beira da praia, com os grandes, tudo aquilo. Eram os seus cocos, a sua tristeza, o seu coração que ele botava de fora cantando. Vinham-lhe, às vezes, lágrimas aos olhos.

Voltava sempre que podia ao seu Riacho Doce. Carolina se casara. Outras meninas ficaram moças. Outras cantavam coco na beira do mar, nos terreiros das palhoças.

Nô nunca amara, nunca sofrera pelo amor. Vira mulheres de outras terras, vira raparigas que eram rainhas, de corpo branco, de cabelos louros. E nunca soubera o que fora amor.

O Riacho Doce era o mesmo. A fábrica da Saúde não mudara os traços da terra, a sonda de petróleo estava ali furando, se enterrando de terra adentro, à procura de fortuna. Outros homens aportaram ali atrás do que Deus fizera nas profundezas. Estrangeiros de cabelos louros e olhos azuis furavam a terra de Riacho Doce. Encontrariam um dia a coisa desejada, e tudo aquilo viraria uma cidade, um mundo diferente, correria ouro pela sua terra, os pescadores fugiriam, as jangadas se sumiriam como gaivotas batidas pela ventania.

Nô pensava, imaginava, mas, no fundo, o que ele queria era gozar, voltar aos seus entusiasmos dos anos de menino. Depois se enjoaria como de outras vezes. E uma vontade de fugir, de rever o seu navio, a saudade de suas noites, de seus dias de mar e céu, de outras terras, tomava conta de Nô.

Teria agora que se demorar mais tempo. Dois meses no mínimo. Até que o Raul Soares estivesse em condições de navegar.

Cantara muito na noite passada. Soubera que a galega do engenheiro estivera escutando. Sinhá Benta contara à sua irmã que a moça gostara da sua voz. Ele tinha consciência de que agradava, tinha certeza de sua força, pois via como os homens e as mulheres ficavam quietos, atentos, amolecidos, quando ele abria a boca para cantar as suas coisas. E ficava contente, nos instantes em que se dava aos outros assim, em que fazia os outros prisioneiros de suas dádivas. Em alto-mar, nas travessias longas, fazia os homens rudes como ele sofrerem, terem saudades, lembrarem-se dos seus, de sua terra, de mulheres, de amores mortos.

Fora gajeiro da chegança de Eleutério. Tinha pena porque só pudera cantar uma vez. A velha Aninha não gostava daquelas coisas. Para ela gente que vivia cantando não dava para nada. Fora gajeiro, o gajeiro real da Nau Catarineta. A sua voz fina cortara o silêncio das madrugadas, nos ensaios longos. Fizera esforço para decorar a sua parte, a sua função. Eleutério ia dizendo verso por verso, fazendo as cenas, e ele quase que já sabia tudo de cor de tanto ouvir, de tanto amar as cheganças.

Lembrava-se do primeiro dia em que tivera que subir ao mastro para cantar, para responder às perguntas do capitão. A Nau corria perigo, havia ânsias de terra, e ele de cima do mastro via os sinais de terra apontando. O cantar era triste. Ele via o povo lá debaixo de boca aberta, ouvindo o seu canto saudoso: "Vejo terras de Espanha e areias de Portugal". Sim, fora gajeiro uma vez em sua vida. Fora a maior situação de sua vida. Tudo mais que viera a fazer, nada seria comparado com suas noites de gajeiro, de gajeirinho real. Dominara, era senhor de todo o povo que estava a seus pés, do capitão, do piloto, do mestre do navio, da marinhagem, dos espectadores embevecidos. Cantara com o coração despedaçado. Queria mesmo que todos ouvissem um gajeiro que sabia sofrer, que sabia fazer saudades.

Depois a chegança de Eleutério se acabara. E a sua glória fora somente de um ano de festa. Desde aquele instante nunca mais ouviu um gajeiro que lhe satisfizesse. Todos não eram como ele, disto tinha certeza. Ainda agora, quando pediam que cantasse, nos porões dos navios, lembrava-se de sua barca Catarineta, dos paus de sua barca andando no seco, e cantava a sua parte de gajeiro. Afinava a voz, ficava quase um menino, e cantava do alto do seu mastro como se estivesse dominando o mundo. Os companheiros ficavam pensativos, vinham passageiros lá debaixo ouvir. Vinham eles alegres, pedindo as coisas com arrogância, e voltavam tristes, de coração moído. Ele sabia cantar para amolecer os outros, ferir os outros com a sua voz. Sabia disto, e como que sentia prazer em ver gente molhando os olhos por sua causa, marido se chegando para a mulher, e cabras de coração duro como aquele Donato do Ceará, o que fora de grupo de cangaceiro, virando o rosto para o outro lado e aguentando o pranto.

Nô sabia que era forte. Que dominava os corações. O seu Raul Soares estava no dique. No mínimo uns três meses teria que esperar no Riacho Doce. Carolina se casara. Era sua, era dele quando bem quisesse. Todas as mulheres do Riacho Doce seriam dele se tivesse querido. Nunca ficara preso a mulher nenhuma. Estivera em Maceió nos armazéns do Peixoto, andara pela costa, e agora estava navegando pelo estrangeiro, correndo terra. Vira aquela Espanha de que falava o seu canto de gajeiro, a França dos Doze Pares, e nenhuma mulher fora capaz de fazer dele um escravo, de fazê-lo ficar pensando nela nas horas de solidão, nas travessias. Via os companheiros nos suspiros, nas saudades, no desespero do abandono. Um companheiro dele cortara o pescoço de navalha porque uma mulher o deixara. Aquilo nunca que pudesse acontecer com ele. Gostava das mulheres, andava com elas, tinha-as nos braços, mas passava tudo, nada ficava com ele. Às vezes até se examinava, verificando que aquilo não era bom. O seu coração seria duro? Não seria capaz de amor como os outros? A velha Aninha fechara-lhe o corpo contra os perigos, as facas de ponta, as armas de fogo, devia ter fechado também contra as mulheres, contra o amor. Em Hamburgo uma mulher loura, grande, de cabelos louros de rainha, pegara-se a ele. Chorara por sua causa, vinha para bordo e nas horas do navio partir era como uma mãe que via o filho marchando para a guerra, de tanto chorar, de tantas lágrimas. E mal o Raul Soares largava os ferros a loura estava longe, tão longe quanto Carolina. Os seus companheiros falavam de sua sorte para as mulheres. Em cada parte aparecia uma que o pegava, que o queria com unhas e dentes. Não amava. Quando o seu canto falava do amor, falava mentindo, falava sem que as palavras viessem do fundo da alma. E todos gostavam, todos pensavam que ele estivesse sofrendo, que tivesse o seu amor distante. Uma amada morrendo de saudade. A sua voz era uma força de fato. O canto de gajeiro, sim, que era seu, de suas entranhas, de sua carne, de sua alma. Quando pediam que cantasse aquilo, gostava, fazia com maior agrado. Carolina se casara, outras moças estariam ali para amar o Nô das mulheres, o Nô que entrava de coração adentro das mulheres, o belo Nô dos cocos da praia, do violão tristonho, e que vinha de longe sabendo de coisas. Tinha que ficar com os seus, três meses no mínimo. A sua casa se abria para recebê-lo como um príncipe.

Nô era embarcadiço de navio grande, daqueles que passavam fumaçando de longe e não entravam no porto de Maceió, que tinham cascos gigantes, Nô ambicionava mais do que eles. Era forte, moço, sabia tanta coisa, falava língua de galego. A velha Aninha rezava por ele na igreja, pedindo a Deus pelos navios de Nô, pela saúde, pela alma, pelo corpo do neto adorado. Os homens do Riacho Doce admiravam-no. José Divina dizia que ele terminaria comandando navio. Neco de Lourenço se embevecia com as histórias dele. Era um homem maior que todos eles. Maior que o capitão Laurindo, que era dono dos coqueiros, dos currais de peixe, das terras do alto. Maior do que o dr. Silva, que furava a terra, à toa, bestando com o galego, com as máquinas atrás daquilo que Deus escondera bem escondido.

Nô gozava o seu prestígio. Lá fora só era grande quando cantava. Ali, sim, que dominava os outros. No navio era embarcadiço como os demais, recebendo ordens. Era baixo, moço de bordo, com muitos acima dele. Cantar, para ele, era libertar-se, sentir-se de outra condição, sem os chefes, os donos. Era pequeno, mas a sua voz fazia dobrar os grandes. Tinha feitiço para os homens e as mulheres. Ouvira em casa sinhá Benta falando da galega, que ficara encantada ao ouvi-lo.

Muitas outras tinham escutado os seus cantos assim como ela, e pediam mais, caíam para ele, se entregavam. E por onde ia passando tinha todas as que quisesse sem deixar nada de seu. Os companheiros diziam que ele abusava da sorte, e que nunca tinham visto homem mais seco, menos do amor das mulheres. Não amava, todas eram iguais. Todas eram como Carolina, que chorava por sua causa, como as moças da praia que andavam atrás dele. Mas aquilo não era poder, não era felicidade, não era grandeza. Queria fazer como os companheiros, e sentir, ser igual aos que passavam dias e noites com uma mulher na cabeça, no coração, nos sonhos.

Era só. Era só com os seus cantos, com a sua voz doce que despertava amor, saudades de amor. Podia ser que fossem as rezas de sua avó. A velha não queria que ele pertencesse a outra mulher. Adorava-o. Para ela Nô era mais que um filho, que um neto, que um homem. Era tudo.

E Nô fizera-se assim de coração seco como a sempre-viva, aquela que não cheirava, não murchava, não morria, não era feliz e infeliz como as outras flores. Preferia ser como a bonina, ter cheiro, ter vida de verdade, desabrochar para o sol, abrir-se para o ar, para a brisa, expandir a sua vida, dar-se e depois morrer, virar poeira da estrada. A sua sina parecia a sina daquele Judas que corre o mundo até hoje, que não morre e não morrerá nunca, andando sem parar, sem levar das terras que pisa o perfume dos campos, o cheiro do mar, a beleza das coisas.

Estava agora outra vez no meio dos seus. Filho amado. E no entanto invejava a sorte de Lucas, seu irmão mais moço, o mais pobre de todos, que tinha a sua mulher, a sua jangada, a sua rede, as suas alegrias e as suas dores. E ele era só, o Nô que todos julgavam o maior homem do mundo. José Divina se babava a ouvi-lo. Neco de Lourenço fazia dele mais que um homem.

Nô sabia, tinha certeza de que nada valia, de que só o seu canto tinha força para os outros. Se ficasse mudo de repente, era como se perdesse a própria vida, porque tudo que era seu vinha de sua voz doce, de seus cantos, da melancolia que saía de sua garganta – um pássaro, um corrupião, um galo-de--campina que sabia mais e que dava trinados maiores. Mas havia o Riacho Doce, havia a terra de sua meninice, os coqueiros em que trepava para roubar os cocos do capitão Laurindo. O mar verde, os guajirus, o Jacarecica, os cajueiros. Que lhe importavam as mulheres? Se queriam amor, dava o que era seu. Se queriam homem, era homem para tudo. Um dia seu coração seria verde, cheio de umidade. As pétalas da sempre-viva ficariam com o cheiro das rosas, com a cor das rosas molhadas de sangue. Um dia seu canto seria para embalar as suas dores, os seus próprios prantos, as suas saudades. Um dia fugiria das rezas da avó Aninha. Da velha lhe vinha aquela fraqueza que ela pensava que era força, o poder dos poderes. Tinha o corpo fechado para bala, faca de ponta, febre e mulheres. Homem de corpo fechado, em que não entravam as desgraças nem a beleza do mundo. O melhor era ter o corpo aberto ao sol, à chuva, aos ventos, às fúrias. Sofrer o que via os outros sofrerem. De que lhe servia aquela superioridade de ver tudo como se fosse de outra terra, de uma estrela distante? Ver o fogo e passar pelo fogo sem se queimar, ver as águas e saber que as águas não poderiam com ele? Era o homem a quem a força desgraçava, como nos contos de Trancoso.

A velha Aninha fizera trato com o Divino para que o seu neto fosse forte, fosse aquilo que era. O amor é que era tudo, o mais que se danasse. Quando a velha morresse, todo aquele encantamento se perderia. Ela era quem sustentava sua vida. Longe de casa, nos mares brabos, nas noites de calmaria, no silêncio, nos rumores das grandes cidades, sentia a velha a seu lado, aquela sombra cobrindo-o, protegendo-o. Em pequeno não sabia de nada. Amava-a, gostava dela, gozando as graças da sua proteção, de seus agrados, de sua ternura. E agora verificava que a odiava, que a temia, que era um instrumento nas suas mãos. Se ela morresse, seria um homem de verdade, de carne e osso, de coração mole, como todos os homens que conhecia. De que valia amolecer o coração dos demais se o dele era duro como as pedras dos rochedos? De que valiam as resistências das sempre-vivas? Melhores seriam aquelas pobres flores do caminho, que duravam um dia, uma hora, e que o vento fazia correr, perder-se, sumir-se no ar.

Era a velha Aninha que o segurava e que o defendia dos males. Corpo fechado, corpo em que não entravam as desgraças, corpo frio, sem calor, sem fogo, sem as dores do amor. Tinha o orgulho de dobrar os homens com seu canto, de fazê-los à noite chorar, de espalhar saudades. Tinha satisfação em machucar os que escutavam as suas coisas. Era uma vingança sua, uma desforra, uma malvadeza. Via como o capitão do Raul Soares pedia para ele cantar a sua moda preferida, aquela que falava da "pequenina cruz do teu rosário". Via o homem que era duro para eles todos, o braço forte, a cara fechada, suspirar como os grumetes e os moços de bordo. Então, naqueles instantes, adocicava mais a voz. Amaciava as palavras, como se preparasse um veneno, afiasse uma navalha para liquidar o inimigo. Pedia que ele repetisse na solidão do mar aquela modinha, que era uma boa recordação, uma felicidade perdida, um pedaço de mocidade. Todos tinham o seu pedaço de vida que fora verde, florido, uma mulher que deixara restos, fios de amor pela alma e pelo corpo. Ele não sabia de nada disto. Carolina chorava por sua causa, outras haviam chorado por ele, louras de cabelos compridos de rainhas, morenas, mulatas, e, com ele cantando, sentiam o amor passado reflorir, a vida antiga voltar.

Era a velha Aninha, era o corpo fechado, eram as orações, os poderes do Divino, como nas histórias de Trancoso. A velha Aninha fechara o seu corpo.

2

A VIDA DE EDNA COMEÇOU A SER OUTRA. Sem saber explicar direito, havia uma coisa dentro dela, uma espécie de preocupação constante, um desejo oculto que a dominava. Todas as manhãs estava na praia. Ouvira aquela voz doce que era do homem moreno. Daquele Nô de quem sinhá Benta falara tanto, e que ficara vendo sempre.

Descia para o mar com vontade de vê-lo. Mas o homem sempre distante, ora conversando com os outros, ora ajudando o pai e os irmãos nos preparos das jangadas que iam ou voltavam.

Para Nô ela devia ser uma coisa inútil. Nunca o surpreendera olhando para ela, e vinha para o mar pensando nele.

No começo julgou-se com uma obsessão, uma simples mania passageira. Aquilo seria de pouco tempo. Em breve voltaria a pensar na sua desgraça, na presença de Carlos, no ódio, na infelicidade de suportar um homem no seu corpo com nojo dele. Mas os olhos pretos persistiam, os cabelos negros, a voz doce, o canto triste continuavam na sua cabeça. Foram-se dias assim. Queria saber da vida inteira do homem. Sinhá Benta e a lavadeira Firmina tiveram que contar tudo que sabiam. Era uma tolice, uma estranha fraqueza de sua parte.

Sozinha com os seus pensamentos íntimos, punha tudo no seu lugar. Um homem que era o seu oposto em tudo, mestiço, ignorante, estava tomando conta dela, como num sonho esquisito. Sonhava com ele quase todas as noites, sonhos curiosos misturados de coisas loucas, de realidade, de pedaços de sua vida, onde entravam amigos da Suécia, os seus parentes. Ester, Saul, a sua vida inteira de outrora. Era estranho: sempre que sonhava com ele, o que vinha para o meio de tudo era sua terra, a solidão imensa do inverno. Nada de sol do Riacho Doce, nem do mar verde, da vegetação de primavera.

Não tinha uma pessoa com quem desabafar, com quem repartir as suas mágoas, as suas preocupações. Seria uma coisa normal aquela ânsia por um homem que não a conhecia, distante dela por tantos lados? Metia-se no mar com essa dúvida. Nadava, deixava-se dominar pelas ondas, e a dúvida ia ficando nela sem solução, como um problema para o qual não via saída.

Não podia ser. Tudo não passava de capricho, de uma fraqueza de seus nervos, de esgotamento.

Às vezes deixava-se ficar estendida na areia. O mar, a praia, tudo um deserto de seres humanos. Nenhum sinal de vida. Só ela e aquela imensidão que a vista não alcançava. Viera cair num deserto. Vivia num oásis. O mais era o deserto, a imensidão que se estendia, a terra infecunda, os ventos maus, a morte.

Não poderia mais sair dali, era o fim de sua vida, ponto terminal de sua existência. O marido fazia-lhe nojo. Aquela carne perto da sua era como se fosse uma carne branca de peixe. E a voz da velha Elba surgia ainda nos seus ouvidos. Lá longe, era o deserto maior, desertos sucedendo a desertos. Quando terminaria tudo aquilo? Como poderia sair daquele cerco, transpor milhas e milhas de escuridão? Dona Helena se fora com os parentes. Sinhá Benta tinha um filho, e a lavadeira amava os seus moleques, os dois filhos sem pai. O povo daquelas cabanas miseráveis cantava, dançava, amava, chorava pelos defuntos, cantava para os que morriam. E só o seu coração era vazio de saudades, de boas recordações. Navios fumaçavam por longe, e o avião do correio aéreo passava baixo, quase roçando o mar, com o sol brilhando nas asas de prata. Nada daquilo lhe tocava, lhe dava sinal de vida. O mundo lá por fora estava morto, acabado, destruído. Era como se tivesse sobrado de um terremoto, de uma catástrofe. Tudo morto. Com ela não havia a menor ligação, a menor saudade do que se fora. Passava, roçando o mar, o avião, belo ao sol, e nada lhe dizia, nada dela ele teria para levar.

Voltava para casa, após as horas da praia, e o deserto continuava. Ali era o deserto maior. A vitrola parada, o rádio de Carlos para um canto, silencioso. Podia fazer uma ligação com o mundo, sentir uma voz que fosse como a sua, mas não tinha vontade. Repousava dos exercícios de natação na espreguiçadeira.

Passavam automóveis pela porta. Os homens sempre olhavam para a varanda onde estava. Sempre havia olhares a procurá-la. Lembrava-se daqueles olhares vivos, famintos, dos rapazes com quem dançara na festa a que fora com dona Helena. Todos ali sofriam de uma fome estranha.

Passava pela porta gente miserável, pescadores com peixe para vender, meninos magros, pobres mulheres de pés no chão. Havia uma que sempre parava com o baú de renda, oferecendo. Comprava. A velha andava léguas assim. Vinha negociar com as rendeiras da beira da praia, e depois voltava carregada das rendas bonitas, trabalhadas pelas mãos grosseiras, engelhadas, cortadas de cascos de ostras. Eram alvas as rendas, como se tivessem sido trabalhadas por gente fina.

Edna admirava a paciência daquele povo. Tinha o que fazer, tinha no que pensar. A vida de todos eles não era parada como a sua, aquele charco, onde nem cantavam os sapos, onde nem brilhavam as estrelas do céu. E surgira aquele homem como uma aparição do outro mundo. Vira-o, e num instante tudo dentro dela se clareou. Fora um facho dentro da noite escura. Mas aquela luz, em vez de iluminar, viera queimar-lhe as entranhas. Passou uma noite com a imagem do homem debruçada sobre ela. Era o primeiro que lhe aparecia assim com aquela força. Conhecera Saul, que era outra coisa, uma companhia agradável, uma conversa boa. A coisa agora parecia bem outra. Como num romance de mocinha, vira um homem que lhe enchera inteiramente a vida. E os dias corriam assim, e a doença mais se acentuando.

Carlos, desde a noite do ataque de brutalidade que a tratava com certa cerimônia, distante, sempre atencioso. Era um outro homem, fugindo o mais que podia, procurando não aborrecer ninguém. Edna verificava esta distância do marido e, sem saber por que, mais o odiava por isso. Era o cúmulo o que se passava com ela. Ao mesmo tempo que sofria com o contato dele, sentia-se diminuída com a sua ausência. Via-o ao pé do rádio, de cabeça baixa, procurando estações, manobrando o aparelho, e aquela frieza, aquele ar distante, faziam-lhe mal. Como se estivesse à sua procura nas noites de amor, nos instantes de sua fome, de sua agonia. Aquele homem bom, louro, cheio de saúde, bonito, que se inflamava de amor por ela, era-lhe, dentro de casa, um foco de infecção para a sua vida. Tinha-o perto de si como inimigo, um adversário odioso. Naquela noite do ataque, ao seu contato sentiu como se no mar um corpo frio de peixe se chegasse para o seu corpo, como se um boto daqueles que vira com nojo e medo se aproximasse, roçando a sua carne. Não tinha com quem falar dessas coisas, e por isso mesmo tudo crescia.

A música perdera tudo para ela. Tentara voltar aos seus discos preferidos. Inútil. Nada repercutia com força, com o dom de abafar-lhe a alma e os instintos.

Lembrava-se de Deus. E Deus era a voz da avó Elba, aquele rude falar, o pastor, os hinos, o padre-nosso. Nada lhe podia vir de Deus. Na capela da beira da estrada a velha Aninha vinha fazer as suas orações com outras mulheres. E era um choro, uma prece de desesperados, lamentações. E quando louvavam a Deus era um louvar de pedintes, de pobres-diabos. Queria um Deus que fosse maior que suas dores, suas dúvidas, maior que o ódio que tinha a Carlos, maior que a sua carne, seus desejos, suas vontades, e que absorvesse tudo, fosse dono de tudo. Este ela não encontrava, este não lhe aparecia. Rezar as orações que a velha Elba lhe ensinara, o padre-nosso, não lhe daria jeito a nada. Tentara fazê-lo. E quando a oração lhe apontava na memória, o que se ligava a ela era a velha, o semblante másculo, a voz rouca, o pavor da avó. E os olhos, a voz, o corpo inteiro de Nô aparecia por cima de tudo.

Foram-se semanas assim. Procurava sinhá Benta para saber das coisas. Tinha medo e vergonha de igualar-se com ela; sentia-se inferior ante a criada que sabia notícias do homem. O destino tinha forças terríveis. Sinhá Benta, quando lhe falava dele, contando detalhes, era como se uma voz doce viesse embalar os seus desejos. Nô não iria tão cedo embora. O navio dele ficaria muito tempo nos consertos. Se quisesse embarcar, seria nos costeiros. Nô não gostava de mulher nenhuma. Ele estava ensaiando uma chegança de Jacarecica.

Sinhá Benta dava essas notícias como se falasse de príncipe encantado, que lhe mandasse novas de felicidades.

Quando a mestiça começava a falar de Nô, a branca de olhos azuis e de cabelos louros tremia, gozando as palavras. O deserto floria, do areal imenso brotava um jardim de sonhos, palmeiras balançavam-se ao vento. O coração de Edna palpitava de amor. Mas tudo passava, e o que lhe ficava era a realidade, o próprio deserto, a aridez.

Descia para o mar, para sentir nas águas o corpo quente de Nô. E as águas eram frias, as ondas indiferentes, a areia úmida. Nô não sabia que ela vivia. Nunca imaginara que aquela branca estivesse ali dentro d'água faminta por ele.

Nadava à toa. O verde do mar lhe era cinzento. O sol lhe parecia o seu triste sol da Suécia. Todo o mundo era igual, todos os céus iguais. Todos os mares os mesmos. Uma vez quisera morrer; e não era infeliz como agora. Tudo o que havia no mundo era triste, era vão. Ester era de outro, e ela procurara a morte, a grande distância, o mar longínquo. E ficara com medo, fugira dos pensamentos de destruição. Não queria nem imaginar que pudesse desejar outra vez aquilo que lhe chegara como uma paz profunda. Não. De nada lhe servia a morte. Era inútil, não lhe daria aquela felicidade, aquele prazer que sentia como o maior de todos: a satisfação, o gosto de trazer para si, para ela só, para todos os recantos do seu corpo, aquele homem moreno que ela vira de relance, e que fugia dela, que não a conhecia de perto.

Sinhá Benta falava dele, e ele se aproximava, ficava ao alcance de suas mãos, e fugia, fugia sempre. Refugiar-se em Deus não podia, procurar o passado era inútil. O seu passado era distante como o passado de uma vida de múmia. Uma coisa que era como pedra. Sigrid, sua mãe, seu pai, Guilherme, todos eram de uma era remota. Os gelos cobriam-nos, como se o silêncio dos séculos os separasse. Para chegar ao seu deserto, os caminhos eram longos. Havia Nô. Um homem viera como relâmpago, abrindo um clarão de tempestade, furando o negro da noite, e desaparecendo, fugindo dela. Ah! se um dia pudesse tê-lo nos seus braços, fazer dele um filho, um amante, um pai! Tê-lo no seu corpo como tivera a água do mar verde, sentir que ele a cobria toda como as ondas na areia.

Sinhá Benta contava as coisas e se admirava da patroa gostar de ouvir aquelas histórias:

— Nô não vai mais embora. Ele fica no Riacho Doce: está ensaiando a chegança de Jacarecica para as festas.

Nô não gosta de mulher nenhuma. Ele não se incomoda com as moças do Riacho Doce.

A voz fanhosa da velha parecia um canto de pássaro para os ouvidos de Edna. Vinha para os seus ouvidos como um sussurro da brisa nas folhas do coqueiral. "Nô não vai mais. Nô não ama mulher nenhuma." Tudo aquilo era bom de ouvir. Chopin não lhe cairia na alma com mais doçura, todos os discos do mundo não lhe dariam aquela sensação de conforto e de gozo. Nô... Nô... O nome era doce.

O homem, distante, mas era como se estivesse ali a seus pés, faminto por ela, esperando o instante da alegria absoluta. E tudo era mentira. Não estava a seus pés, era um sonho, uma miragem de quem tinha os olhos incendiados, a cabeça fraca. O homem era de longe, de longe olhava para ela, e teria nojo de suas carnes brancas, como ela tinha nojo de Carlos. Entregara-se ao sol e evitava aqueles óleos que atenuavam o rigor da canícula. Queria ficar escura, bronzeada. Se pudesse, tingiria os cabelos. Queria ficar como as mulheres da terra, para que Nô se enamorasse dela e fosse inteiramente seu. Tudo loucura, aquela mesma fraqueza de nervos de que lhe falavam os médicos. Uma viagem... E a viagem dera naquilo que estava aguentando. Carlos era o inimigo dentro de casa. E ela, a Edna dos concertos, das conversas com Saul, a Edna dos poetas de Ester, de Racine, dos romances, dos dramas, era aquilo que ela via. Sinhá Benta tinha força de arrebentar os seus sentidos, e Chopin, ali, a dois passos, morto. Bem morto nos discos, calado, sem repercutir em sua alma embotada...

Queria Nô. O mar verde não existia mais. Os coqueiros, os cajueiros, as cores da terra, tudo havia morrido, secado, perdido a vida. Queria Nô. Que o mundo se afogasse num mar de dilúvio, que todos os homens sucumbissem, que os poetas morressem, que a terra se queimasse... Queria Nô. Só ele poderia matar a sede de sua garganta queimando, apagar o fogo de seus sentidos. Sim. Naquela tarde em que o vira, começara um fogo dentro dela. Era ele, o homem moreno que vira de relance, com os cabelos pretos, aquele que cantava para a lua, a voz que entrava pelas profundezas.

Nô... Nô. A voz de sinhá Benta continha mais alguma coisa que a música. Ela falava de Nô. Nô era a vida.

3

UMA MANHÃ ESTAVA EDNA OLHANDO A PESCARIA de arrastão, sentada numa jangada, à beira-mar. Soprava de leve o nordeste, o vento amigo dos pescadores, o que trazia os cardumes de peixes. Pescavam de rede. O mar verde, de ondas mansas, deixava que vissem quase à superfície das águas as manchas escuras que faziam as sardinhas aos milhões. Os homens não tinham querido aventurar-se ao alto-mar com aquela fartura a dois passos de casa. Quando arrastaram a rede, brilhavam ao sol como prata as sardinhas em tulha. As mulheres se preparavam para o salgueiro. Era tempo de chegarem os compradores do sertão, correndo atrás da safra que eles sabiam haver naqueles meses. Vendia-se tudo quase de graça. Mas mesmo assim a abundância era melhor que o que lhes davam as matanças de cavalas em cima de uma jangada noite e dia, para no fim de tanto esforço voltarem à casa com a pescaria de quase nada. A fartura das sardinhas trazia-lhes melhor recompensa.

Edna olhava-os, embevecida com a manhã magnífica. Quase que conseguia fugir de si mesma, com aquele esplendor de luz, com aquele mar se estendendo a seus olhos, aquela brisa doce e aqueles homens de chapéu de palha, de calças arregaçadas, de cabeça baixa no trabalho. O espetáculo a absorvia inteiramente. Viera para o banho, e ainda não tivera coragem de cair n'água. Olhar agora era bom, só de ver as coisas naquela paz se contentava. Há dias que não se sentia com aquela disposição para ver, deixar-se envolver pelo que era de fora, pelo que não estava dentro do seu coração, de sua alma. Era como se tivesse obtido um dia de liberdade, como se um carcereiro tivesse fechado os olhos ao prisioneiro que se embriagava de luz e de cor.

Foi quando ouviu uma voz, perto. Olhou e estremeceu. Era Nô que estava ali, a seus pés, falando. Nem pôde compreender a princípio o que ele estava dizendo, de tão perturbada. O sangue fugira-lhe e o coração batia tão forte que dava para se ouvir o seu baticum às carreiras...

Nô falava para ela. O seu homem estava ali a seus pés. O homem moreno, com quem levara tanto tempo sonhando, dentro de si, um só pensamento absorvendo todos os outros.

Ele falava: viera à sua procura, porque tinha sabido pela sinhá Benta que a moça estava desejosa de ver o ensaio da chegança. A coisa estava ainda no começo. O mestre Eleutério não tinha paciência com os mais moços. Ainda não haviam nem conseguido formar a marujada completa. Alguns não decoravam as partes, e estava faltando um gajeiro de sentimentos.

Edna ouvia-o meio tonta com a aparição, fazendo o possível para se conter, ficar tranquila. Falara com a sinhá Benta, mas não era para que fosse falar com ele, dar-lhe trabalho. Deixaria mesmo para ir ao ensaio quando as coisas estivessem em ponto de serem vistas.

As suas palavras se articulavam com dificuldade, não encontrava recursos em português, a língua não ajudava.

Nô era belo. Bem que ela adivinhara que seus olhos seriam assim grandes, os seus cabelos pretos e anelados, os dentes brancos e a boca de uma frescura de fruta. Bem que ela compusera o seu retrato, medira a beleza de suas formas. E a fala doce, branda, sem aquele fanhoso da velha Benta. Estava de camiseta. Os braços rijos, o pescoço entroncado. Era aquele o homem que vira de relance, que surpreendera, uma tarde, como uma aparição esquisita. Tudo como num conto de fada, tudo de uma força extraordinária. Era aquele o Nô das histórias da velha Benta.

Puxou conversa com ele, trêmula, sobressaltada. Falou-lhe das pescarias de alto-mar, os peixes, os ventos, as marés. E ele foi falando de tudo, desembaraçado. Pescar assim na beira do mar era fácil. O bom era de linha. Perder-se no alto-mar atrás das cavalas, deixar que as correntes puxassem a jangada e correr delas. Manobrar, botar os ventos para brigar com as correntes.

Edna quase que não entendia o que Nô ia dizendo.

Em menino aprendera tudo, saía com o pai noite e dia – ele continuava. Tinha sorte. Toda vez que acompanhava o velho, o samburá chegava esborrando. Agora desaprendera muita coisa. Perdera o jeito das manobras difíceis. Quem via de longe, pensava que era só soltar a jangada com o terral, deixar a bicha correr de vela aberta, depois fundear, soltar a linha a chegar o peixe. Qual nada! Precisava de tino, de cabeça.

A beira da praia parecia coberta de moedas de níquel, com as sardinhas, de longe, faiscando ao sol. E Nô continuava falando. Edna embriagada só fazia ouvi-lo, sem entender. Não existia mais nada para ela, era só a fala mansa, a doce voz nos seus ouvidos.

Sentara-se ele num pau de jangada, e ia falando devagar. Depois foi parando com o silêncio da moça. E Edna tinha medo de que ele se fosse e fez-lhe uma pergunta. Queria saber mais de uma coisa. Dava era lenha para o fogo, porque queria que nunca mais aquele homem saísse de perto dela e que aquela voz nunca mais parasse. Tinha vontade de sair um dia de jangada e entrar de mar adentro como se fosse pescador. Nô se ofereceu para levá-la. Ainda sabia alguma coisa; não era capaz de fazer como os outros, mas para um serviço maneiro era fácil. Não precisando de manobras, de descobrir remanso de peixe, de escutar o mar, botar ouvido para sondar as profundezas, não tinha nada de difícil. Quando quisesse era só dizer. Tinha a jangada pequena do velho, boa de carreira de paus maneiros, e a dona Edna ordenava. Era só mandar um recado. Edna, agora senhora de si, examinava de mais perto o homem de seus desejos. Os cabelos negros tinham ondas como o mar. A cor da pele devia ser macia, os olhos eram tristes, molhados. Não eram olhos secos, duros, como os olhos de boneca de Carlos e de quantos homens conhecera, olhos azuis, sem mistério. E a boca de Nô, que no começo lhe parecera com frescura de fruta, tinha dentes brancos que queriam morder. Era mais uma boca de animal, de quem devorava. Diziam que os antigos homens da terra comiam carne de gente. O corpo, os braços, a cor, o rosto liso, tudo tinha um vigor de carne sadia; mas o que mais a prendia era a fala, o jeito de falar, picante, com um descanso e a mansidão de escravo. Era uma fala que se dava, que era toda de quem ouvia. Aquela boca de tigre cantava as palavras, convidando a todo instante para um beijo, para uma carícia.

Nô parara. Lá debaixo deram um grito por ele.

— Pois dona Edna, é só a senhora querer, estou pronto. Para escutar o ensaio, eu previno a sinhá Benta.

E saiu correndo para a rede estendida na praia com as sardinhas luzindo.

Uma felicidade imensa cobriu Edna da cabeça aos pés. Deus lhe havia entregue o mundo na palma da mão. Corria a brisa branda, e o cheiro do mar, o rumor das ondas e dos coqueiros, o falar dos pescadores limpando a rede, tudo era como vestígios de uma terra que Edna encontrara, a terra de seu amor que vinha chegando, que não seria só para os seus sonhos e o seu despertar angustioso.

Nô falara. A voz dele fora dela. Aquela voz um dia seria a sua escrava.

O sol subia mais. O céu azul. E o nordeste crescendo de força. Já não era aquela brisa das primeiras horas. Os pescadores voltaram outra vez para o cerco dos peixes. Via Nô no meio dos outros ajudando. Não tinha chapéu de palha, e ela percebia bem a sua cabeça descoberta. Era belo, o homem dos seus sonhos. E uma fome desesperada, uma fome de carnes, uma fome de quem não podia mais esperar, foi chegando para Edna. Sabia muito bem o que era aquilo. Ali estivera ele ao seu lado. Sentira o cheiro daquele ser humano, um odor diferente e esquisito, cheiro de homem. Ali estivera ele falando, e não lhe aparecera aquela vontade desesperada que sempre a perseguia. Viera de repente, como uma dor súbita. E rompera-lhe o desejo, a vontade indomável. Era terrível suportar a voracidade daquele demônio que se estendia pelo seu corpo. Ele ganhava-lhe o sangue, esquentava-se nas suas veias, subia-lhe pela carne com mãos de veludo, apalpava-lhe as partes, tomava-lhe o fôlego, e uma sensação de vertigem, de mundo se sumindo, de uma felicidade de segundos, corpo e alma grudados, completava a invasão.

Ficou na jangada, cega e surda para tudo. O desejo infernal persistia. Viera daquela vez com uma força maior. Quis correr para casa e deitar-se na cama, como das outras vezes, até que o monstro passasse, que a fome do monstro se diluísse e o seu sangue pudesse correr como um regato manso nas suas veias.

Nô estivera com ela. A sua voz doce lhe dera felicidade, uma paz que aspirava há tanto tempo. Fora-se e estava ali a uns duzentos metros, no meio dos pescadores. E aquela ânsia de tê-lo, afligindo-a daquela maneira.

Procurou raciocinar. Era coisa da carne, perigos da carne. Uma vontade firme dominaria tudo aquilo. Davi quisera a mulher de Urias, e Deus apontara-lhe o arrependimento, a insipidez da carne. Depois, era tudo tão triste, tão cinzento, tão melancólico! Os seus pensamentos eram abafados; só vivia, só tinha expressão, aquela língua de fogo que lhe devorava as entranhas.

Nô era belo. O corpo, uma maravilha de carne. Fechou os olhos. Queria gritar, como as bestas no cio, correr pela praia, mostrar ao mundo a sua luxúria descoberta.

Nisto, um rumor de asas gigantes: era um avião da carreira passando baixo, por cima do mar. As asas brilhavam ao sol. Edna viu-o se sumindo. Aquilo viera como a voz do impertinente surpreendendo-a.

Levantou-se da jangada e foi andando. Quem a visse, não diria o que ela levava no íntimo. Não havia quem dissesse que a galega conduzia no peito uma ânsia de fúria.

Foi andando pela praia. O céu azul imenso. O mar verde rugindo baixo. Espumas batiam-lhe nos pés, e conchas de todas as cores marchetavam a areia branca. Foi andando. Mais para cima ficava o Garça Torta, descendo carregado de impurezas, de restos de coisas. O rio vinha-se dar ao mar, que tudo lavava.

Quando Edna reparou que estava distante, começou a correr de praia a fora como uma louca. Não podia aguentar aquela pressão, a força de um desejo que queria desabrochar violentamente. Correu muito. O vento batia-lhe forte na cabeça. Os cabelos amarrados se desgrenhavam. Estavam soltos pelos ombros, louros como de rainha. Tinha deixado o roupão; o maiô exibia-lhe o corpo quase nu. Quem a visse assim, diria que havia fugido do mar uma sereia, desencantada na praia.

Correu até sentir-se extenuada, vencida, as pernas bambas. A água do Garça Torta era mais fria que a água do mar, uma água que descia com a sujice da terra, lama, folhas de mato. Sentia nos pés a água doce que dava febres, que alimentava o germe da morte.

O sol já estava alto. Ficou então Edna um tempo enorme espichada na areia. O cansaço abrandara um bocado a fúria que se desencadeara há pouco. Mas no repouso Nô voltava outra vez, com a voz doce, os olhos molhados, a boca faminta. E voltou outra vez a ânsia de tê-lo, de domá-lo, de conduzi-lo como um cavalo atrelado, com as rédeas em suas mãos. Um desejo violento apressando o seu sangue, as mãos de veludo subindo de corpo acima. Era a vida, era o instinto, a sua vontade de viver, de dar alguma coisa e de tomar dos outros, de desmanchar-se, de criar, de dominar, de fugir.

A coisa estava mais densa, ali naquela solidão. Só o mar falava lá longe. Nô podia estar ali com ela, ao seu lado, dando-lhe tudo. E estava longe. A voz dele continuava nos seus ouvidos: "É só a senhora querer..." Não podia mais. Vinham ondas morrer aos seus pés: a língua de Nô, as mãos dele viriam com aquela carícia das ondas.

O corpo de Edna vibrava, era uma corda, tesa, soando ao vento. Não podia mais. Queria o homem, que ele viesse com força, duro, cruel, machucando tudo que fosse seu, mas viesse...

Caiu no mar, nadou, foi para longe, para as proximidades dos arrecifes, que mostravam o seu dorso de pedra. Nô estava longe. Edna mais uma vez entregou-se ao mar de corpo e alma. Estendeu-se sobre as águas, e todo o seu ardor aos poucos se diluiu. Voltou a si mesma, ao seu equilíbrio. O corpo ficara livre, leve, boiando. De olhos fechados, deixou-se levar pelas ondas. Ia e vinha, com os cabelos soltos, os braços estendidos, e as pernas abertas. Tinha o sol no rosto, queimando. Ao longe uma jangada, confundida no horizonte, passava, de vela branca, como uma gaivota que houvesse caído n'água.

Depois do banho, voltou para casa. Fora feliz uns instantes na sua vida.

Já não havia pescadores no arrastão. Pelas portas das palhoças algumas mulheres cuidavam das sardinhas em tulha. Não viu Nô. E não queria vê-lo mais naquela hora.

Em casa não encontrou Carlos. Almoçara e saíra para o trabalho. Sinhá Benta veio-lhe dizer que o doutor não comera quase coisa nenhuma. De cara fechada, não quisera esperar por ela e se fora sem dizer nada.

Edna não se importou. Comeu bem e, depois do almoço, botou a vitrola para tocar. Uma valsa boa, lânguida, se apoderou dela. Estava com vontade de se esquecer de tudo, de viver outra vida. Se a sua memória desaparecesse e o mundo começasse ali no Riacho Doce, seria para Edna uma grande coisa.

O sol da tarde era quente, um mormaço delicioso trazia sono. Edna dormiu, e muito. Acordou com vozes na porta de casa. A igreja estava aberta, e a velha Aninha apareceu na porta com um jarro na mão. Cuidava da igreja. Vinha quase sempre fazer as limpezas do templo.

Edna olhou a velha, e viu a avó Elba naquela mulher escura e magra. Era a velha Elba, devia ser a mesma para os outros e falar de Deus com a mesma voz seca. Sinhá Benta lhe dizia que não era assim. A velha Aninha amava os outros e maldizia os que vinham trazer desgraça para os seus; e tinha a força de Deus nas mãos.

E lá estava ela, humilde, uma pobre velha, que mandava em todos ali. Curava doenças, tratava da igreja, rezava, pedia as coisas, e Deus lhe dava forças bastantes para impressionar os seus devotos.

Nisto, Edna viu que a velha se dirigia para ela. Levantou-se para recebê-la.

Sinhá Aninha queria falar com a moça para pedir-lhe uma coisa. Não conhecia o dr. Silva, que era homem de cara fechada. Diziam que o doutor não gostava do povo da praia, e por isto não tivera coragem de ir a ele e viera com ela, que andava lá para baixo e se dava com todo o mundo. Sinhá Benta lhe dizia que a patroa não tinha maldade nenhuma e era muito dada. Por isto estava ali para pedir. Não era para ela que estava pedindo. Pedia para Deus, Deus do céu. A igreja estava imunda por fora, suja como nunca estivera. As pescarias não estavam dando nada. E tinha ela até vergonha de olhar para a igrejinha naquele estado de imundície. Lembrou-se então de pedir à moça para falar com o dr. Silva. O homem podia mandar dar uma mão de cal, não custava quase nada.

Edna prometeu à velha: faria o possível para arranjar as coisas; mas, não sabia por que, sentia qualquer mistério ali perto. Sinhá Aninha era magra, tinha os cabelos puxados para trás, o rosto murcho e os olhos de um pretume de noite. Eram grandes e brilhavam muito.

Sinhá Aninha sentara-se no chão. Devia ter mais de 80 anos, e no entanto falava firme, apesar da boca funda, sem nenhum dente. Falava para Edna. Aquilo ali devia ser bem triste para a moça branca. Só prestava mesmo para bicho, para eles, que não sabiam que havia mundo. Deus queria, e com a vontade de Deus não se brincava. Falou de Nô. Tinha voltado. Conhecera o mundo, vira gente, sabia o que era viver. E estava ali, mas não ficaria no Riacho Doce. Deus o fizera diferente dos outros, teria que ser maior que os outros. Muito em breve voltaria para o navio. O Riacho Doce estava se liquidando. O governo ia acabar com os currais de peixes, e o capitão Laurindo terminaria vendendo os coqueiros. Tudo aquilo se acabaria. Viria gente de fora, novos donos para os coqueiros, para o mar.

Aí, sinhá Aninha se calou, parada na frente de Edna, que queria falar e não podia, embaraçada diante da velha.

Nô saíra dela, era sangue daquele sangue. A carne dele nascera daquela velha matriz em ruínas.

— Pois, minha filha, Deus permita que a senhora arranje com o doutor um auxílio para a igreja. Deus pagará no reino do céu.

A voz pareceu a Edna de uma bondade de mãe. Não era a voz dura da velha Elba e nem aquela voz triste e fúnebre das rezas, dos cantos de defunto.

Sinhá Aninha saiu. Vinha chegando a noite para o Riacho Doce, a noite que fazia mal a Edna, que a cercava dentro de casa, que tinha os rumores dos bichos e o céu estrelado como olhos espiando lá de cima, espiões de Deus, luzindo. Carlos não tardaria.

Nessa noite, ele chegou para jantar com uma cara esquisita. Foi logo para o uísque, comeu pouco, não ligou para o rádio, e de quando em quando ela ouvia a queda do líquido no copo. Devia haver qualquer coisa de muito grave. Nunca vira o marido assim. Tarde da noite é que ele chegou para dormir, a seu lado. Desta vez, Edna sentiu mais medo que nojo. O pobre sofria, estava sofrendo estupidamente. Quis perguntar-lhe alguma coisa, e não teve coragem. Devia estar bêbado de tanto uísque. Mal se deitou, foi logo procurá-la, tomando conta daquilo que era seu. Quis resistir, fez um esforço terrível para não gritar e sacudi-lo para fora, mas se conteve. Aquele corpo pesava em cima dela como um fardo de lama. O pobre sofria. Depois viu-o caído para um canto, ressonando alto, dormindo como uma besta.

O sono não pôde vir para ela. Mais uma vez se conformara com seu sacrifício. Estava imunda, com o corpo coberto de lama. Aquela água suja do Garça Torta! A água, suja de resto, se derramara por cima dela. Levantou-se devagar da cama. Não podia suportar a ideia daquele sacrifício. Tudo estava pegado a seu corpo.

Foi ao banheiro. Caiu debaixo do chuveiro frio, lavou-se, ensaboou-se. O cheiro bom do sabonete recendeu na casa. Precisava limpar o corpo. Tudo não passava de uma indignidade. O pobre do marido era como se fosse para Edna um leproso. Força do destino, que a arrastava a uma atitude cruel. Não estava em si, vinha de fora, vinha de uma força estranha. Carlos, para ela, era um monstro.

O banho não lhe deu nenhuma sensação de limpeza. Era dentro dela que estava a imundície, grudada pelos seus sentidos. Tinha atravessado as suas fibras, se agarrara na sua alma. Estendida na cama, Edna não dormia, ouvindo os grilos, os sapos. O sussurrar das folhas dos coqueiros era manso. O nordeste soprava sem violência. O mar gemia alto na noite quieta. Os coqueiros rumorejavam. E dentro do corpo de Edna corria a água suja do Garça Torta.

4

Nô ESTAVA ATURDIDO COM A GALEGA. Afinal de contas, que queria aquela mulher? Mais de uma vez tinham saído de jangada. A princípio não reparara, mas terminou por descobrir o jeito que Edna tinha de olhar para ele. Era bonita, tinha um corpo de arromba, e era boa, distinta, falando com ele como se fossem iguais.

Que diabo queria a galega com ele? Se ela fosse mulher como as outras que conhecera, saberia o que era. Mas aquela senhora, casada com gente de posição, que queria aquela mulher com ele, que era pobre, de outra classe, de outro sangue?

Ficou pensando muito. Os ensaios da chegança corriam bem. Eleutério estava mais calmo, satisfeito com o desempenho de todos. Só o gajeiro não era nunca como ele fora, com aquela voz fina, tocando o coração dos outros. O mestre mesmo dizia que ele fora o melhor gajeiro a que já ensinara.

E a galega não saía da cabeça de Nô. Sinhá Benta uma vez lhe viera dizer:

— Olha, menino, a patroa gosta muito da tua voz.

Gostava da voz dele e nunca pedira para ele cantar. Nos passeios de jangada, nas pescarias que inventava, nunca lhe pedira para cantar coisa alguma. Fazia era olhar para ele, espantar-se com as suas manobras. Nessas ocasiões pegava no leme, e as mãos dela juntavam-se às dele. As mãos brancas junto de suas mãos escuras. Ela queria aprender. Rodeavam a jangada e soltavam a linha, esperando o peixe. Já haviam feito três pescarias. Os praieiros falaram com ele. Nunca tinha visto uma mulher andar assim sozinha com um homem. Em sua casa ninguém lhe falou da coisa. Só a avó Aninha lhe perguntara por onde estivera naquela manhã. Perguntara num tom de censura. Tinha a impressão de que a velha não gostava que se metesse com mulheres. Era assim com todas.

Nô pensava forte na galega. Via-a no alpendre, estendida na cadeira, e tinha vontade de passar por perto, de olhar para ela. Tinha medo. A moça queria era um criado, uma pessoa de confiança para os passeios, e ele, feito besta, pensando em namoro. Nem parecia mais o Nô de corpo fechado, protegido pelas rezas da avó.

Todas as manhãs ela descia para o banho. E Nô ficava espiando, esperando que ela passasse pela porta da caiçara. Por que a galega olhava para ele com aqueles olhos azuis? Por que se virava na descida para a praia, quando sacudia o roupão no chão e corria para dentro d'água? Não podia ser namoro. Qual nada! Uma mulher daquela, mulher de gente fina, não daria confiança a um embarcadiço como ele, com pai e mãe andando de pés no chão, com aqueles cabelos duros, aquela cor escura... Era besteira pensar nisso. Podia ser também que a força da avó estivesse fraquejando, e que as rezas fossem perdendo o poder e ele estivesse vendo o que não existia, pensando num amor que era mentira. A galega não o olhava, e supunha que ela olhasse. Era assim homem quando estava com mulher no corpo. Via o que não havia, escutava o que não ouvia. Seria o seu caso?

No ensaio da última noite o velho Eleutério o desconhecera: quando chegou a sua vez de cantar, não deu pela coisa. Era o piloto da barca, tinha que responder ao mestre, que o acusava de desleixo, e se esquecera de sua parte pela primeira vez.

Era a galega. Seria possível que fosse sentir o que estava sentindo, agora que não era menino, que havia corrido o mundo todo, e feito chorar mulher por sua causa? Ela gostava das suas cantorias. Tanta gente gostava! Fizera sempre gente render-se, ter saudade, com as suas modas, os seus cantos tristes. Ela talvez se lembrasse de alguém, de um homem qualquer, e gostasse de sua voz. A voz do mulato era boa, fazia pensar no passado, fazia o coração mole. Ela dissera a sinhá Benta:

— Aquele mulato lá de baixo tem boa voz.

E ele pensando em outra coisa. Só mesmo castigo. Em todo caso, era a velha Aninha que perdia a força. E isto contentava um pouco a Nô. Se estava assim pensando na galega, era porque havia fugido das rezas da avó.

Pensar em mulher, fazer o que estava fazendo, esperando que a galega viesse para a praia para olhá-lo de longe – aquilo era sinal de que estava mudando. Qualquer coisa de novo estava para acontecer. Um fato diferente. Um homem novo ia saindo dele. Nô ficou até alegre. Ao mesmo tempo ficava triste.

Lá uma manhã sinhá Benta chegou com um recado: dona Edna queria fazer uma pescaria naquele dia. Estava fazendo uma manhã linda, os ventos parados, o nordeste calmo, dando sinal de vida apenas nas folhas dos coqueiros. O mar tranquilo, de ondas baixinhas como leirões de roçado.

Nô ficou radiante com o convite. Estava esperando por ele, vivia sonhando com uma saída de mar afora. Queria ficar com a galega no mar alto, distante da terra, na solidão, no esquisito do mar. Sonhara com ela saindo de dentro d'água como aquela mulher que botara a perder o pobre do Neco de Lourenço – uma mulher que enchia o mar com a beleza do seu corpo, com os cabelos à flor d'água e a boca pedindo beijo.

O dia estava excelente. O vento brando os levaria de manso para longe. Bom seria que ela o quisesse mesmo. Mas era besteira pensar nisso. Ela queria um criado de confiança para divertir-se, fazer alguma coisa, passar o tempo.

Sinhá Aninha ouviu o recado da velha Benta e falou claro: nunca vira aquilo, um homem solto por aí afora com uma mulher. Resmungou, para que Nô ouvisse bem:

— Isso não dá certo!

O melhor era que ele tomasse cuidado...

O neto fez que não a ouviu e foi saindo alvoroçado para a beira da praia. A jangada pequena estava de vela aberta, enxugando ao sol. Preparou os apetrechos, encheu a cabaça d'água e arranjou as iscas.

Com pouco a galega chegou, com o chapéu grande de palha e o roupão azul. Estava alegre.

Da porta de casa a velha Aninha olhou os dois empurrando a jangada para o mar. Aquilo não podia dar certo. Viu Nô, o seu Nô, com uma mulher branca, solto numa jangada aos ventos, ao mar. O que queria dizer tudo aquilo? Sabia que Deus o protegeria dos perigos do mundo: tinha fé nas palavras fortes, na oração bem-feita que fizera para o neto. Corpo fechado para bala, para ponta de faca, para as febres, as bexigas, para os perigos de mulher. A jangada entrava de mar adentro, de vela aberta. Nô e uma mulher estranha fazendo o que não deviam fazer. Onde já se vira uma coisa daquela? O neto era homem, já devia estar de juízo acertado.

A velha ficou a olhar a jangada, viu-a subir rumo norte, pegar o vento e depois enfiar para o alto. Nô sabia manobrar, como todos os seus. Juca estaria naquela hora tão longe que nem se podia ver a mancha de sua jangada. Estava velha, e nunca ficara na porta de casa olhando partida de ninguém para o alto-mar. Uma coisa estava lhe dizendo que Nô não fazia bem, e se arriscava muito. Amava-o, como se fosse o último filho do seu Deus. E aquela branca estava tomando conta de Nô.

A jangada sumia-se, entrava no céu, no fim do mar verde. E a velha voltou para a almofada. Há mais de um mês que estava com aquela renda, que não crescia. Trabalhava sem óculos, e os bilros dançavam-lhe nos dedos descarnados. O neto do seu coração, a flor de sua vida se perdendo daquele jeito. Ela teria força para falar com o seu são Sebastião furado de setas. Teria força bastante para arrancar o seu Nô do fundo da perdição, dos perigos do mundo. Fechara o corpo do neto. Era menino quando lhe rezara a oração dos poderes fortes. Sentia que Deus estava com ela, sentia no seu corpo a quentura de Deus. E Nô era pequenino. Tinha aqueles cabelos em cacho e os olhos vivos como de conta. Ela fizera a maior força de sua vida, uma oração onde botara tudo que tinha para dar. Nô se fora, andara por aí afora, e ela sabia, tinha certeza que estava livre de tudo que fizessem contra o seu neto. Voltara, viera bonito, falando mais do que os outros, era todo o seu orgulho. Morreria se soubesse que outra mulher tinha poder sobre ele.

A renda não andava, os bilros corriam-lhe dos dedos magros. Parou o trabalho. A vista alcançava a extensão do mar. A vela branca era uma asa de gaivota se sumindo, morrendo no mar. Na sua camarinha estava o santo da sua preferência no oratório. Era o maior de todos, o são Sebastião, de sangue correndo de suas feridas. Livrava das pestes, livrava de tudo. Para ele rezava. Nos braços dele botara o seu neto. Quando Nô era pequeno, dormia na sua cama. Tratava dele como mãe. A nora tinha os outros. Aquele seria seu, todo seu. Mais do que filho, mais do que mãe, era ele para ela e ela para ele. A casa de Juca estava oca de gente. Foram-se os filhos casados, foram-se as filhas. A nora era uma pamonha. Sem ela Juca estaria sem jeito de vida. Ia morrer contente com seu Nô esquecido de mulheres, vivendo acima delas como um príncipe. E sucedia aquilo que estava vendo. Só, com uma mulher numa jangada em alto-mar. Horas e horas com a tentação do demônio. E aquele diabo não tinha marido? Para que queria ela um homem dentro de casa? Galego não era gente que prestasse para coisa nenhuma. Não era como as outras mulheres que viviam gabando as qualidades da mulher do engenheiro. Melhor que ela tivesse feito como a outra, do dr. Silva, de cara fechada para eles.

Nô, o seu Nô, que seria dele? Pela primeira vez não estava confiando nas forças que Deus lhe dera. O neto fugia. Fugia, não seria mais dela.

O sol de meio-dia queimava. Por debaixo da caiçara grande Neco de Lourenço e José Divina dominavam as conversas dos praieiros. Falavam de Nô e da galega, que viviam soltos de jangada. José Divina não botava a mão no fogo por pessoa nenhuma. Mulher era mulher, homem era homem. Aquele ajuntamento dava era em pouca-vergonha. Neco de Lourenço entendia de outra forma. Mulher estrangeira era assim mesmo. Estava andando com o homem e nem parecia, era mesmo que estar com mulher. Aquela galega era mesmo que homem. José Divina achava que o que elas traziam debaixo da saia era de uma só espécie. Comiam do mesmo manjar. O cabra do Nô estava num passar de lorde, comendo na mão, como bicho de cria. A mulher de um senhor de engenho das bandas do sul começou assim com noves fora com o feitor, saindo a cavalo com ele, dando conversa ao cabra, e quando se viu foi a desgraça feita. O senhor de engenho não foi com a coisa, e o feitor apareceu de dente arreganhado, na boca da mata. Nô devia tomar cuidado. Quem sabia lá o gênio do galego? Estava lá muito bem de seu, manso, e lá um dia o diabo se aborrecia e estouravam em cima do sabido.

A vela da jangada de Nô aparecia no horizonte. José Divina mostrou a Neco de Lourenço:

— O bicho desde manhã que está bordejando por ali afora. Eu é que não dava a minha jangada para aquilo não. Mas Juca Nunes não tem força para o filho. A velha Aninha não anda satisfeita. O rapaz é a menina dos olhos dela. E ela sabe que essa história de mulher dos outros não é brincadeira...

Da porta de casa a velha Aninha olhava para o mar. A jangada ainda não dava sinal de vida. Andava por longe. E era mais de meio-dia. O galego já devia ter chegado para o almoço, teria notado a falta da mulher e sabia onde ela estava. Nô corria perigo.

A velha botou-se para a almofada; os bilros cantaram em suas mãos. Entretinha-se no trabalho. Ouviu a nora chamando por ela, a voz fanhosa da mulher do seu filho:

— Tia Aninha, tem gente lá fora chamando a senhora.

Era uma mulher com o menino doente para rezar. Vinha das bandas de Ipioca, com o filho nos ossos:

— O bichinho chora desde que abriu os olhos, Mãe Aninha. Chora muito. A gente dá de comer e ele obra verde que não tem fim. Já dei de tudo que é remédio. Me disseram que era do leite, e eu passei a dar leite de cabra. Qual nada! O bichinho está é se desmanchando. Está aqui no osso.

A velha foi olhar para o menino. Só tinha de vivo mesmo os olhos. Lembrou-se de Nô quando era pequeno, que tinha aqueles olhos vivos e grandes. Deus o livrara das doenças de morte. O pobre que estava ali não aguentaria muito tempo. Mas iria fazer a reza.

Pela primeira vez em sua vida não confiava em si, não se sentia a mesma Ana a quem Deus e os santos confiaram segredos. Foi ao fundo da casa e cortou um ramo de vassourinha, deitou o menino no chão frio e começou a rezar, a fazer a invocação aos poderes do alto:

— Deus do céu, Deus, pai de Maria Santíssima e do Menino Jesus, pai dos Santos, pai dos Anjos, inimigo de Satanás, Deus que livra da peste, da guerra, das doenças, das dores e da cegueira...

E o mato batia no rosto mirrado do menino e ia da cabeça aos pés, até que murchou. A doença se passaria para ele. A mãe ali perto confiava na coisa com uma fé profunda. A velha Aninha fez outras rezas, pegou no menino, virou-lhe a cabeça para o nascente, deixando os pés para o poente, e depois entregou à mãe aflita, que viera de longe atrás dos poderes da velha.

A jangada de Nô surgia no horizonte, vinha de vela pendida rompendo as ondas. A velha Aninha olhou bem para ela. A jangada de Juca apontava também. Deus precisava cuidar de Nô.

Na caiçara grande os homens se levantaram para olhar. Nô vinha chegando. E foram para a praia com o hábito que tinham de ajudar as jangadas que vinham do alto. O nordeste soprava fraco. José Divina falava da lua, que não estava boa para pescador de linha. Juca Nunes saíra para o alto por sair. Lua de círculo pequeno não dava peixe sem escama.

A jangada se mostrava de perto, veloz, cortando as ondas. Botaram rolos de madeira, e o barco, com pouco mais, subia de areia acima.

A galega estava vermelha como camarão. Dentro do samburá, uma cioba grande. Nô ficou arrumando as coisas, e Edna subiu para casa. O marido já devia ter voltado para o trabalho. Os homens se chegaram para Nô, indagando dos lances. A jangada de Juca Nunes, a maior de todas de Riacho Doce, foi chegando, de vela enorme, orgulhosa, como se fosse dona do mar. E os praieiros deixaram Nô sozinho e correram para o pai, que viera de vinte horas de trabalho.

Nô ainda viu o roupão de Edna se sumindo. E nem podia contar o que se passara.

5

O TEMPO CORREU PARA EDNA com uma velocidade de espantar. Vieram as festas, foram-se os dias de verão, chegaram as chuvas torrenciais, dias belos e azuis sucedendo a outros tristes, sujos, encharcados. E tudo, para ela, rápido, sem que sentisse o peso, a monotonia, a insipidez das coisas. Era feliz. Suportava tudo de corpo leve, alma solta das algemas de outrora. Era amante de Nô. Só isto explicava tudo. Só ele lhe dera até aquele instante segurança de viver, bem-estar. E no entanto sofrera muito para chegar àquilo. Era amante do homem sonhado.

Carlos já devia saber de tudo. Todos na praia sabiam. Dona Helena, que voltara de seu passeio, não a procurara mais. Só a mulher do dinamarquês de Maceió vinha, de quando em vez, conversar com ela. Edna pouco ligava ao isolamento do mundo, às restrições dos outros. Tinha o seu amor, o seu Nô vibrante e forte, de olhos molhados, de cabelos pretos, voz doce, uma alma cândida. Tudo podia se acabar.

Assim iam as coisas até o dia em que a velha Aninha voltou à sua casa para conversar com ela. Estava no alpendre quando a velha entrou. Pareceu-lhe mais idosa que da outra vez em que estivera ali pedindo pela igreja. A velha começou a falar-lhe, e era como se estivesse rezando uma oração comprida. Sabia de tudo. De tudo sabia e vivia calada na sua casa. O povo todo sabia, as mulheres e os meninos, todos sabiam. O neto dela se perdera. Estava perdido, sem jeito. Até fora chamado para embarcar, e não dera ouvido. Era um homem sem leme, levado pelo vento, levado pela correnteza. E fora Edna, uma mulher branca, que botara tudo a perder. Fora ela que arrastara o rapaz da estrada boa por onde ia, fazendo papel de demônio, de anjo mau, de desgraça. Calara-se. Fechara o coração ao sofrimento, trancara a boca, entupira os ouvidos. Mas não podia aguentar mais. As orações não davam certo. Oração não tinha mais força. E vinha falar com ela, vinha pedir-lhe que deixasse o menino, que se pegasse com um branco da laia dela. Que acabasse com aquele chamego infeliz e se desse a outro que não fosse Nô, que podia perder a sua vida, ficando ali, dando de pernas, sem fazer nada, passando por um homem perdido. Disse que pensara em procurar o dr. Silva para falar daquilo. O doutor estava na obrigação de acabar com aquele coito do diabo.

Edna quase que nada entendia das palavras da velha, mas compreendia o sentido de tudo. Nô sempre falara dos poderes que ela exercia sobre os parentes, do amor que a velha lhe tinha, e da raiva que ela votava aos de fora. A fala de sinhá Aninha não parecia a mesma fala da que viera uma vez pedir pela igreja. Ela estava ali agora com outra mensagem:

— Menina, cria juízo. Tu tens o teu marido, que Deus te deu. E por que estás metida com outro homem? Que fogo dos diabos é esse?

Mas Edna foi sentindo todo aquele resmungar da velha com raiva. Então ela não podia dispor do que lhe era mais íntimo, mais sagrado? Vinha aquela velha rabugenta falar--lhe como se ela tivesse cometido um crime monstruoso... A princípio quis calar-se, deixar que sinhá Aninha continuasse com o falatório. Compreendeu, no entanto, que aquilo devia parar. Só ela seria capaz de saber para onde ia o seu amor. Nô queria-lhe, dava-lhe tudo, era seu. O mais, que se fosse. E a velha falando. Doía nos ouvidos de Edna a conversa, o gemido, a voz de reza para defunto. Não pôde mais suportar, e foi áspera. Não queria saber de coisa nenhuma. E o pouco que disse foi o bastante para exaltar a mulher. Sinhá Aninha cresceu para ela, furiosa. Parecia uma serpente assanhada:

— Mulher sem-vergonha, pior que rapariga de beira de estrada...

Os olhos como que queriam pular. E as mãos tremendo. Era a fúria feita imagem. Sinhá Benta correu da cozinha:

— Que é isso, Mãe Aninha?

— Não tenho nada – respondeu a velha. — Alcoviteira, leva e traz, cachorra, puxa para tua cozinha!

A outra murchou, baixou a cabeça e voltou para trás. Edna não sabia onde estava. Teve ímpeto de sacudir aquela velha para fora de casa.

Aí, Carlos e dr. Silva iam chegando. A velha, quando os viu, retornou ao falatório violento. O dr. Silva a princípio não entendeu e foi falando para ela:

— Então, sinhá Aninha, veio pedir outra vez esmola para a igreja?

— Esmola, coisa nenhuma! Estou aqui dando uma lição nessa peste.

O dr. Silva ficou desconcertado.

— Cale-se! – gritou.

— Cale-se, o quê?! O senhor é outro desgraçado. Vem para a terra da gente e ainda traz para aqui umas pestes. E essa mulher, em vez de cuidar do marido, anda esfregando o rabo pela praia como uma cachorra no cio.

— Cale-se! – gritou-lhe outra vez o dr. Silva.

— Mande a sua laia se calar. Mas fique certo de que os poderes de Deus vingam a gente. O cancro há de comer a língua dessa danada...

A voz da velha ficou dura como de pedra:

— Deus do céu vai dar a cada um o seu quinhão de miséria. Tu, doutor, tu vais ficar de pedir esmola, de cuia, tu ficas nas tiras, nos molambos...

Vinham chegando outras pessoas: José Divina, Neco de Lourenço, Juca Nunes. E levaram a velha, exasperada, furiosa, aos gritos, alucinada.

— Isso só pode ser um ataque de loucura – foi dizendo o dr. Silva, para contentar o pobre do engenheiro, que estava mais morto que vivo, sem uma gota de sangue na cara.

Edna, sem uma palavra, estava sentada na espreguiçadeira, como morta. Houve um silêncio mortal entre os três. O dr. Silva explicou: aquela mulher vivia no espiritismo. Aquilo fora, na certa, um acesso de nervos. Viera ali para desabafar. Eles não deviam levar aquilo em conta.

Carlos suava. Edna, no seu canto, não dava o menor sinal de vida. Afinal, tinha que resistir. Levantou-se. Sem dúvida que queriam beber alguma coisa. E os homens entraram a falar, cada um fingindo que tudo aquilo não valia coisa nenhuma.

Vinha escurecendo. Edna não sabia o que estava fazendo. Pegou nos copos, preparou as doses de uísque quase sem se poder manter em pé, fazendo um sacrifício enorme para se mostrar senhora de si. O que queria era estar só. Levou a bandeja para o alpendre, pediu desculpas ao dr. Silva, e foi para o quarto. Trancou-se. Não queria mais ver ninguém deste mundo. Que tudo se acabasse, se destruísse de uma vez para sempre. Tudo se acabara. Aquela velha, como uma megera de conto de fada, destruíra uma felicidade, o encanto de sua vida. Fora-se tudo, numa enxurrada de lama. E chorou, chorou muito.

O quarto era escuro, e lá fora a noite com os seus perigos, os ruídos que tanto mal lhe faziam. Não ouvia a fala mais de ninguém. O dr. Silva já devia ter-se ido embora. E Carlos estaria bebendo uísque, afogando a sua vergonha. Teve medo da escuridão e abriu a porta da sala de jantar. A mesa estava posta. A comida, intacta, e espichado num divã estava o marido, que nem reparara na sua entrada. Sem dúvidas que estaria dormindo. E ela foi saindo para a sala de visitas. De lá ouviu um choro abafado. Era Carlos. Foi para ele; com o barulho dos seus passos o marido levantou a cabeça. Nunca Edna vira semblante de maior sofrimento. O marido lhe pareceu ali a mais desgraçada das criaturas humanas.

— Edna – chamou ele.

Teve medo de aproximar-se. Teve nojo ainda do seu marido. Sem dúvida que ele premeditara a sua morte.

— Edna – repetiu ele, com a voz como se implorasse.

Chegou-se mais para perto. E Carlos, aos soluços como um menino apanhado, deixou cair a cabeça no divã. Teve pena.

— Edna, tudo é verdade, eu sei. Tudo é verdade. Tu não queres mais saber de mim. Eu te trouxe para aqui, fui o culpado de tudo. Para mim não haverá mais jeito. Mas tu te podes ainda salvar. Volta, vai para a nossa terra, volta, não fiques mais tempo aqui.

Ela teve vontade de consolá-lo. E o fez com brandura. Passou as mãos pelos seus cabelos louros. Era o pobre Carlos que a amava, que brigara com os parentes, lutara para fazer-se seu marido. Retirara-a dos porcos, da velha Elba, do pai, da mãe infeliz. Era o seu Carlos.

Foi ficando ali no divã. Fora a pior mulher deste mundo. Destruíra um homem e estava destruindo outro. Aí, a lembrança de Nô chegou-lhe viva. Podia perdê-lo; podia ele fugir para longe, fugir de sua vista, de sua boca, de suas carícias. Nô se sumiria.

Levantou-se, chegou até o alpendre. Uma coisa maravilhosa lhe surgiu aos olhos como um milagre do céu: a lua cheia abria-se toda em cima do mar. Os coqueiros rumorejavam ao vento, e o nordeste assanhava-se com a lua, que aparecia com aquele luxo de rainha. Edna via o mundo coberto de luz. Viu a lua enfeitada, feliz no seu fastígio.

Carlos chamava-a lá de dentro. E Nô poderia fugir, fugir dela para sempre. Tremia de medo, de indecisão, de covardia. Era uma mulher como poucas se encontravam no mundo. A velha Aninha falara para ela com palavras que deviam exprimir um ódio de morte. Porque o neto, que era dela, era seu, bem seu. Demorou uns instantes olhando a lua. Tinha um coração de pedra. Uma tragédia se desenrolando ao seu lado, um marido chorando de dor, de amor ferido, e ela naquele alpendre, doida para que o amante surgisse, doida para que ele viesse cantar, embalar os seus sentidos, com a força, o vigor, o cheiro, a maciez do seu corpo.

Em casa, a velha Aninha abriu a boca no mundo. Nô estava na porta ajudando a mãe no conserto da rede, quando a velha começou a falar, a falar sozinha, como se o resto do mundo a estivesse ouvindo. Uma vergonha. Um homem que não se dava a respeito.

O filho e o neto sem darem uma palavra, e ela dizendo o que bem entendia. A nora foi lá para dentro. E a velha falando. Deus do céu não podia deixar que aquela desgraça continuasse a fazer o que estava fazendo.

— Galega sem coração, sem respeito. Um cancro há de roer a língua dessa peste.

Aí Nô disse alguma coisa. E o pai pediu para que se calasse.

— Deixe ele falar, José, deixe. Isso é assim mesmo. Esse bicho que está aí é a tua vergonha.

— A Mãe Aninha devia cuidar de outra coisa – disse-lhe Nô.

— Cuido do que devo cuidar, seu malcriado. Até hoje ninguém aqui me disse o que devo fazer. Só tu, só tu é quem vem para aqui dando ordem. Isto é ter parte com o diabo. Tu tem parte com o diabo. Tu te juntaste com ele para desgraçar nós todos.

— Mãe Aninha, a senhora está dizendo besteira – respondeu-lhe o neto.

O pai levantou-se da porta onde estava para não ouvir mais o bate-boca.

— Fica aí, José, fica aí para ouvir de teu filho o que ele está dizendo. O que a tua mãe diz é besteira, o que eu faço é errado. Só está certo a safadeza dele com aquela galega infeliz.

A nora chegou para apaziguar.

— Cala-te, mulher – respondeu-lhe a sogra —, cala-te mulher mofina. Foi ao teu sangue que ele puxou.

Nô pediu que a mãe se calasse e deixasse a velha falar à vontade.

— Tu estás pensando que eu estou caduca, menino! Eu tenho cabeça para compreender tudo que se passa. Tu vives com a galega no cio como dois cachorros.

— A senhora não tem nada que ver com isso – respondeu-lhe Nô. — Cuide de sua vida, Mãe Aninha. Cuide de suas rezas.

— Cala a tua boca, menino, cala a tua boca – gritou o pai para Nô.

Aí a velha chegou-se para perto de Nô:

— Cala a tua boca, senão eu te amaldiçoo.

Sentado, Nô olhava para a rede que estava limpando, e com desprezo, como se fosse superior a todos e a tudo, riu-se para a velha. O pai e a mãe tinham-se aproximado outra vez.

— Meu filho, pelo amor de Deus, não aperreie a tia Aninha.

O velho, calado, botava para ele os dois olhos de súplica. E a velha, em pé, parecia de pedra, dura, olhando para o nada, de olhos frios, fixos. Nô se levantou:

— Não estou aperreando ninguém, mãe. A Mãe Aninha vive atrás de mim como se eu fosse menino novo.

— Cala-te, já te disse – gritou a velha.

— A senhora quer saber de uma coisa? – foi dizendo Nô com a voz alterada. — Eu faço o que quero. Mande nos bestas, em mim ninguém manda.

— Vai, desgraçado – gritou-lhe a velha. — Deus do céu te dará o pago. Deus do céu te dará o pago. Todo o teu corpo vai virar em pedacinho, todo o teu corpo vai ser varado de bala. A bexiga-lixa vai cortar o teu couro.

Aquilo caiu na casa como um raio. O pai e a mãe de Nô correram para a velha com cara de pânico.

— É o que estou dizendo. Esse menino veio para aqui a mandado do cão. Do inferno ele trouxe um mandado contra nós todos. Eu sei das coisas.

Nô, parado, recebera a condenação sem medir ou avaliar. A avó estava na certa de miolo mole. Nada dela dava mais certo. Fora boa para ele. Dera-lhe tudo, e agora parecia uma lesa, querendo mandar no neto como se ele fosse menino de peito.

Foi para a beira da praia. Era quase ao pôr do sol. As águas tintas de sangue se agitavam com o terral que começava a soprar forte. Lá para baixo não se via uma pessoa sequer. As jangadas, de velas abertas, com o vento a enxugá-las. Sentou-se perto da caiçara grande. Estava ali com a noite que vinha chegando. O céu aos poucos escurecia. Sentiu no seu pescoço o bento que lhe dera a velha Aninha. Quis arrancá-lo e destruí-lo. De que lhe valia mais aquilo? Tinha perdido a fé em tudo que era besteira. Perdera a crença de repente, sem saber como. Amanheceu um dia, olhou as coisas todas da terra, e lhe chegara na cabeça a ideia: tudo era mentira; não havia nada que fosse verdade nas besteiras da avó, nos medos do povo. E há bem pouquinho a velha o amaldiçoara. Se aquilo lhe tivesse vindo há uns dois meses atrás, estaria naquele instante tremendo de medo, apavorado. Mas agora tinha Edna. Tinha uma mulher branca – mais forte que a velha Aninha. Fora naquela manhã em que recebera um chamado pela sinhá Benta para a pescaria. Lembrava-se de tudo. Botara a jangada rumo norte para depois entrar de mar adentro, com o nordeste que corria manso. Estava manobrando em pé e ela sentada com a água correndo pelos pés nus. Levaram assim mais de hora, sem que ela desse uma palavra. Mas a mulher não tirava os olhos dele. Virava o rosto para o outro lado. Tirava o pensamento daquele canto. E quando se virava, os dois olhos, em cima dele, como pedindo comida. Foram andando. O mar manso, sem ondas, verde como folha de mato. Fundeara a jangada para soltar as linhas, e ela queria ajudar. Sentaram-se os dois de um lado só, a moça pertinho dele. Sentiu até no frio da água o bafo do corpo dela. Quis fugir daquilo, mas não teve coragem. Era um atrevimento seu. A moça estava na confiança, esperando que fosse respeitada, e ele querendo fazer com ela o que não devia. Homem safado. Só merecia chicote. Sacudiram a linha. Um peixe grande puxou com força. Ela gritou de contente. E arrastaram uma cioba de três palmos para cima da jangada. O peixe vivo debatia-se no anzol. A moça quis pegá-lo. E o peixe fugiu-lhe das mãos. Então ele bateu com a maceta na cabeça, e ela ficou triste, olhando para o bicho. Soltaram a linha outra vez. E a moça mais perto dele. Como numa história de sereia, ele sentiu as mãos dela no seu corpo. Mãos muito quentes, mãos que queriam uma coisa dele. Olhou para ela: os olhos azuis estavam meio fechados, e a boca tremia. A moça inteira caiu sobre ele como um sonho. Nem soube como a jangada não virou. A espuma do mar cobria-os com as ondas. E as ondas balançavam a cama que Deus lhes dera. Nem sabia contar a grandeza daquele dia. Viu a moça chorando nos seus braços, gemendo, pedindo-lhe para que nunca mais a deixasse só. Botou a jangada para correr sobre o mar, que lhe dera o seu amor. Ficaram juntos, os dois, pegados um no outro, sem medo de coisa nenhuma. O sol queimava-os, e a moça beijando-o, beijando-o. Os dois deitados nos quatro paus da jangada, olhando a praia distante, e o mar que ia para o fim do mundo. Levaram horas e horas. Cantou para ela a sua cantiga de gajeiro: "Avisto terras de Espanha, areias de Portugal..." Cantou com a alma que acabava de nascer em cima do mar. Aquele corpo branco, aqueles cabelos louros como de rainha, tudo era seu, de Nô, que não tinha nada, o embarcadiço de corpo fechado, de coração duro como um coco seco. E dentro dele havia muita coisa que estivera escondida. A galega falou para ele, falou pouco, com aquela língua atravessada, mas o que ela lhe disse ele entendia demais. Queria Nô, estava sedenta, faminta de amor. Beijava-o, pedia, rogara, era uma pobrezinha junto dele, que tudo tinha para lhe dar.

Depois começara para ele uma outra vida – os amores na praia. Saíam os dois de praia afora. Passavam Garça Torta, seguiam na direção de Jacarecica. E no deserto, com o céu em cima, o mar embaixo, ele e Edna se amavam. Eram as criaturas mais felizes deste mundo. Muitas vezes ela pedia para ficarem ali deitados, esperando que as ondas os fossem cobrindo com lençol de espuma. A água vinha aos poucos, vinha subindo, tomava as pernas, subia mais, com a outra onda mais forte, até que chegava ao rosto deles. Banhava-os, da cabeça aos pés.

Nô era feliz, e agora não tinha mais vontade de cantar. Em casa estava o violão. Pediam para que ele cantasse. A lua brilhava no céu. Corria um vento frio e bom. E ele não tinha vontade de cantar para ninguém. Edna estava na sua cabeça, no seu coração, no seu pensar. Era dele e ele era dela. Cantar por que, se não era mais triste e sentia o amor que nunca sentira? Uma branca, uma mulher de doutor, de homem formado, vivia atrás dele, só gostava dele, chorava nos seus braços. Era piloto da chegança de Eleutério, e ela fora com sinhá Benta vê-lo na farda, de espada na mão, cantando, lutando. Via a branca lá embaixo, com o povo, de boca aberta, e ele em cima, oficial de comando, em rixas com o mestre da barca.

Era feliz. A mulher branca de cabelos louros como de rainha gostava do Nô de Juca Nunes, o que cantava porque não tinha coração de verdade, o que cantava só para os outros.

Agora deixaria o canto para o tempo em que saísse a correr outra vez o mundo, quando a saudade de Edna apertasse no coração. Aí cantaria. Botaria doçura e mágoa na voz para contar uma coisa que era do céu. Meses e meses de felicidades. O galego no serviço, os praieiros falando, José Divina achando tudo errado, Neco de Lourenço falando da sereia que perdera a sua vida. Os de casa não lhe diziam nada. O pai na pescaria. Os irmãos, as irmãs, sem saber mesmo que ele existia. Mas agora a velha Aninha estourara com ele. Que culpa tinha de ter caído pela mulher, que culpa tinha de haver o seu coração se arrombado, a sua alma inchado de amor? A velha fora fazer aquele esparrame na casa do homem. Tudo estava descoberto, tudo perdido. O amor acabado. E por cima de tudo vinha aquela maldição para as suas costas. Não acreditava. Do seu pescoço pendia o bento com a oração forte. O pedaço de papel que fazia as vezes de Deus. De corpo fechado andara pelo mundo. Por ele passaram as mulheres de todos os portos, e nenhuma delas deixou nada no seu coração, nem uma saudade, nem um desejo de revê-las. Era a força da velha Aninha. E se fora esta força, se gastara. As rezas da avó se foram.

Nisto ele viu o céu com uma lua grande que nem um homem podia abraçar. Uma lua vermelha, rompendo as nuvens, se pondo em cima do mar. O povo dizia que lua cheia trazia amor para o mundo. Era ela que fazia o mar gemer de amor, crescer, inchar as ondas, gemer como um homem abandonado. Tudo ia se acabar. Tudo teria fim. E a velha Aninha sacudia uma maldição sobre ele, abrindo o seu corpo para os males, as desgraças, as pestes. No seu pescoço estava o bentinho que o salvara de tantos perigos. Não acreditava em bentos, em rezas.

Agora a lua já era branca, e subia para o céu, pálida, de luz mortiça. Tinha amado, se posto no mar, e subia para o céu, lânguida, amolecida. Agora ela ia correr, atravessar nuvens com o seu são Jorge montado no cavalo branco. Soprava um vento frio, o terral que levava para dentro do mar. Era o vento que chamava a gente para o fim da terra, para as estradas sem fim. A velha tinha amaldiçoado o neto. Maldição pior que de pai e mãe. Maldição de avó, que era mais que mãe e pai. Mas ele não acreditava. Não podia acreditar numa velha de 80 anos. Aquilo não podia ser nada. Reparou que havia gente no alpendre da casa de Edna. Era um vulto de mulher. Seria a sua branca, de cabelos de ouro, olhando como ele a lua. E teria como ele a sensação de que tudo estava acabado. O mundo era assim, vinha uma coisa e se acabava depressa.

As jangadas estavam quietas. Só o mar gemia na sua frente, imenso. Todos os seus viviam dele. Há anos, há muitos anos que recebiam do mar a vida. Por ele navegara até países da estranja, diferentes de sua terra, de seu povo. De agora por diante haveria um Nô que podia suspirar nas travessias. Uma nuvem espessa cobriu a lua, e escureceu a terra.

Nô pegou no bento do pescoço. A velha havia botado tudo a perder. Teve ímpeto de sacudir aquilo fora, mas não se sentiu com coragem. Qualquer coisa lhe dizia que não o fizesse. Por que, se não acreditava mais? Estava só, ali na beira da praia. E, sem saber explicar como, lhe chegou uma agonia, uma espécie de medo. Era medo e não era. Tinha perdido a fé nas coisas da avó. Tinha-se esquecido de tudo que ela lhe ensinara, e lhe vinha uma coisa na cabeça, uma ideia de que fora ruindade sua, de que a velha estava com toda a razão.

Quis fugir daquilo e pensou noutra coisa. Uma estrela cadente baixou do céu para o mar como um olho de Deus que se apagasse nas águas. E aquele pensamento persistindo nele. A velha tinha razão. Mas não tinha. Ele era livre, dono dos seus atos, de sua vontade, de seu coração. Por que então viver sujeito a um jugo absurdo? Tolice dele pensar ainda na Mãe Aninha.

Aí passou bem por cima de sua cabeça uma coruja com aquele canto que fazia tremer nas redes os meninos. Ave que sabia das desgraças dos homens, que adivinhava tudo que era ruim, que sabia dos males que vinham em caminho. A morte falava pelo seu bico, aquela cara triste de gente trazia recados de Deus. A branca era sua. Com ela, na beira do mar, gozara a vida, tivera as grandes horas de sua existência. A branca valia por todos do Riacho Doce. Todas as mulheres do Riacho Doce deviam viver a seus pés como criadas.

Medo de que ele teria agora? O terral cantava nas folhas dos coqueiros. E a grande gameleira iluminada de luz branca, com a lua nos seus galhos, se balançava misteriosa como sempre. Contava-se que o diabo descia para debaixo dela. Gameleira era pé de mato que o diabo amava. Por isso os morcegos chiavam ali, viviam comendo os frutos imprestáveis. Só mesmo os morcegos beliscavam os frutos da gameleira. A velha árvore, casa do diabo, onde, em pequeno, não queriam que ele fosse brincar. A velha Aninha contava histórias das gameleiras. Vieram com os negros cativos. Eles tinham trazido as sementes dela no corpo, e, quando se enterrava um negro morto de peia, nascia no lugar um pé de gameleira. E a alma do negro nunca mais saía dela. Estava nos galhos, nas folhas, nos frutos que não prestavam para coisa nenhuma. E o diabo então vinha para tentar a alma dos pobres, levá-la para as suas caldeiras. E, enquanto houvesse semente de gameleira, as almas dos negros não subiriam da terra e o demônio não deixaria de vir tentá-las.

Nô olhava para a árvore maldita. E os seus pensamentos estavam nas palavras da avó: "Tu estás amaldiçoado. A peste vai cair em cima de ti, a bexiga-lixa vai cortar o teu couro". Praga de avó, maldição de avó, que era pior que maldição de pai e mãe. E tudo porque amara, tivera força para fugir da oração, tivera força de abrir o corpo, de deixar o seu coração vadiar de contente. Não podia ser! Medo não tinha. Tinha força, não era alma de negro cativo, presa nas folhas, nos galhos, nas sementes das gameleiras.

O canto da coruja fora mesmo em cima de sua cabeça. Morrer não morreria. Era são, era forte. E que desgraça lhe viera a coruja denunciar? Seria a morte de Edna? Sim, podia ser a morte da branca. Ela morreria, aquele corpo branco, rosado, de sangue azul nas veias, tão bom para ele, se acabaria.

Medo não tinha. A velha que se danasse. Ouviu um rumor lá para dentro da caiçara. Seriam os ratos atrás dos restos de comida. Mas tremeu com o barulho. A noite o rodeava de lua. Por toda a parte era aquela brancura de luz. Mas o silêncio era grande demais, tão grande que aquele canto de coruja ficara nos seus ouvidos. O barulho do mar, o gemer dos coqueiros, eram do silêncio também. Não pareciam vozes de fora que viessem rompê-lo. Medo ele não tinha. O bento estava no pescoço. Era o poder de Deus, as palavras que valiam para todas as desgraças, que ajudaram o seu corpo a viver, a atravessar os precipícios. Era o Deus que a sua avó conhecia e amava. Sim, era o Deus que o salvara de muita coisa; mas era ele o mesmo Nô que agora fugia, abandonava e esquecia este Deus. "Menino, eu te amaldiçoo. O teu corpo vai ser das pestes, das desgraças. A bexiga-lixa vai cortar o teu couro." A bexiga apodrecia gente. Quando ela dera no Riacho Doce, arrasara, varrera a beira da praia como um vento do diabo...

Não tinha medo. A velha caduca, a velha de miolo mole, não teria força contra ele e Edna.

De repente, ouviu uma coisa como um canto de quarto de defunto. Seria mentira dos seus ouvidos? Ou teria ouvido de verdade a voz triste de sua avó cantando para os mortos? Fora engano dos seus ouvidos. Gemiam o vento e o mar. O terral manso de noite de lua estava bom para se levar a jangada para o mar alto. Teria sido mesmo o canto de sua avó? Os morcegos chiavam na caiçara. Teriam vindo da gameleira grande, tinham parte também com o diabo.

O pobre Nô começou a sofrer. Não tinha medo. A velha Aninha não valia de nada. A bexiga-lixa cortaria o seu corpo. As postemas se abririam, e ele federia como um defunto fora da terra. E um frio de morte foi-se apoderando dele. Não era frio de febre. Era de fora para dentro. Medo, era medo. O céu branco, enluarado. A lua correndo nas nuvens e o mar gemendo.

Nô estava ali sentado, naquele pau de jangada velha. As coisas do mundo tinham parado. O silêncio da noite... E a voz da velha igual a um canto de coruja e aos galhos da gameleira por onde o diabo descia para levar a alma dos negros cativos. O pobre Nô não sabia para onde olhar. Um frio de longe entrara-lhe no corpo, que tremia. Era a voz de sua avó, a maldição, o corpo aberto para todos os perigos e males.

Pegou no bento do pescoço, e teve mais medo ainda. Não era mais dele, aquilo. O poder de Deus o abandonara. Estava perdido. Lá para dentro da caiçara estava escuro. Só os ratos se mexiam, e os morcegos chiavam agora como se estivessem atuados. Medo. A morte andava por cima do mar, branca, correndo atrás da vida. — "Foi no dia 25 de maio que o Bahia se perdeu; mestres e contramestres, pilotos e capitão, vamos ver o nosso barco se vai se perder ou não..." A morte feia, a bexiga-lixa cortando o corpo.

Nô levantou-se. Tudo estava parado. Ele só ouvia aquilo. Todas as desgraças do mundo corriam atrás dele. Era a sentença da avó. E, como se alguém viesse se aproximando dele com todas as desgraças do mundo, desatou a correr para casa. Queria cair nos braços da mãe e chorar como nos dias em que lhe faziam medo, nos tempos de menino, quando lhe gritavam: "Olha o papa-figo, menino!" E ele corria, corria até cair nos braços da mãe, chorando. E o medo fugia como um bicho que a mãe tivesse feito correr.

Correu para casa. A mãe ainda estava acordada e o pai preparando as linhas para a pescaria da madrugada. Chegou de olhos esbugalhados, tremendo, na porta de casa.

— O que foi que te aconteceu, meu filho? – gritou a mãe.

Não teve palavras. O pai levantou-se para ver o que era.

— É capaz de ser ataque de maleita.

E lá de dentro a voz da velha Aninha estrondou como um grito de Deus:

— Nô, Nô, vem para cá. Vem te ajoelhar nos meus pés, nos pés da mãe de teu pai. Pede, pede, pede perdão.

O santuário estava iluminado com a vela grande. O são Sebastião, de setas varando o corpo, deitava sangue pelas feridas abertas. Nô, porém, não se mexia. Mais senhor de si, voltara-lhe o sangue-frio. O corpo de Edna foi vindo para o seu, a água do mar cobria os dois. A sua mãe estava ali, o seu pai também o ajudaria. E a velha falando só:

— Vem, meu filho, vem. Deus te perdoa, Deus te dará força para tudo. O meu são Sebastião está aqui. Ele é grande, ele é bom. Ele seca as bexigas.

E Nô parado, com um nó na garganta. A mãe, em pé, perto dele. Outra vez o canto da coruja passou por cima da casa. Era o chamado, o aviso.

— Tesconjuro, tesconjuro – gritou a mãe para o canto sinistro.

Nô, em pé, não dava um passo. A branca estava na sua cabeça ainda. Pendia no seu pescoço o bento da avó. Não tinha medo. Então a velha começou lá de dentro a gritar a oração que era feita para botar o demônio para fora do corpo dos homens. O demônio estaria na gameleira tentando as almas dos negros cativos. Com pouco entraria de casa adentro e tomaria conta do corpo de Nô. E ele bateria no chão como se estivesse com a gota. Bateria no chão como um peixe fora d'água.

— Vem, meu filho, vem para mim, vem para Deus do céu. Foge, tinhoso, foge, miséria, com os poderes de Deus, com as lágrimas da Santa Virgem, com o sangue dos santos, eu te afogo, eu te mato, eu te faço correr. Nô, Nô, meu filho, ele vem para ti, ele anda para ti. Lá vem ele, lá vem ele fedendo a enxofre. Nô, meu filho...

E Nô parado. A mãe chamando como se o quisesse acordar de um sono profundo. E o pai em pé, espavorido. A velha veio vindo do quarto com uma cruz de pau na mão, a cruz que ela levava para os quartos de defunto.

Nô, como sacudido por uma ventania de tempestade, caiu nos pés dela, chorando.

— Deus te abençoe, para todos os séculos...

6

Passara-se mais de um mês desde o incidente da velha na casa do engenheiro. O dr. Silva enfureceu-se com a passividade do seu auxiliar. Era um homem sem fibra, sem dignidade. Então suportava uma mulher que se amigava com um mulato, com um vagabundo, vivia de praia afora como uma besta no cio, e não tomava uma atitude de homem?

Edna isolara-se completamente. Não descia mais para a praia, não aparecia na varanda. Os automóveis que passavam, quando chegavam na porta de sua casa, moderavam a marcha. Via homens, mulheres, olhando para a casa onde morava a galega que dera o escândalo. A vida para ela voltou a ser uma reclusão. O único ser humano com quem contava era a velha Benta. Espantava-se com a grandeza de coração de sua criada. Fazia pena a dedicação de que ela lhe dera prova em todos os instantes.

O pobre do Carlos chegava em casa para comer, dormir, ouvir o rádio, e de madrugada, quase, saía para o serviço. Era esta a vida de Edna. No entanto, não era infeliz como das outras vezes. Sentia que era uma prisioneira, mas havia lá fora o mundo, o sol, as árvores, o mar, a praia, um homem. Nô às vezes passava de longe. E da janela de seu quarto via o homem que lhe dera os maiores prazeres. Amava-o como se ele fosse a vida. Estava ali entre grades. Podia fugir, quebrar as cadeias, partir as algemas, correr para ele, dormir nos seus braços, correr pela praia, entrar de mar adentro, amar, vibrar, em carne e alma, ser toda um bloco em suas mãos. Mas vira Carlos chorando, vira um coração despedaçado por ela, um resto de homem sucumbido, e compreendera que devia ser mais alguma coisa que ela mesma. Havia sacrifícios. Havia o poder de uma criatura restringir-se, cortar suas asas, partir os seus braços e as suas pernas, e ficar com a consciência, com a felicidade de um outro. Fazia todo o sacrifício pelo homem que lhe dava nojo. O pobre homem vivia chorando como um desgraçado comum.

Nô, Nô... E Edna, só em pensar nele, media a grandeza de sua abstinência. Tinha um mundo. Era seu o mundo. Um tesouro! E fugia dele. Deixava que ele se fosse, que se perdesse, que outra tomasse conta. Mais do que tudo havia a dor de um homem, de um marido que todos os homens achavam ter sido ultrajado, sujo, pela insensibilidade da mulher.

Na sua casa crescia o deserto. Nada do que havia ali dentro valia para ela. Não tinha coragem de abrir a vitrola e ouvir discos que lhe falassem à alma. Ali tudo era surdo para ela. Música que lhe dera antigamente tanta satisfação não lhe falava mais, não queria ouvir. Criara-se outra mulher que habitava a sua forma carnal.

Os dias se encompridavam. As manhãs lindas, as tardes maravilhosas, os meios-dias quentes com aquela brisa amaciando as asperezas da terra. Os pássaros cantavam pelas árvores de perto. O jardim que plantara logo em sua chegada deixara-se invadir pelo mato. Mas mesmo assim, do meio do capim, surgiam dálias – rubras, amarelas, azuis. Tudo que era lá de fora era para encher a sua alma de alegria, de gozo, de entusiasmo.

Só a velha Benta falava com ela. Era a única voz humana que ouvia, o único ser de sua espécie que se comunicava com ela. E que coração havia naquela mulher! Fazia todo o possível para lhe ser agradável, inventando comidas, procurando frutas da terra para ela. Fazia todos os trabalhos da casa. Não deixava que a patroa botasse a mão em cima de coisa nenhuma.

Edna consolava-se do seu isolamento com a bondade daquela criatura, que era toda sua. No íntimo, porém, sentia-se humilhada, vencida por aquela bondade excessiva, demasiada, espécie de esmola. Estava merecendo os cuidados da pobre mulher porque era um traste, um fracasso completo, uma vida sem nenhum relevo. Estava de alma enlutada. Nem os seus músicos queria ouvir. Não teria mais força para vencer os seus desejos, as exigências de sua carne. Uma mulher feita de carne somente. Mas quando lhe vinha a imagem de Nô, o belo moreno, os cabelos pretos, os olhos negros, a voz macia, Edna nascia outra vez, vibrava. Não se importava com as suas deficiências, com a preguiça que lhe embotara o espírito, com a nova Edna que se criara ali. A saudade do homem lhe dava alegria e coragem para viver no deserto. Tudo se ia, todas as preocupações morriam com as recordações de Nô, que sabia estar fugindo dela, sem dúvida alucinado com a sua reclusão.

Uma noite, fazia um escuro medonho. As estrelas no céu brilhavam, e a escuridão cercava o deserto. O marido estava de barba grande, metido naquele silêncio que era pior que tudo. Edna, sentada no alpendre, com a luz da sala apagada, gozava a brisa que passava de leve, macia. Ouvia-se o mar. Ouvia-se o murmúrio das folhas dos coqueiros. E os bichos da noite chiavam. No mais, o silêncio profundo da noite. Lá para baixo as luzes das casas dos pescadores davam sinal de uma vida miúda, com a luz mortiça dos candeeiros de querosene.

Nisto ouviu-se um canto acompanhado de violão. Era Nô. A voz era dele. E ele cantava justamente aquilo que ela sempre lhe pedia, o seu canto de gajeiro. Era o seu homem se desmanchando para que ela ouvisse, para que ela soubesse que ele sofria por causa da branca. Era ele mandando de longe, de sua casa imunda, um recado de amor: "Edna, minha branca, eu estou te esperando: as águas do mar estão quentes, a areia da praia está morna, as ondas estão mansas, as espumas estão brancas; vem, Edna, vamos correr de praia afora. O Garça Torta corre frio de águas sujas para o mar, para o mar limpo. O Jacarecica se espalha na praia. Vem, querida, eu te levo de jangada para dentro do mar. Vamos correr sobre as ondas com a vela branca cheia de vento, nós dois pegados um no outro, amando, como dois fugidos do mundo..."

A voz crescia para ela. Era Nô em carne e osso que estava ali perto dela. Ela ouvia a sua cantiga como se ele estivesse ao seu lado cantando. A doce voz penetrava na carne com poderes do diabo. Toda ela se abalou, toda ela vibrou, estremeceu. E o canto continuava. Agora já era uma canção triste, uma cantiga de apaixonado infeliz. Era quente e triste: vinha de dentro de uma alma ferida, de um corpo seco de amor.

Espichou-se na cadeira. Um homem amado se chegava para ela. Era ele. Tudo era dele, o cheiro do corpo, o macio das mãos. Depois, veio o silêncio. A noite estrelada, falando pelos seus bichos invisíveis, a escuridão de tudo. O marido bebia na sala de jantar. O pobre que a amava se consumia no álcool. E o seu deserto foi crescendo.

Nô parara de cantar. Vira que era em vão, que ela fugira dele de vez. E parara. Secara a sua paixão. Ah! como não devia estar ansioso por ela, voraz, com aqueles dentes de tigre, aquela boca faminta, aquela mão de veludo esperando por ela... Calara-se, perdera a esperança. Talvez que no outro dia se botasse para longe, fosse à procura do seu navio. Cantara para se despedir. Viera somente dizer o seu adeus com as cantigas que sabia que ela amava. Perdera a sua vida. Agora era o deserto contínuo, o areal, as ventanias incessantes, o silêncio mortal.

Ouviu depois o canto se repetindo. Nô voltava. Vinha outra vez chorando, com o seu pedido, o chamado gostoso: "Vem, Edna, minha branca, vem, minha branca do coração; vamos juntos para longe, para o fim do mundo... Vem, que eu te levo nos meus braços. Vem, que eu te darei o meu coração, os meus cantos, a minha alma".

O canto doce, na noite estrelada. A brisa macia passando pelo corpo como um agrado de Deus. E ela ali, só, esmagada pela escuridão, de pernas e braços presos em ferros. O marido bebendo, a velha Benta no seu quarto, e o deserto crescendo. A saudade de Nô vinha morrer a seus pés. Voltara ele outra vez para chorar, pedir, implorar. Um desejo violento de tê-lo se apoderava dela. Uma vontade de louca. Era a carne, eram os sentidos em tumulto que se exasperavam. Não podia resistir, ficar ali por mais tempo. Teria que procurar o seu Nô, o homem moreno que lhe dava tudo, que lhe enchia a vida. Parara a cantiga, mas ele ficara ali a dois passos dela, chorando. Por que não ia, por que não fugia, não se danava atrás dele? Perto dela sentia que Carlos estava parado, olhando para a noite, do alpendre. E ele falou para a mulher:

— Estás escutando o negro cantar?

Edna não respondeu.

— Estás escutando o negro cantar? Vai para ele, nasceste para ele...

Edna levantou-se e foi andando para o quarto. Estava com medo do marido embriagado.

— Manda chamar o negro! Bota o teu amante na cama...

O marido vinha atrás dela. E, quando quis trancar a porta do quarto, ele já estava lá dentro.

— Todos aqui têm te visto com ele na praia.

Calada, Edna fazia um esforço enorme para resistir à raiva que lhe viera daquele bruto.

— Por que não falas? Fugias de mim. Eu devia ter te deixado com os porcos de teu pai. Nasceste para porcos.

E foi se chegando mais para perto dela. Já sentia o hálito de bêbado.

— Ouviste? Nasceste para os porcos. Ouviste?

E empurrou-a para cima da cama. Edna resistiu, quis levantar-se, e ele, então, furioso, fora de si, gritava para ela:

— Vai para os porcos, cínica.

E meteu-lhe a mão na cara.

Edna tombou com o choque, procurou levantar-se da cama, mas outra bofetada a deixou tonta. E o marido por cima dela. Sentiu a barba crescida cortando-lhe o rosto. E ele rugindo em cima dela com uma fúria de animal. Sentiu o peso do seu corpo, o hálito imundo, os extremos da besta humana se saciando. Lama pelo seu corpo. A água porca das sarjetas, tudo isso se derramava por cima dela. O seu rosto queimava, com as faces doídas, a cabeça como se estivesse fofa. Apanhara. Não tivera força para resistir ao marido. E agora ele estava ali, a seu lado, roncando. Teve ódio, um ódio de morte. Poderia matá-lo e não sofrer remorsos. Pensou em matá-lo. Pelo seu corpo ele deixara toda a imundície da terra. Podia matá-lo friamente. E como se já tivesse cometido o crime, fugiu do quarto com pavor. Aquele corpo estendido, aquela massa de carne fazia-lhe mal.

Foi para o banheiro, esfregou-se duas, três vezes, com sabão cheiroso. A água doce caía-lhe pelo corpo, mas não lavava. Havia-se entranhado na sua carne aquele hálito nojento. Veio-lhe medo de ficar ali. Lá fora era noite. Apavorou-se. Que lhe aconteceria depois? O marido dera nela, fora espancada e, pior do que espancada, possuída por ele. Fora roubada. Lembrava-se do seu casamento, do padre católico: casada para sempre, marido e mulher para sempre. A eternidade, o nojo eterno de um homem que dormia, bêbado, de barba grande. Estava lá na cama o homem que devia ser o seu marido eterno. Com ele teria que viver o resto dos seus dias. O melhor era ficar ali no banheiro, trancada, e esperar que chegasse a madrugada. Cair no mar e deixar que o mar lavasse o seu corpo. Só ele, Nô, só o mar e Nô poderiam dar jeito ao seu corpo, batido, espancado, sujo.

Ouviu então que sinhá Benta batia na porta do banheiro. Ficou feliz com a companhia da velha. Ouvira a patroa chamando e viera ver o que era. Abriu a porta para a mestiça velha e abraçou-se com ela chorando. Queria ir dormir com ela no quarto. Teve vontade de contar tudo, de abrir-se em confissão no quarto apertado da criada. Mas calou-se.

A pobre deu-lhe a cama, a pequena cama de vento, e deitou-se no chão, numa esteira. Resistiu ao oferecimento. Mas não dormiu. A velha não dormia também. A madrugada custou a chegar. Depois veio vindo devagarinho, clareando as telhas, entrando por debaixo da porta. Levantou-se para vê-la, desejando sentir o hálito fresco da madrugada, receber vento frio no rosto ferido. Sinhá Benta saiu com ela. Vinha um clarão rompendo a barra, o vermelhão sangrando pelas nuvens arrumadas num canto só. Era o sol que saía do mar. As ondas dançavam, e ele botava a cabeça de fora, ensanguentado como gente nascendo.

Ficou com a velha Benta olhando o mundo que se refazia. Lá embaixo, os homens preparavam a jangada para o mar alto. Os homens despertavam para o trabalho, e as suas mulheres preparavam café. Nô dormira e teria sonhado com ela. Mandara-lhe um canto de amor na noite escura.

E o sol clareava tudo, brilhando em cima do mar verde, subindo de novo para a terra. As velas brancas se abriam. Aqueles homens eram felizes. Levavam os seus barcos humildes e belos para a matança dos peixes.

Sinhá Benta, muda, não lhe dizia nada. Carlos já estaria acordado, esperando o café. Edna mandou que a velha fosse atendê-lo, e ficou só. Donde estava via muito bem a casa de palha de Nô. Morava ali, dormiria ali, com os pais miseráveis e aquela velha horrível, seca e dura como a velha Elba. Amava-o, e não tinha coragem de chegar-se para ele e dizer-lhe aos gritos: "Vamos, sou tua, meu corpo é teu, a minha alma te pertence". Tivera medo por causa da desgraça do marido, e sofrera naquela noite nas mãos dele. Apanhara. Merecia tudo. Era uma mulher sem vontade, sem forças para ser o que desejava ser. Entregara-se a Nô porque o amara mais do que tudo. E se ele viesse chamá-la, fugiria. Vira o marido no pranto e tivera pena. Escapara do amor para ser boa, corrigir o erro, e o marido a insultara, julgando-se com o direito de espancá-la, pôr-se por cima dela como o seu dono. Nô a chamava com os seus cantos tristes. Era o chamado da terra, do mar, do verde das coisas, do sol quente. Através de grades de ferro ouviria chamarem por ela. Tinha os pés presos, as mãos algemadas. E o marido a esperava para deitar ao seu lado como um porco.

Agora via o dia em plena grandeza. Viera da noite, belo, capaz de dar o que tinha de seu – o dia de verão do Riacho Doce, oferecendo vida às coisas, com o seu mar verde, suas folhas verdes, o seu céu azul. Teve vontade de cair no mar, e foi descendo para a praia. As jangadas já haviam partido. A areia espelhava na maré baixa, com o mar roncando na vazante. Conchas cobriam o chão duro, e caravelas mortas, verdes, vermelhas, enfeitavam a praia como flores de carne.

Sentiu o frio nos pés descalços, e foi andando. Quando se afastou mais, correu, correu com o vento nos seus cabelos desgrenhados. Já estava longe, já passara pelo Garça Torta, de que a maré alta da noite entupira a boca. O riacho estaria lá em cima, preso, amordaçado, sem força para romper o dique de areia que a maré largara na sua boca.

Foi mais além, correu para longe. A Ponta Verde entrava no mar com a cabeleira dos seus coqueiros. Agora estava ali, sozinha, sem o olhar de ninguém, sem a presença de ser humano algum. Estava protegida pelo silêncio e a solidão, que como dois muros enormes a separavam da humanidade. Só, estava só, sem Carlos, sem o mundo, sem a velha Elba, a velha Aninha, mas faltava-lhe Nô. Ali pertinho estava a moita de guajirus, onde se despira pela primeira vez. Não se conteve: arrancou o vestido. O marido havia-se espojado em cima dela. Arrancou o vestido do corpo, e o sol vestiu-a de luz – o corpo encardido, os seios duros, as coxas alvas. Caiu n'água. E voltou para a areia, deixando-se ficar quieta, de olhos fechados, com o sol no rosto e as ondas nos pés. O mar roncava e os arrecifes descobertos espelhavam. Tudo aquilo era seu, era dona de tudo, do silêncio, da solidão. Só lhe faltava Nô. Demorou assim mais de uma hora, estendida, nua, como uma sereia que houvesse dado na praia. Depois caiu outra vez na água.

7

Estavam ali a sonda, as instalações para a perfuração do petróleo. Dois anos de trabalho, de interrupções por falta de material, e indícios os mais sérios da existência do óleo cobiçado. Viera com a cabeça cheia de planos, de iniciativas. Fizera o que fora possível. A princípio tudo correra bem. Não lhe faltava numerário, existia dinheiro para o preparo e subsistência da sonda. Os homens queriam que desse à força o que só o tempo e o trabalho poderiam trazer. Queriam a realidade completa, que ele fosse capaz de, de uma hora para outra, fazer surgir petróleo. E foram aos poucos perdendo a fé na sua capacidade. Só o dr. Silva sabia o que ele estava fazendo. Este era o homem com o problema na cabeça, com a paixão da coisa. Cheio de um entusiasmo que o conduzira até a ruína.

Dois anos de vida de negro, cavando a terra, furando dia e noite; de ansiedade, de segura confiança e decepções cruéis. Pior que o mistério da terra fora a desgraça de casa. Trouxera a mulher para uma terra que devia conduzi-la ao equilíbrio. Todos os médicos lhe diziam confiantes:

— Procure um país de clima temperado, uma terra de sol, onde ela não se sinta entregue à melancolia dos invernos demorados. A sua mulher precisa de primavera, de verão, de calor.

Trouxe-a para ali. É verdade que não viera somente por causa de Edna: tinha também a ambição de criar fortuna, ser um dos grandes do seu país, voltar à Suécia com notícias nos jornais, retrato, com pose de grande industrial, uma força na alta indústria. Sonhou com a América, e a saúde da mulher completara os seus planos. Meses e meses naquela exploração, ganhando o que dava somente para o equilíbrio de sua vida, e aos poucos tudo foi ficando daquele jeito. Tudo foi caindo aos pedaços. A mulher fugia dele. Sentira nela uns impulsos de revolta que ela disfarçava. Sentiu aquilo como um fracasso que não esperara. A Edna que conhecera desde pequena, bela, de tranças louras, a Edna de sua paixão de menino, de seus sonhos de adolescente, casara-se com ele e não o amava. Ao contrário, fugia de seu marido. Podia ser a melancolia que já uma vez a levara sem motivo nenhum a tentar contra a vida. Passaria. Ficaria boa daquilo.

Tivera com ela dias felizes, aquelas manhãs de domingo na praia; deitavam-se com o sol e o mar ao lado deles. Edna feliz, ele feliz. Passava por cima deles o avião da carreira, roncando, com as asas de prata espelhando. Tivera a sensação do amor de Edna naqueles instantes. Era feliz, era homem de verdade. Depois foi sentindo que ela lhe fugia outra vez. E desde aquele dia que Edna foi desaparecendo.

    O amigo de Maceió botara-o no uísque. Ali só mesmo o álcool daria força para aquela vida. A mulher voltara àquela tristeza infeliz. Pensou que fosse a terra, mas não era. Ela vivia na praia, queimada do sol. Passava horas no mar gozando a natureza com todo o corpo. Aquela tristeza era só com ele. Toda aquela indisposição era com ele. Reparava na hora do almoço. Estava ao seu lado ou comia na sua frente com aquela cara, aquele ar de indiferença de quem se sentia arrependida. Chegava para jantar e a encontrava na mesma posição. Descia para a praia com a criada nas noites de lua. Convidava-o. A princípio fora. Depois compreendeu que ela gostava mais de ficar sozinha. Aquela lua, aquela beleza da noite, ela não queria gozar ao seu lado. E deixara de ir. Ficava ouvindo rádio, sentindo o mundo, procurando contato com outros. Era, na verdade, um homem feliz.

    No entanto, tudo nele era para que fosse feliz. Moço, sadio, senhor de sua profissão, casado com uma mulher bonita, sem paixões violentas, sem ambições de louco. Tudo o que queria, outros em iguais condições haviam conquistado.

    A mulher ficava na praia até alta noite. Deixava-o sozinho, como se ele não existisse. Ela tinha-lhe ódio. Disto estava quase seguro.

    E o uísque foi-lhe dando força para as suas fraquezas. Nunca tivera satisfação em beber. E agora aquilo vinha-lhe como uma necessidade de vida. Chegava em casa com um desejo violento, a ânsia de uma coisa que lhe faltava. Bebia os primeiros goles, e a calma chegava, os nervos se continham. Então ligava o rádio para as estações alemãs, escutava horas seguidas as orquestras sinfônicas. Tinha no coração a saudade de sua terra, os dias de neve, a tristeza de tudo que era para ele mais vivo, mais doce que toda aquela alegria de um sol violento. Tudo, porém, estaria bem, tudo correria às mil maravilhas se a mulher não fugisse dele. Que existia em seu corpo, na sua vida, que dera a Edna aquela aversão, aquela raiva, em relação a ele, que era – disto tinha certeza – um marido bom? Examinava-se. Chegara àquelas conclusões. Era capaz de ser um grande amor contrariado de sua mulher. Mas por quem? Em menina, em moça, nunca falaram de namorado seu. Seria por Saul? E aqueles passeios, os concertos juntos, poderiam ter sido pretextos de namorado? Mas não era. Saul fora para Edna como um irmão. Mulher e homem que se amam deixam a perceber o primeiro contato. Não. Aquilo de Edna não era amor contrariado. Doença é que podia ser – aquela melancolia e as tristezas de Estocolmo. Via-a, no entanto, tão cheia de entusiasmo com a terra! Dera para as pescarias. Vivia no mar embriagada com a terra. Era feliz. E aquela felicidade da mulher preocupava o marido.

Uma noite não se conteve. Lembrava-se de tudo como de um pesadelo. Estava escrevendo na sala de jantar, e a mulher no quarto, dormindo. E viera-lhe então uma vontade desesperada, um desejo de tê-la como nos primeiros dias, naquelas manhãs felizes de domingo. Tinha bebido muito. Sentia-se com força para vencer todos os seus receios. E foi para Edna. A mulher recebeu-o com nojo, com verdadeiro nojo. Teve ímpeto de espancá-la. E possuiu-a como se possuísse uma inimiga – cruel, duro, monstruoso com ela. Dormiu profundamente após o ato miserável.

De manhã não quis olhar-lhe a cara. Viera-lhe também uma espécie de raiva de tudo que era de Edna. Aquele silêncio, aquela paz que ela refletia, aquele jeito de se dirigir a ele, a sua indiferença, toda a sua alegria para as coisas da terra, o tratamento que ela dava a uma empregada mestiça – tudo lhe fazia mal.

Desde a noite de seu violento contato com ela que Edna passara a ser para ele uma inimiga, um ser que o exasperava. Bebia, bebia todas as noites. Vinha para casa com os sentidos embotados, e a paz que lhe dava o uísque era a única paz que existia. Beber de noite, ir para a cama e cair lá como uma pedra! Se tivesse coragem, degolaria aquela mulher distante e fria que dormia a seu lado. Um monstro de perversidade. Mas o uísque o animava até o outro dia.

Foi ficando sem vontade de ver as coisas, deixava a barba crescer, e aos sábados, quando o amigo chegava de Maceió, com a mulher, sentia até vontade de que ele fosse embora. Queria estar só, botando o rádio, escutando mensagem de longe. O aparelho ficava horas e horas pegando transmissão de radiotelegrafia, de que ele não entendia nada; mas deixava aquele bater, aquele chiado contínuo, como se compreendesse tudo. O silêncio da casa, o ressonar lento da mulher davam-lhe ódio. Bebia mais, tudo que ganhava ia na bebida. Era a única coisa que o podia reter na vida. No trabalho a cabeça pesava, o corpo ressentia-se do álcool violento. Mas dava de si o que podia. O que estava nas suas forças fazer, fazia. E nada saía que enchesse as ambições do sócio do dr. Silva.

Chegavam, às vezes, para falar com ele com ar de quem reclamava uma incapacidade de sua parte. Não saía nada, os acionistas estavam esperando uma notícia boa, e era aquele ramerrão, aquela mesma coisa de todos os dias. O dr. Silva tentava explicar. Aquilo não era tesouro escondido que se descobrisse por acaso. Precisavam de trabalho, paciência e dinheiro. Mas os homens queriam as provas de petróleo, queriam levar amostras para os agentes. Uma ocasião negara-se a assinar uma espécie de manifesto onde se dizia que o petróleo jorraria em pouco tempo. O dr. Silva ficou com ele. Aquilo era uma coisa mais séria do que eles podiam imaginar. Só o trabalho constante, a firmeza, a segurança produziria alguma coisa. E ficou com nojo do trabalho. Ia de manhã para ele como se fosse para a cama da sua mulher.

Deu para beber também durante o dia. Só o uísque lhe oferecia coragem para resistir a tanta miséria. Os coqueiros cercavam a exploração. Viviam ali como no meio de uma floresta sem bicho, sem os perigos da selva. Corria sempre uma viração camarada. As máquinas faziam barulho no jardim tropical. Trabalhava, tomava nota, examinava a terra, as pedras, as águas, as areias que a sonda botava para fora. Cansara-se de tanta monotonia. Só mesmo o uísque teria capacidade de mantê-lo ali sem desespero. Os homens que o cercavam eram aquelas bestas, aquelas pobres criaturas inconscientes, uma humanidade que ele sentia igual aos bichos. Às vezes tinha inveja deles. Via as mulheres trazendo para os trabalhadores a comida mesquinha. Via-as sujas, feias, e invejava os maridos, pobres bestas inconscientes. Mas tinham mulher, tinham filhos magros e doentes que eles amavam. Só o uísque era capaz de dar-lhe ânimo para fugir dessas fraquezas.

Deixara de escrever para os seus. Cansara de mentir, de falar de felicidade, de Edna boa, da grande vida que era a deles. Cansara-se de iludir a sua mãe, que adorava. "Carlos, por que vais te casar com aquela menina? Tu não soubeste o que ela fez?" Amava-a, e o amor trouxera-o para ali. Debaixo daqueles coqueiros estava o homem que imaginara uma vida grande, um lar feliz, uma mulher que o amasse. O amor o trouxera para aquela degradação. Lembrava-se, como de uma bofetada na cara, do dia em que o dr. Silva o chamou à parte:

— Doutor, eu não queria lhe falar. Pensei muito, mas como a minha mulher está para voltar, resolvi então lhe prevenir. É a respeito da sua mulher: Eu não digo, não afirmo coisa nenhuma, mas o senhor sabe, nós estamos numa sociedade muito pequena. Fui saber disto em Maceió. Não pense o senhor que eu estou a admoestá-lo. Mas a minha mulher chega aí e eu não posso permitir que ela mantenha as mesmas relações com a sua senhora. O senhor sabe, falam muito. Ela anda aí pela praia na companhia de um vagabundo. Um embarcadiço que vive de cantorias. Não é direito.

Calou-se para o chefe. Era o que lhe faltava, a sua mulher entregue a um negro. Aquilo foi quase na hora dele ir para casa. Não tinha coragem de encontrar Edna, saber que ela se juntara com um homem de outra cor. Uma miséria, uma branca, uma mulher de cabelos louros, de olhos azuis, juntando-se, amando um escuro, um homem de cor!

Quando chegou em casa não teve coragem de falar. Bebeu muito nessa noite, e já era tarde quando foi para a cama. Para ele aquele corpo fedia. Um corpo estendido ali perto dele. Uma mulher que fora sua, se juntara, se dera a um preto da terra. Teve nojo de Edna. Veio-lhe uma vontade desesperada de sacudi-la para longe. O álcool pesava-lhe na cabeça, as artérias batiam forte, o coração em desespero. Mulher suja, podre, entregue aos bichos da terra, de sexo apodrecido, de alma nojenta. Podia matá-la, estrangular aquele pescoço, sufocá-la, deixar que fosse apodrecer longe dele, embaixo da terra. Mas veio-lhe, como um clarão, na cabeça pesada, a imagem da mãe: "Carlos, dizem os dez mandamentos da lei de Deus: ama o teu próximo como a ti mesmo; reza, menino, reza, menino, a ave-maria. Ave-Maria, cheia de graça..."

A mulher se mexeu para um canto da cama. Os cabelos soltos como os cabelos da Mãe de Deus. Deus não deixaria. Não podia matar, não podia tocar no seu corpo. "Carlos", era a voz de sua mãe, a doce mãe da Suécia, que ele via nas formas de Edna, a sua própria mãe amantíssima. Virou para o outro lado e chorou, chorou com um chorar de bêbado infeliz. E depois veio aquele escândalo da velha dentro da sua casa.

O dr. Silva no outro dia o chamou e foi áspero, dizendo-lhe que ele devia tomar uma atitude de homem. Aquele homem de olhos verdes, mestiço, dando-lhe uma lição de comportamento! O seu chefe achava que ele devia tomar uma atitude qualquer. Chorara na véspera, e a sua mulher ouvira. Não pudera se conter: estourara a dor na frente dela. Sentiu as carícias de suas mãos, as mãos de Edna pelos seus cabelos, e aquilo lhe fora doce, como se sobre feridas derramassem bálsamos. Mas foi de minutos aquela satisfação. A mulher deveria continuar a mesma, a mesma Edna longe de tudo que era seu. Uma carne que se diluíra na lama. Deus devia castigá-lo.

Foi assim até aquela noite horrível de sua vida, a pior de todas as noites. Não podia mais suportar. Todos o olhavam como um pobre-diabo. Até os miseráveis trabalhadores que tinham mulheres deviam julgá-lo um degradado. Bebia, andava de barba grande, e a sua mulher, uma branca, que era sua, entregava-se a um preto vagabundo. Uma vergonha de sua raça. Teria que agir. Mas só matando-a. Tinha horror de pensar naquilo, de imaginar um ser morto pelas suas mãos. Deus o livrasse. Melhor seria morrer. Mas o uísque chegava para tudo – dava-lhe conselhos, entontecia-lhe os nervos, acalmava as suas iras. Chegara em casa. E encontrou a mulher na cadeira do alpendre, estirada, imóvel, com a escuridão da noite lá fora. Jantou e ficou para um canto. Foi quando começou a ouvir aquele canto de selvagem, aquele gemer de criatura inferior, um gemer de animal sofrendo. E ela ouvindo aquilo. De ouvidos abertos para aquela miséria. Estava ali perto da vitrola, os discos finos, a música de gente. E ela entorpecida ouvindo um vagabundo em lamúrias. Mulher infame. Levantou-se e foi para ela com vontade de quebrar os ossos, de pisar por cima daquele corpo imundo. Fugiu para dentro do quarto. Falou-lhe. Ela quis reagir, e ele espancou-a violentamente. E o desejo brutal o tomou inteiro. Possuiu-a como se estivesse matando-a ferozmente.

Depois de tudo aquilo dormiu. Tinha saído de uma batalha com o demônio. Fora a pior noite de sua vida. E agora era aquilo. Aquele beber sem conta afogando uma mágoa que não se afogava, que tomava pé em sua alma. Os recursos da exploração diminuíam. Faltava cano para o revestimento. Via o desespero do dr. Silva, e se conformava com a sua desgraça. Não era ele só o desesperado dali. Vinha faltando dinheiro para as menores coisas. Um dia aquilo tudo pararia. Tudo se acabaria – ele, Edna, as esperanças do povo. Agora a mulher dera para voltar aos banhos de mar. Voltara ao negro. Tudo se acabaria um dia. Tanto que ouvira falar nos vulcões, que estouravam nos trópicos, nas bocas de fogo que se abriam para comer tudo, para devorar tudo! Comeriam ele, Edna, as terras verdes, todo aquele mundo execrável. Sempre as mesmas noites, os mesmos dias. Lá estava ela estendida naquela cadeira, olhando a lua branca com um prazer miserável. Toda aquela natureza venal, aqueles coqueiros farfalhantes, a brancura da noite, que parecia fazer amor por todos os lados. Era uma Edna luxuriosa, infame, estendida perto dele, pensando num preto que cantava.

Tudo o que aquela terra tinha agradava-lhe, dava-lhe alegria, enchia-lhe o corpo. Mas um dia aquilo tudo se acabaria. Ele e todos se acabariam num minuto. Bastava que uma boca de fogo, de lavas, viesse cobrir tudo. Os coqueiros não cantariam mais ao vento, aquele mar verde não banharia mais o corpo de Edna, aquele negro não cantaria mais os cantos de tristeza. Bebia. A mulher olhava a noite, e ele bebia, até que o corpo pesado procurasse a cama. A mulher já estava estendida. O diabo dormiria ao seu lado.

8

Desde a noite da luta com a velha Aninha que Nô fazia tudo que estava nas suas forças para fugir de Edna. A princípio sofreu o diabo com a separação. A velha, dentro de casa, espionava-o. Ficava na porta olhando o tempo, e o que olhava era a direção que Nô tomava na praia. De longe via Edna. Passava pela estrada só para ver a sua branca e dera para cantar outra vez. A velha Aninha ficava uma cobra com as suas cantorias. Naquela noite de escuridão não se contivera. Estava de coração sangrando como um açude cheio. O amor enchia a alma, as dores borbulhavam. Pegou do pinho e cantou aquelas coisas de que ele sabia que a branca gostava. Cantou como há muito não fazia. Abriu-se todo. A velha Aninha, do seu quarto, resmungava. O pai e a mãe, para um lado, nada diziam. Ouviriam também e teriam pena do filho sofredor.

Lá para as tantas a velha falou alto, para que todos ouvissem bem o que ela queria dizer. Aquilo era coisa de preguiçoso, ocupação de gente sem-vergonha. Cantar para quê?

Para que aquele cantar de coisa sem proveito? Não poderia agradar a Deus, era tudo combinação do diabo.

Nô estava no terreiro e não ouvia a falação da avó. A sua branca precisava saber que ele estava ali perto, disposto ao amor. Era só ela querer. Mas não descia mais para a praia. Ficara de longe, esquecida dele, de suas carícias, de seu amor. Se ela viesse, a velha Aninha de nada saberia. Era só Edna querer.

A escuridão da noite enchia o Riacho Doce com os seus mistérios. Amar, ele continuava a amar. A velha o fizera tremer de medo naquela noite. Ficara abobado como se alguém tivesse roubado toda a sua energia. Os santos da velha o haviam reduzido a um trapo. Levou uns oito dias assim, meio leso, meio sem noção das coisas. Era que a velha continuava com todos os seus poderes. Edna se escondera, e ele mesmo no princípio nem tinha vontade de estar com ela. Aos poucos, porém, foi tudo voltando, foi sentindo falta da branca.

Estava ali o mar de seus amores, as águas verdes, a areia branca de sua cama. E nada dela aparecer, de correr por ali, de nadar, entrando de mar adentro nos passeios de jangada. Estivera cantando, quisera que o seu canto de gajeiro fosse estremecer e sacudir o seu coração. Não podia mais suportar a vigilância da velha. Poderia ir-se embora. Não era menino. Edna ficava. Ela estava lá em cima. Só em lembrar-se da figura da branca vinha-lhe um certo consolo. Dia viria em que tudo se resolveria bem, tudo voltaria ao que era. E teria a sua branca nos braços. Teria mesmo? Cantaria todas as noites. A velha poderia dizer que era muamba do diabo, e resmungar lá para dentro. Cantaria, até que Edna descesse para o mar e se lembrasse dele. Havia-se esquecido. Fora apenas um brinquedo em suas mãos.

Mas viu-a descer para o mar. Quando acordou, chegou à porta de casa e avistou a branca lá embaixo, na praia. Quis descer também, correr atrás dela, porém faltou-lhe coragem. Podia ser que a branca não quisesse saber dele e se zangasse com a sua ousadia. Fora sua, e não era mais. Ficou assim na beira da praia, até quando, com o sol alto, a viu voltando para casa. Escondeu-se para que ela não o visse na espreita. Virara um bobo, um ser fraco, uma criatura perdida. Estava como Neco de Lourenço, com medo da mulher. Desde o dia da sereia que aquele homem forte ficara com medo de ficar perto de mulher. Estava assim também. Estava com medo da branca. Só de longe sabia dizer-lhe as coisas; nas suas cantigas botava toda a sua alma. Tinha sido a força da velha Aninha. Era o corpo fechado outra vez. Mas amava-a, tinha necessidade de ter a branca para ser um homem completo, e lhe faltava coragem. Tremera nos pés da avó com medo da maldição. Teria sido a oração, aqueles gritos da velha, aquela latomia de quem manobrava com as coisas de Deus? E a branca parece que o abandonara, fugira, se trancara, não o procurava mais.

 A velha Benta deixara de vir conversar lá embaixo na praia. Era só da casa-grande. Só descia mesmo nas horas da jangada: comprava o peixe, dava duas palavras com os pescadores e ia-se embora. Muitas vezes tivera vontade de procurar a velha Benta e perguntar pela patroa. Tinha medo. Quando a via, era como se um pedaço de Edna estivesse com a velha.

 Lá um dia, porém, viu Edna descer para a praia. Ficou tonto, sem saber o que fizesse. A velha Aninha estava na almofada. Ele ficou na porta, voltou para a rede, levantou-se, olhou o mar. Faltava-lhe qualquer coisa. Tremia, vacilava. A velha não olhava, entretida na renda:

 — Por que tu não foste com o teu pai para o alto, menino? Essa vida que tu levas é capaz de bulir com a tua cabeça. Onde já se viu um homem com essa vida?

Deu uma desculpa à velha. E a vontade de fugir dali o tentava. O dia parecia de encomenda. Céu azul luzindo, a maré meã, a terra bonita. Ela se fora para lá, para as bandas de Jacarecica, onde o mar dava uma curva na areia, onde tantas vezes estiveram juntos. Não havia ninguém nas caiçaras. As jangadas haviam saído quase todas para as pescarias. O nordeste devia ter trazido cardume do norte. Nem um ente humano olhando aquela beleza.

Os bilros estalavam, e a mãe na cozinha pisava milho no pilão. A branca descera para a praia e chamara por ele. Estaria doida para que ele descesse, viesse atrás dela, para a grande vida de outrora. Foi descendo para a praia. Desceu devagar, como se experimentasse o caminho, olhando para trás, igual a um ladrão preparando o bote. E quando se viu só, sem ninguém olhando, correu, até que avistou a mulher parada, a uns três metros dele, virada para o mar. Parou com medo, quis se esconder, mas só havia ali o mar, a extensão da praia. Nem uma moita de guajiru por perto. E não podia retroceder. A branca não estaria com ódio dele. Foi andando. E Edna, de tão entretida com o mar, não o viu chegando. Pelo corpo de Nô descia suor frio. Aquilo era uma desgraça: estava com medo dela. Fora dono de Edna, e agora parecia menino. Era a força dela.

— Nô – gritou-lhe Edna, como se uma aparição tivesse surgido.

E estendeu-lhe a mão, com os olhos azuis marejados de lágrimas. Chegou-se para ele, entregou-se. Sentiu-a no seu corpo: era a sua branca, inteira, viva, nos seus braços, toda sua outra vez. Beijou-a na boca. Foram andando. O bento pesava--lhe no pescoço. A princípio quis pensar noutra coisa, mas aquilo era verdade: o bento pesava-lhe no pescoço.

Foram além do Jacarecica. Era ali onde ficavam a sós, nus, no amor mais doido deste mundo. Edna parou. Toda ela vibrava, tinha os olhos iluminados, a alma acesa, o corpo faminto. E Nô, ao seu lado, calado. Era o seu Nô, de instinto pronto, de amor intenso, o homem que a queria, que a devorava. Era o "negro" de Carlos, o sangue escuro que ela desejava que se derramasse no seu e fosse para as suas veias, correndo no seu corpo.

Nô, calado, junto dela. O grito da velha Aninha estava ainda nos seus ouvidos: "Diabo, tinhoso, cão, vai para as profundas dos infernos, com o sangue de Cristo, com as lágrimas da Virgem". Chegou-se mais para perto de Edna, como para se defender do inimigo ameaçador. Era a carne macia, rosada, de sua branca. Era a sua vida inteira que estava ali. O bento pesava no pescoço, como as garras de sua avó ameaçando estrangulá-lo. E a branca a seu lado, pegada a ele, calada, sua, da cabeça aos pés. Edna tinha a boca como uma romã aberta, uma boca de carne vermelha, doce boca que o beijava com fúria. Tinha os ombros como de seda, umas coxas cor-de-rosa. Ela cheirava, era boa, era sua. Reparou nisso tudo como se nunca tivesse visto, e o bento do seu pescoço se ligava à carne de Edna. "Cão, tinhoso, sangue de Cristo..." Deus do céu o olhava lá de cima, com o olho seco de sua avó. Olho de coruja, olho de agouro.

Aí, Edna se estendeu na areia. O mar vinha beijar-lhe os pés com a espuma branca. Nô foi sentindo aquela fome desesperada. No seu pescoço estava a oração forte da avó. Mas o corpo foi crescendo, crescendo, a vontade diminuindo, o medo fugindo. O homem, o Nô vigoroso, forte, o Nô das noites de lua, do coração cheio de amor, foi chegando. Todo o seu corpo crescia, avolumava-se para o corpo branco e cheiroso de Edna.

E como se partisse uma cadeia de ferro dos braços, arrancou do pescoço o bento de pano, sacudindo-o para longe.

Cantava-lhe aos pés o mar verde de sua infância, chiava debaixo dele a areia úmida, e o céu era azul por cima. A Ponta Verde, as gaivotas que baixavam e subiam nos voos adoidados, teriam visto o amor mais livre deste mundo.

Depois nadaram, foram para bem longe. Ele gritando, sacudindo água, abraçando-se com Edna. Boiando os dois com o sol no rosto, os dois nus, expostos à vida como Deus os fizera. Feliz era Nô, feliz era Edna. As coisas de Deus eram deles. Deles era o mar, com o seu verde, as suas espumas, as suas ondas. Deles o céu azul, com as nuvens brancas, os coqueiros, o vento que soprava trazendo de longe cardumes de peixe. Tinham amado e queriam amar ainda mais. A vida era aquilo.

De repente, porém, Nô estremeceu. Aquilo chegara como um calafrio de sezão. Pôs a mão pelo pescoço, e lembrou-se do bento. Tinha-o sacudido fora. E ficou frio, como atuado. Edna notou a transformação. Fora d'água, ele correu para a moita de guajiru. Lá estava em cima do vestido de Edna, como se tivesse sido sacudido de propósito, o bento sagrado, a oração de Deus. Puxou-o de lá com terror. A palavra de Deus em cima do vestido de Edna. Quis deixá-la ali sozinha e correr para casa. Conteve-se com esforço.

Foi outra vez para perto de sua branca. Uma coisa estava-lhe dizendo que ele desafiava as iras de Deus. Não era possível. Tudo aquilo era medo, restos de medo que terminaria vencendo. Ali, com a sua branca, devia ter coragem. Não tivera tanta coragem há pouco? Pensou em falar, contar-lhe tudo, pedir o seu auxílio. E teve vergonha de se mostrar assim incapaz, frágil como um menino. Mas ela descobriu o terror de Nô e falou para ele. Negou. Não era nada. Mas no fim não se conteve, e foi dizendo tudo. Estava amedrontado. A avó já lhe dissera que ele não podia mais desobedecer às vontades de Deus. E ele não pudera conter-se. Viera correndo atrás da branca, sonhava com ela. Cantava pensando nela. Vira a sua branca descendo para a praia, e viera atrás. E agora estava ali, aperreado com a certeza de que lhes aconteceria uma desgraça séria. A velha Aninha tinha boca de praga: era forte demais. Todos no Riacho Doce e pelos arredores respeitavam a velha, porque sabiam que ela era perigosa e tinha poderes. Casava, fazia e desfazia as coisas. E dera para ir de encontro ao amor de Nô, e dizer que Edna era uma obra do diabo.

Nô foi falando com a sua voz trêmula, confessando tudo, deixando que saísse dele o pavor que o tomara há pouco. Edna o escutava calada, com pena. Um homem daquele, uma potência humana, trêmulo como uma criança porque uma mulher, uma embusteira, fazia-lhe medo, tomava-lhe a vida, roubava e sugava as suas energias. E esse homem era o seu amor.

Foram andando para casa e pararam ainda longe das palhoças. Nô não queria que a velha os visse juntos. Ficaria furiosa se tal acontecesse. O sol estava queimando. E ele com vergonha de si mesmo. Foi Edna quem procurou uma saída para aquela situação. Não sabia o que lhe dizer. Em sua casa era o marido bêbado que a esperava, e ali o homem do seu coração, o Nô que lhe enchia a vida, a única grandeza de sua vida, abatido, espavorido, correndo de uma avó trôpega, de 80 anos, que falava do diabo e de Deus. Teve uma pena imensa de Nô. Quis falar e não sabia encontrar uma palavra que desse paz e tranquilidade. Há bem pouco tempo uma energia possante vinha dele, amando-a, nadando, estendendo-se na areia, como um homem absoluto, terno e doce, e agora era um pobre ser, uma criança pedindo ânimo. Coitado de Nô. Era ele como se fosse um seu filho, um filhinho aterrado com o papão em cima do telhado querendo comê-lo. Pegou em suas mãos frias.

Sentaram-se na areia um instante. Acariciou-o. Deitou a sua cabeça no colo e alisou-lhe os cabelos negros. Foi falando, falando como podia. Tudo aquilo de nada valia. Deus estava no céu, Deus estava tão longe que não ia se importar com os homens e as mulheres de cá de baixo. O que a velha contava era mentira, era coisa de louca. Tudo não passava de loucura. Ficasse quieto. Ele tinha coração para amar e a vida para viver. Deus lhe dera um corpo e uma alma para que vivesse. Deus não cuidava das coisas pequenas. O mundo não era da velha caduca.

Foi falando mais, foi dizendo tudo que lhe vinha à cabeça, com o pobre Nô escutando, como um menino de 4 anos, parando às vezes para saber a razão de uma coisa e indagar de outra. Depois Edna deixou de falar, e se fez um silêncio profundo em redor deles.

Uma pequenina vela de jangada aparecia no horizonte. Ficaram quietos um instante. Nô, estendido no chão, fora embalado pela voz da mulher que era sua. E Edna, como que separada do mundo, embevecida. Podia ficar o resto da vida assim. Podia passar o resto de seus dias naquele pedaço de praia, com aquela jangada que aparecia no fim do mar, aquele balançar de coqueiros, aquele gemer de ondas na areia; e o homem que era seu, de cabeça no seu colo, doce homem a quem ela dava coragem, contava histórias para que fugisse dos temores e das iras de Deus. Ali ficaria eternamente. Podia ficar eternamente e tudo por fora parar, ficarem os dois como os dois únicos seres do mundo.

Depois Nô levantou-se. Edna via que não era o mesmo homem. Dentro dele andava outra vez o medo, caminhava soturno por dentro dele o medo da avó. E deixou que ele se fosse. Viu-o andando sem firmeza, viu-o subir mais para longe, pela duna que ficava antes de sua casa. Não queria, sem dúvida, que a velha o visse chegando pela praia. Aquele homem medroso era o seu amor. Aquilo doeu-lhe. Tivera naquela manhã a grande vida, o sopro de felicidade máxima, entregara o corpo aos seus maiores prazeres. O homem e o mar tinham ficado donos dela. Lavara-se de tudo, e crescera outra vez até Deus. E de repente o homem era de outra, era um frágil papel que o vento sacudia. Deus o tinha tomado dos seus braços. Haveria mesmo esta força, este poder misterioso que arrastava o pobre do Nô da sua vida verdadeira? Deus era a voz da velha Elba na mesa, na hora da comida, voz rouca e dura. Deus era a velha Aninha, suja, tomando de seus braços a sua felicidade, o amor que era só seu. Sentiu assim uma sensação de amargor, de fel estourado na boca.

O sol estava a pino, implacável, luzindo no mar verde, espelhando nos arenitos. Um Deus de 80 anos, rabugento, ganancioso, vinha arrastá-la para o nada.

Caminhou para casa com aquele desapontamento. E, quando foi subindo da praia, estava na porta da palhoça, em pé, hirta, a velha Aninha, olhando para o mar. Era a dona de Nô. Não tinha força para destruí-la, e sentia que o amante, naquele instante da praia, se fora de lá de uma vez. Era uma presa da velha.

Em casa encontrou a sinhá Benta apreensiva. Cuidava que a patroa não vinha mais para o almoço. A pobre velha a amava – era o único coração de gente que batia por ela. Não comeu. Tinha no espaço de poucas horas atingido ao máximo do seu amor e caído também na mais triste certeza. Nô estava perdido. Ela não fora capaz de arrancar de sua cabeça o pavor de um castigo imaginário. Era uma infeliz criatura. Nunca mais que descesse sobre ela aquela energia humana. O bom Nô que a devorava, que a queria para ele, os braços que a apertavam com a fúria de um amor indomável, se foram. Fora-se Nô, cambaleando, indeciso, frágil, uma débil criatura, para o terror da velha Aninha. Nô se acabara. E era o seu fim também.

9

Nô debatia-se como um peixe fora d'água. O mar aos seus pés, a água de sua vida, de olhos abertos olhando para tudo e sem poder voltar para a água. O sol queimando, a areia quente e a morte chegando. Debatia-se. Todos os restos de sua vida empregava para se libertar. Como desejaria ele que uma onda crescesse, crescesse e viesse arrastá-lo outra vez para o seu mundo! E esta onda não vinha.

Lá em cima estava a branca, que era a sua vida. No dia em que a deixara sozinha na praia, viera com a morte trabalhando dentro de si. A velha Aninha adivinhava tudo e falava, e cada palavra que saía daquela boca era como prego que se cravasse no seu coração. Perdera a branca, perdera a vida. De noite não dormia, pensando. Ouvia a velha na reza que não parava, ouvia o pai roncando até de madrugada. Deu para sair com o velho nas pescarias, e a solidão do mar, dia e noite soltos no mar, o torturava ainda mais. Ficara triste, sem dar uma palavra.

O pai Juca falava. Sabia, sem dúvida, que o filho sofria, sabia o que era sofrimento de amor. Lembrava-se daquele rapaz que a Chica matara, o que fora cair no mar na Ponta Verde. E o seu filho caminhava para isto. Falava para entretê-lo. Enquanto esperava o peixe, enquanto com a linha estendida aguardava a presa, o velho Juca contava para o filho as suas histórias de pescador. Mas Nô não ouvia, não ouvia nada. O bento do pescoço era uma advertência constante. Era a mão de Deus o apalpando.

Abandonou as pescarias e foi para a caiçara ouvir os pescadores. José Divina, Neco de Lourenço, todos os outros falavam, e ele não ouvia nada. O mar de novembro, verde, as manhãs soberbas, as tardes tristonhas, e ele sem olho e sem ouvido, sem alma para as coisas. Lá em cima estava a sua branca, lá embaixo a voz de Deus, o castigo de Deus esperando por ele. O velho Eleutério viera chamá-lo para a chegança: o lugar dele estava lá, ninguém podia tomar a sua parte, e só ele sabia falar como piloto de verdade.

Foi aos ensaios, queria fazer alguma coisa, ser um homem, e dentro dele era tudo oco, vazio: um pau-d'arco verde – por fora de galhos viçosos, e por dentro o cupim fazendo buraco, roendo a carne. Andava pela praia, indo geralmente para o lado oposto ao Jacarecica, para as bandas da Saúde. Não via nada, não sentia nada. Era o corpo fechado outra vez. Aí é que estava a sua desgraça. Tinha aberto o corpo, deixado que entrasse nele a vida, e depois a velha aparecera para fechá-lo. Tinha sabido que havia o amor, e agora tinha que fugir do amor. Não era que ele quisesse. Pela sua vontade correria da velha e iria cair nos braços de Edna, iria correr o mundo com ela. Pensava naquilo um minuto, um instante, só. E logo chegava o medo, o pavor, o castigo que ele não sabia como era e o abafava, o torturava como a um negro cativo.

Pensou em fugir, e não teve coragem. Fugir, pegar um navio qualquer e ganhar o mundo. Mas lá em cima estava uma mulher, uma coisa que o prendia. Lá dentro de casa – a avó, aquele santuário, aquelas velas acesas. O cheiro do espermacete queimado o atormentava. Era o cheiro de defunto. E aquilo era todas as noites, a velha Aninha na reza batendo nos peitos. Às vezes ela rezava alto, tão alto que se ouvia de fora de casa. Gritava para Deus, gritava para os santos, e depois a voz era de quem sofria, de quem recebia um castigo severo, e uma dor imensa escapava do seu coração.

Nô vagava pela praia. Deu para subir para Jacarecica, caçando passarinhos. Era o vício de sua infância. Ficava olhando as coisas, e nada via, nada existia para ele.

Um dia, foi subindo pelo rio, subindo pelas águas sombreadas de arvoredo, onde as ingazeiras faziam os doces remansos para banho. Vinha gente de Maceió fazer piquenique por ali. Raparigas e homens em carraspana com caju e cachaça. Amavam-se por ali. Cacos de garrafas, latas velhas de sardinha indicavam a passagem do amor por aqueles lados.

Nô andava, andava, via os passarinhos, as rolas-caboclas, os anuns-marás chiando, e não atirava, vagando à toa. Lá estava o cajueiro grande com os galhos que pendiam até o chão, carregados de maturis, florindo, cheirando. E ele não via, não sentia.

Uma destas vezes despertou-o um rumor de lavadeira mais para cima do rio. Foi andando. Dentro da mata aquele barulho estrondava como um grito formidável. Foi andando. E viu uma mulher de vermelho batendo roupa. Quis voltar, mas foi andando para o lugar. Era Carolina, a boa Carolina que o amara na infância, na mocidade. Casara-se, era de outro, tinha filho. E ela viu Nô e chamou-o com insistência. Estava só. Aquela mulher quisera bem a ele, fora bonita, tivera corpo esbelto. Era doce e falava manso. Quis voltar: Carolina chamou-o com insistência:

— Anda cá, Nô, estás passarinhando?

Chegou-se para Carolina. Deu-lhe qualquer resposta. Ela perguntou pelo povo do Riacho Doce. Estava morando agora na Ponta Verde. E olhou para ele com ternura:

— Senta aqui.

A voz era a mesma da Carolina dos cocos e dos brinquedos.

Nô fez um esforço medonho para não parecer que estava fora de si. Teve ódio dela. Era um ódio misturado de pena.

— Vem mais para cá, Nô. Tu pareces que estás com medo, que estás com vergonha de mim.

Chegou-se para perto do namorado.

— Tu nem pareces que andaste embarcado.

Pegou na mão dele.

Agora ele via os seus olhos lânguidos, a voz doce e o corpo de Carolina se chegando. O rio corria manso, mansinho, as águas gemiam baixo nas pedras, e a ingazeira dava uma sombra de camarinha. Os olhos de Carolina e a quentura do seu corpo arrancaram Nô para a vida. Mas saiu dela com nojo de tudo. Com raiva do rio, da terra, das árvores. Teve vontade de chorar. Fora obra do diabo aquele encontro com a Carolina. Fugira da branca. Não tinha coragem para ela, e vinha uma outra e dominava-o daquele jeito.

Foi até a estrada de Maceió e de lá desceu para a praia. Era quase de tardinha. O mar sem cor, meio triste, com o sol coberto de nuvens, que rondavam pelo céu. Ele tinha coberto uma mulher que nem sabia mais se existia. Fora um amor imundo. Perdera a sua branca, perdera tudo.

Parou uma meia hora sem pensar em coisa nenhuma. Era bom ver a cabeça parar assim e ficar alheio às coisas. Mas as coisas tristes voltavam. Lá em cima estava a branca, que não descia mais para a praia, e dentro de sua casa a avó rezando, pedindo a Deus que ele só fosse aquilo que era, um nada. Carolina lhe dera um amor de sobejo.

Encontrou na porta de casa a velha sentada, fumando o seu cachimbo de cano comprido. Estava sozinha. A nora por fora, e o filho não havia chegado ainda da pescaria.

— Nô – lhe disse ela — tu andas por aí de crista caída, adoidado, sem nada para fazer. Eu sei o que é isso. Eu sei o que é que anda dentro do teu corpo mexendo, bulindo com a tua natureza. Tu não penses que me enganas. Aquela desgraça tomou conta de ti, está te consumindo. Tu precisas é de reza, de reza forte, de gente que te lave o corpo e lave a alma. Amanhã em jejum, depois da meia-noite, vou te pegar. Eu sei, menino, onde a desgraça se esconde. Ela te come, ela te devora as entranhas.

— Mãe Aninha – respondeu o neto — eu não sinto nada. Estou bom.

— Bom tu não estás. Tu queres me enganar. A galega lá de cima fez isto de ti, eu sei de tudo. Tu andas de crista caída por causa dela. Tu andaste com ela na praia. Eu sei de tudo. Por que tu não me mata, menino? Me mata, que é melhor.

— Mãe Aninha, não diga isso...

— A tua vontade eu conheço, menino. Eu conheço a tua vontade. Pega nesse pau e quebra a minha cabeça, derrama o meu sangue, menino. Cristo não derramou o dele na cruz?

— Mãe Aninha, não diga isso...

E Nô foi se levantando.

— Fica aí – continuou ela. — Olha o céu como está ensanguentado. Tu viste? Não faz muito tempo que os carneirinhos de Deus estavam pastando no céu. Tu não viste? Eles corriam, corriam. E veio o demônio e comeu um por um. Olha o céu ensanguentado...

— Mãe Aninha, isto é o sol se pondo.

— É sangue de verdade, menino. É o sangue que derramaram. Tu podes também derramar o meu sangue. Ah! galega perdida! Tu podes derramar o sangue de Deus, dos carneiros, de tudo.

Soprava um nordeste forte. A velha Aninha parou de falar. E a noite vinha chegando, estendendo as suas asas negras sobre o mundo. O coração de Nô era uma chaga. A velha adivinhava os seus pensamentos. Pensara mil vezes em matá-la, em apertar aquele pescoço seco até que a vida se sumisse e ele pudesse viver. Ela sabia de tudo, de tudo. E saiu de casa com ódio da velha, e teve medo da noite. A sua mãe chegara trazendo lenha nas costas, curvada ao peso da carga. Fora ajudá-la. A pobre arfava de cansaço. A velha Aninha recolhera-se ao seu quarto, acendendo a vela do seu santuário, e rezava baixo, mastigando as palavras.

— Meu filho – lhe disse a mãe — tu que tens eu sei o que é.

E baixinho:

— Eu nunca disse a ninguém. Nunca me queixei. Mas a tia Aninha é a desgraça de nós. Ela me odeia e me desgraçou. Ela quer também te desgraçar do mesmo jeito. Ela tem olho de coruja, meu filho. O povo tem medo dela. Ela casa e descasa, ela reina com os outros. O teu pai é o que tu vê. Uma lesma nas mãos dela. Eu fui até aqui uma escrava. Um resto de gente. Por que tu não foge? Por que tu não volta para a tua vida, meu filho? Foge! Deixa essa miséria. Vai viver, meu filho; a velha chupa o teu sangue como morcego. Ela é como morcego, ela chupa o teu sangue.

Na cabeça de Nô ficaram as palavras tristes da mãe. Um dia, dois, três e aquilo na cabeça. Dormir não podia. Andar, andar pela praia, pelos altos, pela estrada de Maceió, era o que podia fazer. Às vezes vinha tão fora de si que o surpreendiam os automóveis com o grito de suas gaitas. Espremia-se na beira do caminho para que passassem.

Chegava em casa de noite. A velha já estava no santuário, rezando. Os pais se alarmavam com ele. Compreendia a dor dos seus. Nos ensaios da chegança o velho Eleutério nem se importava mais com as suas faltas. Pobre do Nô! Começavam a dizer no Riacho Doce que ele já estava no ponto de correr doido. Fora uma paixão das brabas que se juntara com a maldição da avó. Ele crescera para a avó, para dar na velha, e ficara reduzido ao que se via. Notava nos olhos dos outros espanto e censura. Via José Divina na conversa com os jangadeiros. Paravam quando ele chegava. Todos estavam contra ele. Era dentro de casa a velha manobrando o mundo para que tudo virasse contra ele. "Ela chupa o teu sangue..." Sucedia isto com os cavalos. Os morcegos chupavam de noite e bebiam o sangue, matavam, deixavam as bestas estendidas no chão. Era o diabo que descia com os bichos. A velha Aninha era assim como os morcegos. Sua mãe bem que lhe avisara. Lá em cima estava a branca, e nem parecia que ela existia mais para ele. Era como se o mundo tivesse perdido as suas formas de antigamente. O mar, a praia, tudo era a mesma coisa que ele não via. O violão no saco, mudo, inteiramente esquecido. Andar era o que mais lhe agradava. Andar até se sentir de corpo como um bêbado, e a cabeça oca, com o cansaço.

Todos estavam contra ele, ali. Ouvia o pai e a mãe nas conversas baixas, cochichando. Estariam também contra ele. A voz da velha era o pedido de castigo que o desgraçaria. Nas conversas da caiçara diziam mal dele.

Então Nô se isolou. Entrava de mar adentro e o percorria como se andasse atrás de uma coisa perdida nos recantos de sua vida passada. Andar. E chegar num canto qualquer e sair para outro. Sabia que tudo estava contra ele. Até as coisas que não podiam agir. Tinha raiva das árvores: aquele balançar de folhas, as sombras que davam, os frutos verdes, tudo existia para lhe fazer um mal qualquer.

Andava. O Jacarecica descia como um cordeirinho para o mar. Era o rio da perdição. Ligara-se a Carolina naquele dia, a um amor sujo, e o bater das roupas das lavadeiras estremecia dentro dele.

Andava. Fora a Maceió numa tarde, num caminhão da fábrica. Não vira nada por lá. Todos o olhavam, todos se riam dele. O que teria para que todos os homens e todas as mulheres o olhassem daquele jeito? O que havia feito contra o mundo? Que desgraça esperavam que ele cometesse? Ele era o homem que quisera matar a avó, que quisera o sangue da avó derramado, como aquele sangue dos carneiros do céu. Ele procurara matar a velha. Mas ela tinha força de Deus e do diabo juntos, para matar o mundo. Fora ela quem lhe dera o seu coração seco. Ela podia fechar o corpo dos homens.

Uma noite, Nô dormiu mais que nas outras. Teve um sonho medonho. Estava na rede e chegou uma mulher para se deitar com ele. Era uma mulher como a branca, de cabelos louros e olhos azuis. E beijara-o, ficara dona de tudo que era seu. E, quando ele reparou, a mulher era a avó Aninha que estava chupando seu sangue. A branca se transformara na velha.

Pela manhã o sonho não lhe saía da cabeça. Viu o pai preparando a jangada para o dia inteiro de mar alto. Os outros homens, também nos preparativos. Todos animados, cheios de energia, todos capazes de alguma coisa. Podia ser assim como eles. Mas não tinha mais esperança.

As jangadas já abriam as velas brancas e tomavam o rumo desejado. Todas ficariam debaixo d'água. A morte comeria todas elas. Só ele viveria. Ele só, como dono da humanidade, mandando que as ondas parassem, que a chuva caísse, que o sol se escondesse.

Estava pensando como um doido. Voltava a si, mas a agonia latejava no seu coração. A velha, na sua rede, chupava-lhe o sangue com aquela boca imunda de morcego.

Saiu para andar. Foi até a Saúde. Entrou pela fábrica, subiu o rio, desceu para a praia. Todos os entes do mundo estavam preparando a sua desgraça. A avó mandava em tudo. A voz dela varava as paredes, corria atrás dos homens.

A tarde chegou perto da caiçara. Tinha andado o dia inteiro. Vinham chegando as jangadas. Vinham do alto--mar com a ordem de Deus para prendê-lo. Todas vinham chegando com ordem de Deus. "Peguem o Nô e tragam ele aqui para dentro. Os peixes precisam dele." E lá vinham elas quase que deitadas na água, furando as ondas. Vinham ligeiras correndo atrás dele. Era a ordem de Deus. A velha tinha força para isto.

— "Levem o Nô para o fundo do mar."

Então começou a ver o mundo todo a cercá-lo. Viu que o mar crescia para o céu, que vinha baixando, e que a terra ia ficando pequena. Via o céu baixando, baixando por cima dele, e a terra subindo. Ele ficaria esmagado aos pedaços. As jangadas corriam para cima, lá vinham elas correndo. E começou a gritar, a gritar, a tremer.

Correram para ver o que era. Os homens da caiçara apareceram. Nô gritava, apontando para as jangadas aos berros, com os olhos esbugalhados, gemendo como se alguém estivesse a apertá-lo com ferros.

— Pega ele, ele vai correr doido! Pega ele!

O céu baixava em cima de Nô. Vinha com o peso de chumbo na sua cabeça. A velha se chegava com a boca aberta, a boca de morcego chupando-lhe o sangue. Quis correr das mãos dos homens, mordeu, debateu-se como um demônio enfurecido. Aí apareceu a velha Aninha, com a cruz de pau, a voz de pedra que rezava para os defuntos:

— Deixa ele, deixa ele! Deixa o menino. É o diabo que chegou. Ele vinha chegando há dias.

E começou a rezar. Já havia muita gente ao redor. As jangadas se preparando para subir, e a velha rezando alto, levantando os braços para o céu como uma promessa. E Nô no chão, torcendo-se com uma dor profunda.

Os homens e as mulheres olhavam alarmados. O diabo havia descido no corpo dele. Era o diabo em carne e osso. Com pouco mais estouraria, o enxofre subiria para o céu, e o homem ficaria de corpo comido, com as entranhas doendo. O diabo havia feito cama dentro dele.

A velha rezava mais alto. O pai de Nô chorava abraçado com sua mulher. A Mãe Aninha, com a força de Deus, enxotava o demônio para as profundas. Depois pegaram em Nô, que era como um fardo de carne, sem ação de espécie alguma. Parecia dormir com a inocência dos anjos.

10

Depois do caso de Nô, para os praieiros o demônio passou a viver na casa grande do galego. Todos dali tinham parte com o diabo e a velha Benta vivia de cama e mesa com o cão.

Nô foi ficando bom, mas uma tristeza profunda ficara vivendo com ele. Era outro homem. Outra criatura havia nascido naquela tarde sinistra. Perdera a mocidade, mudara de feições. Perdera o brilho dos olhos, aquele riso franco se havia transformado. Tinha uma cara de quem passara anos e anos sofrendo. E tudo fora em menos de dois meses. Nem se podia acreditar naquela transformação. Desde o ataque que foi ficando outro. Mas estava como bom, fazendo tudo com discernimento. Conversava, dava opinião, saía com o pai para a pescaria. Parara nele aquela ânsia de agoniado, aquele desejo de andar sem parar. Estava sereno, com todos de casa certos de que o que houvera com ele tinha sido de fato uma manobra do cão. A galega fora mandada para isto. Os homens lá de cima furavam a terra, cavavam as profundezas de Deus atrás do que a Providência deixara escondido.

O engenheiro bebia. Vivia de barba grande, com uma cara de penitente, e a mulher, escondida, não botava a cabeça de fora. A velha Aninha soubera vencer as manobras do tinhoso e arrancara Nô das mãos miseráveis. Um dia, de dentro da terra que eles furavam, estouraria a vingança de Deus. De lá sairia o fogo do castigo.

Edna, desde que soubera da desgraça de Nô, sofria como uma desesperada. Era o seu fim; a sua última esperança se acabara. Soube logo no outro dia do ataque. E quis correr até lá, mas teve medo. Ia fazer muito mais mal ainda. Sobre ela pesava uma carga de misérias: Carlos, reduzido a nada; o homem que amara, enfurecido, gritando como um inconsciente. Tudo se acabara para ela.

Sinhá Benta de quando em quando descia para saber notícia de Nô. Havia melhorado, dormia, serenara. No outro dia a mesma coisa. Até que lhe viera, como uma salvação, a notícia de que tudo havia passado. O homem estava bom, de juízo perfeito. Certa ela estava de que tudo aquilo não passava de uma perturbação ligeira. O seu Nô tivera uma agitação qualquer, e o povo se alarmara. Não estaria perdido. Porém ficou com medo de descer para a praia. Uma coisa lhe dizia que a terra morrera para ela. Morrera o homem que era sua vida, o verde do mar, o calor do sol. Uma cortina de sombras espessas cobria aos seus olhos a beleza da terra. Tinha fugido o seu encanto pelas coisas.

O mês de dezembro viera com chuvas torrenciais, que caíram como dilúvio sobre o Riacho Doce. Via tudo encharcado, sujo, como nos dias de junho e julho. Mas, após as torrentes a terra se cobria de verde, de uma mocidade triunfante. A mataria verde, as flores miúdas brotando, cheirando a terra, e ela, Edna, encarcerada, com a velha Benta que lhe trazia notícias.

Nô tinha ficado bom. A velha Aninha curara o neto, lhe dera razão outra vez. Fora o diabo, lhe dizia a velha Benta. O diabo descera sobre ele, e a reza da Mãe Aninha correra com o demônio. Agora tudo caminhava nos eixos. Nô trabalhava. Só estava esperando a passagem do navio em Recife para embarcar outra vez.

Consolava-se ela, assim, com as notícias boas que lhe trazia sinhá Benta. Nô estava morto para ela. Viveria outro Nô, que não era o seu. O outro ainda vivia, palpitava nos seus desejos e nas suas saudades. Era quem a fazia viver, amar ainda um resto de vida. Não podia acreditar que o homem que a tivera nos seus braços, o homem que era feito de uma carne rija, de uma alma tão doce, sucumbisse de repente, mudasse de alma e de corpo.

A vida dentro de casa era pior ainda que nos outros dias. Tinha agora medo da terra que amara tanto. Toda ela de uma hora para outra poderia ser tragada, devorada como foi o seu Nô. Lembrava-se dele como de uma recordação que estava quente na sua carne. Nô era quente, forte e dominador. A força que ele tinha era como a força do mar, espalhava-se, confundia-se com o que era seu. E viera um vento de longe, um vento mau, e a grande árvore fora arrancada para um canto. Não podia acreditar naquela realidade. Não o veria mais. Deus a livrasse de encontrá-lo, de ver o resto do seu amor reduzido a um nada de homem.

Voltou às músicas de sua vitrola. A princípio, parava no meio dos discos. Aquilo furava sua alma, doía dentro de si. Mas depois foi ouvindo, deixando-se envolver pelas melodias, pelos toques macios, pelas doçuras que lhe pareciam chegar de uma distância enorme. Ligava aqueles discos aos seus da Suécia. Vinham de longe como vozes que quisessem acalentá-la, aliviá-la de uma dor profunda.

Sinhá Benta vinha ouvir também. E ficava parada com ela, absorta, ao lado da patroa que tanto sofria.

Carlos agora parecia mais arrasado. Nunca mais cortara os cabelos, a barba crescia. As cartas que vinham da Suécia, ele nem as abria. Sem querer, Edna pegou uma das cartas da mãe de Carlos. Era uma mensagem de mãe saudosa do filho distante, cheia de conselhos, de bons conselhos, de uma cândida doçura materna. Ficou alterada com aquelas palavras de confiança. E Carlos nem abrira a carta. Era aquele homem que ela via arrastado por ela para o sacrifício. Fora culpada, inteiramente responsável pela miséria humana que via caindo aos pedaços. Trazia consigo um fado sinistro. Deixara Nô naquele estado, um homem cuja alma fugira, cuja vida escapara. Era responsável por tudo. E ao mesmo tempo não era. Ainda teria oportunidade de salvar o marido, de ressuscitar o seu Nô dos outros tempos. Era querer o impossível. Sinhá Benta lhe falara que o demônio estivera no corpo de Nô. Todos ali acreditavam que o diabo baixara sobre eles e que Deus era um ser com que podiam contar. A velha Aninha seria para eles um braço de Deus, uma voz de Deus que eles ouviam. Dentro da casa era o deserto, a aridez de tudo. E lá fora uma terra devorada pelos fantasmas, pelos medos e ameaças misteriosas. O mar era verde, a água morna, o céu azul, as árvores bonitas, tudo feito para um paraíso. E de dentro das águas doces brotara o germe da morte: o monstro se nutria de carnes virgens, das tenras carnes dos meninos. Uma mulher mandava na vida, uma mulher dominava a vida, o amor, a alegria, as dores dos homens.

E a saudade de Nô incendiava a carne de Edna. Parecia-se com a cobra ferida.

Uma tarde, saiu para a beira da praia. Foi vendo tudo como se voltasse de uma longa ausência. Havia jangada voltando do alto-mar, e sol se derramava pelas águas verdes, nos últimos arrancos do dia quase morto. Estava belo o mar dos seus amores. Foi andando, distraída. E uma saudade pungente se enterrou aos poucos no seu coração. Tudo fugia dela. Descera para rever lugares, como uma velha que viesse percorrer sítios por onde na mocidade gozara as suas aventuras. Parou antes de chegar no Garça Torta. Antes subisse de rio acima e fosse desafiar as fúrias da terra, na hora mais perigosa para as febres; antes os perigos da morte que aquela saudade que a torturava.

Ficou parada, um instante. E viu que vinha ao seu encontro um homem. O dia ainda estava claro. O homem parecia com o seu Nô. E era ele mesmo.

Um sopro de alegria entrou-lhe de alma adentro. Quis ir ao encontro dele, e não teve coragem. E o homem veio vindo.

Era o seu Nô. Já estava a poucos passos. Como um desconhecido ela viu Nô de cabeça baixa, de olhos no chão, seguir o seu caminho de praia afora sem dar conta da existência dela, ali estatelada. Teve vontade de gritar no silêncio da tarde. Um desejo de gritar, de chamar por ele, de sacudir aquela indiferença monstruosa. Mas ficou quieta, traspassada por uma dor que lhe secara o coração, uma dor como nunca sentira igual. A vida lhe fugia para sempre.

Viu Nô andando para casa. O mar que fora dela batia na areia, forte, soturno, e o mundo inteiro se cobria de sombras. Chegara de fato ao fim de tudo. Ainda tivera ilusão de que Nô voltasse, dando-lhe um sinal de que o amor ainda bulia nele, ainda palpitava, de que uma chama pudesse subir daquelas cinzas. Pensava que pudesse haver uma oportunidade de reviverem. Tudo estava morto de verdade, bem morto; pior do que morto: tudo esquecido. Vira-a, e nem se lembrara de que ela existia. Vira-a ali, e, como se ela fosse uma coisa da terra, um pé de coqueiro, uma moita de guajiru, ele se foi de cabeça baixa. Não era o mesmo.

Vinha a noite chegando. Teve medo. Medo da terra em que pisava e do silêncio que a envolvia. Tudo fora dela, de corpo e alma. Uma força estranha atraíra tudo para fora do seu domínio. Ela ali parecia uma intrusa, um ser a mais.

Veio andando para casa. À porta da casa de Nô estava a velha Aninha, de pé, olhando o tempo. Era um olhar de quem via mais do que os outros, de quem olhava o mundo por dentro. Subiu constrangida. A velha parada na porta e o velho Juca sentado, limpando a rede dos sargaços. Em casa encontrou o dr. Silva, conversando com Carlos. E ouviu do seu quarto como se os dois estivessem em discussão. Reparou bem no que diziam:

— Doutor, as coisas não podem continuar desta maneira. Tinha um contrato vencido com o senhor e deixei que o senhor continuasse. E tudo continua no mesmo. Não vejo trabalho, não vejo nenhum esforço de sua parte. O senhor não me tem compreendido. Os meus sócios já me falaram mais de uma vez para contratar um outro técnico, mas eu confiava no senhor, porque de fato o senhor conhece essa história de petróleo. Agora, eu não posso compreender tanta indiferença.

Carlos se defendeu. O petróleo existia. Disto ele não duvidava. Faltavam-lhe, porém, meios capazes de ação.

Aí o dr. Silva foi se exaltando. Dava-lhe tudo que pedira. Só uma vez faltaram os canos de revestimento. Não havia desculpa.

— Doutor – respondeu Carlos —, estou certo de que tem faltado quase tudo.

— Faltado coisa nenhuma! O senhor vive é bêbado por aí afora. Ninguém tem culpa de suas infelicidades, de que a sua mulher viva lhe dando desgostos. Uma coisa, porém, eu estou lhe dizendo: ou o senhor toma jeito ou eu o boto pra fora.

E foi saindo.

Lá de dentro Edna sofreu o desaforo em cheio. O marido entrou para a sala de jantar e encheu o copo de uísque. Não lhe disse uma palavra sequer. Desde aquela noite do desabafo violento que não lhe dava uma palavra. Teve medo de encará-lo e ficou no quarto. Não quis ir à mesa de jantar. O rádio estalava. Ambos estavam atrás de encontrar uma voz de longe que lhes desse alento. Dera ao marido todas as espécies de desgosto. Arrancara-lhe a vida, as possibilidades que ele tivera. De repente a casa se encheu com uma orquestra possante. Irradiavam um trecho de Wagner. Ester não gostava daquilo. Era forte demais, cheio de uma riqueza ostensiva. Ester lhe dizia sempre que música era só para a alma. O concerto do rádio trouxe-lhe a saudade de Ester. Os violinos gemiam, os instrumentos de sopro subiam em ondas imensas. Os rumores das coisas se cruzavam no ar, e no meio de tudo aquilo saía um fio de voz doce, um gemer baixo, uma dor espremida se comunicando. Ester lhe falara de tanta coisa, lhe abrira a alma para mundos tão cheios de beleza! E Nô foi voltando. O rádio agora falava transmitindo notícias de política: lutas de homens, de partidos que se debatiam. Depois parou tudo. O uísque cobria o corpo de Carlos. Bebia, se enchia de álcool para subsistir. Ainda dispunha ele daquele recurso. E para ela as coisas tinham que existir na sua cabeça, não tinham para onde sair.

A noite escura falava pelos seus bichos. Abriu então a janela do quarto e olhou para o céu piscando, viu o Cruzeiro do Sul, as estrelas em miríades latejando lá em cima.

Só e sem esperanças! Ester lhe aparecera e fugira. Não podia se fixar noutra coisa que não fosse no homem perdido. Estavam lá dentro as desgraças do marido, e a desgraça de Nô é que a preocupava e a absorvia. Passara por ela de longe, de cabeça baixa. Estava perdido. A velha sugara-lhe a alma. Agora lá para a praia cantavam coco. Lembrava-se dos primeiros dias do Riacho Doce. Aquele canto lhe dava sempre a impressão de canto religioso. Agora era como se Nô lhe falasse outra vez. Uma voz de homem puxava a toada, outras respondiam em coro. A voz de Nô voltava aos seus ouvidos. O canto de amor lhe entrava de alma adentro. Ele não cantaria mais para ela. Acabara-se tudo. Lá embaixo as mulheres e os homens do Riacho Doce se davam, se entregavam. De sua janela Edna escutava e sofria. Por que não se calavam, não deixavam que ela aguentasse a noite dentro dela, as pesadas sombras da noite na sua alma? O coco continuava. A terra cantava, não queria se calar, a terra abria a boca para cantar, falar da felicidade que andava por dentro dela. Queria vencer a escuridão da noite. Depois as cantorias foram-se amiudando. Já não era aquele canto monótono. Vozes outras entraram no concerto. E ela reparou que se aproximavam de sua casa. Estava na estrada um grupo grande, gente com lamparina acesa. Sinhá Benta chegou-lhe para falar:

— Patroa, é o reisado de Ipioca que vai passando para Jacarecica.

Carlos estava no alpendre, olhando. Edna não quis sair do quarto. De lá ouviu homens e mulheres misturados na cantoria. Dançaram na porta da casa. O rei, aparamentado, subiu para pedir dinheiro. E depois se foram.

Ainda de longe ela ouvia a cantoria dos reis e das rainhas de Ipioca. Por fim uma lua magra apareceu no céu, sem luz, quase comida. Uma pobre lua de fim de vida. E a paz reinou outra vez na terra, menos na cabeça de Edna, que não parava, que tinha um formigueiro de pensamentos tristes bulindo, se mexendo, roendo tudo.

11

Ouviu-se um estrondo que abalou o Riacho Doce. Corria gente pela estrada, para os lados da sonda de petróleo. A velha Benta procurou logo a patroa.

Não sabiam o que era. O negócio fora como uma roqueira de são João, estourando pertinho dos ouvidos. Depois, chegou a notícia. Explodira a caldeira grande, matando um foguista, o telhado fora sacudido fora. E por uma felicidade não havia morrido mais gente. O dr. Silva estivera uns minutos antes ali perto. E o engenheiro no momento havia descido para a estrada. O homem atingido ficara aos pedaços.

Os pescadores comentavam a coisa botando a culpa para o dr. Silva. Ele queria furar o que estava escondido, o que era só de Deus. Era o mesmo que querer fazer do mar um criado. Bem que a velha Aninha dissera: "Deus tarda, mas não falta". Era o castigo. Outras desgraças daquela viriam. O céu azul de dezembro e o nordeste bom bulindo nos coqueiros, tangendo os cardumes de peixe para os cercos das redes, para as iscas das linhas. Nô, era o que se via, desde que o diabo se fora do seu corpo. O bicho comera-lhe a coragem, queimara as folhas daquela árvore. Andava triste, murcho, cantando na chegança de Eleutério, sem fôlego, de voz vencida, sem a arrogância do piloto brabo que gritava para os outros. A velha Aninha queria-o assim. Para que cantar à toa? Ninguém era passarinho, e cantar só para Deus, só para os defuntos. Nô era o seu corpo fechado, de alma morta, de coração frio.

O estouro da caldeira acendeu ainda mais o prestígio da velha. Bem que ela dizia a todos dali que o dia de Deus chegaria. A notícia da morte do homem aos pedaços, com braços e pernas sacudidos para longe, dava ao fato uma importância enorme. Era Deus que descia com ódio, com vontade mesmo de castigar. Dois dias antes a agulha de aço da sonda se partira em cima duma pedra. E agora vinha aquele estouro medonho. Na porta de Juca Nunes juntavam-se os praieiros. A velha Aninha sentada num batente, puxando fumaça do cachimbo, falava devagar:

— Eu bem que dizia. Deus tarda, mas não falta. Ele vem, vem sem ninguém ver. Tu deve te lembrar, Juca, que eu dizia aqui todos os dias: "Chico Vasconcelos se arrebenta, ele veio para aqui para acabar com a gente". A fábrica está hoje parada. Com os ferros se quebrando, a ferrugem comendo tudo. Olha o que aconteceu com o galego. Tudo isto termina se acabando, se sumindo de junto de nós. Ainda hoje me arrependo de ter ido pedir esmola àquela gente para a igreja.

Todos de cabeça baixa escutavam a velha na doutrina:

— A gente tem o mar, tem os peixes, tem a mandioca, tem o milho. A terra dá o que a gente precisa. Para que furar os gorgomilos da terra, virar as coisas de cabeça para baixo? Deus escondeu e Deus há de descobrir.

Nô, para um canto, não abria a boca, como se nada existisse para ele. Vivia no outro mundo. Os homens estavam crentes nas desgraças que a velha Aninha anunciava. No outro dia sacudiram a jangada ao mar pensando nas palavras dela. Os peixes vinham para as suas iscas porque Deus queria; Deus mandava em tudo, nos filhos que morriam, nas dores do parto, nas doenças do mundo. Nô tivera nas entranhas o diabo vivo. O diabo que batia no chão como cação fora d'água.

Agora, com o estouro da caldeira, havia uma espécie de pânico entre eles. Um homem se desgraçara, ficara aos pedaços, porque tinham querido mudar as coisas da terra. Quem estava com a razão era a velha Aninha.

A noite em breve chegava para mais ainda tomar conta de todos. A escuridão, o mar gemendo, os coqueiros batendo as folhas, uma coruja cortando mortalha por cima de suas palhoças, e o coração de todos assaltado de pavor. Dentro de cada um ficava uma palavra da velha doendo. Pairava um silêncio mortal por cima dos homens.

A velha se levantou. E foram saindo, um por um. Até que o terreiro de Juca Nunes ficou vazio. Nô para um canto, e a sua mãe lá para dentro nos trabalhos, e seu pai no serviço, de coração cheio de muitas tristezas. O filho estava perdido para sempre. Ele bem sabia o que era aquele silêncio de Nô, aquela separação das coisas. Começara assim também o filho de um pescador de Jacarecica. O juízo se gastando, até que um dia apareceu boiando debaixo da ponte, roído de siris. Era a morte que vinha chegando para o seu filho querido. Tudo aquilo vinha de sua mãe. Ele sabia que ela só fazia matar, viver ela não fazia. Era a sua mãe. Desde menino que ele sofria o peso do seu destino. Teria que terminar assim. Aqueles santos, aquelas rezas só podiam dar em desgraça. Ele sabia. Esperava todos os dias, até que a desgraça chegou. O filho mais querido fora escolhido. Deus bem que podia tê-lo levado com a sua jangada para o fundo do mar. Teria que sofrer vendo o filho naquele estado.

No dia do ataque, Nô estatelava no chão como um peixe no seco. Tudo vinha de sua mãe. Tudo chegava dela, que era dura, que falava a Deus, aos defuntos, às almas do outro mundo. Bem bom quando ficava dia e noite no alto-mar. Só entre o céu e o mar, esperando horas seguidas, longe de sua gente, sem ouvir a voz da Mãe Aninha e as tristezas de sua mulher. Pensava que Nô fosse fugir da sina dos seus. Fora ele para as terras da estranja, andara de navios grandes, cantara feliz, pegara-se com a galega, e ele confiava em Nô. E agora era o que se via. A mãe com ele no cabresto, fazendo do rapaz o que queria. Tinha ódio daquela mãe, um ódio terrível. Bem que diziam que ela era maior do que gente, que ela tinha parte com o outro mundo. Criara-se com medo dela. Crescera com a mãe nas rezas, nos serviços da igreja. Quando era menino, ela costumava passar as mãos pelos seus cabelos, pelo seu corpo, e ele sentia que aquela mão era de pegar em santo, de fechar olhos de defunto. Ela sabia falar aos defuntos, curar doenças, fechar o corpo, secar as almas. Nô era o que se via. O filho que ele amava estava morto. Estourara a caldeira da sonda. A velha sabia o que era aquilo. Os avisos de cima baixavam para ela. Todos diziam: "Juca, tu és um homem feliz, tu criaste os teus filhos, tua rede pega peixe, as tuas iscas têm visgo. O que desejas, tu tens, Juca. É porque tu sempre foste um bom filho, que põe a sua mãe acima de tudo. Deus te protege, Juca, a velha Aninha te protege".

Protegido de Deus e sofrendo, sempre sofrendo, só estando mesmo quieto no mar alto, sem ouvir a voz de ninguém, sem saber dos filhos, da mulher, da mãe. E Nô endoidara. Quantas vezes no alto-mar, quando via os navios passando fumaçando, não dizia consigo mesmo: "O meu Nô vai num daqueles, navegando, fugindo da terra infeliz..." Filho de mãe como a sua, sina triste. Sina de desgraçado.

O povo acreditava na velha. José Divina jurava pelo que ela dizia. O povo besta como ele, que nunca tivera coragem de liquidar com todas aquelas besteiras. Todos tinham ido para casa com a certeza de que a caldeira estourara por causa do castigo de Deus. Lá do quarto a velha Aninha balbuciava as suas rezas soturnas, com a vela acesa queimando. Nô, na sua rede, dormia como menino. A mulher chegou para ele dizendo:

— Vai dormir, Juca. Tu precisa fazer uma madrugada. O nordeste está soprando. É sinal de cavala lá fora.

Na casa de Edna as coisas se passavam de outra forma. À noite, Carlos chegara agitado. Nunca a mulher o vira daquele jeito. Não era mais o homem infeliz que fingia tranquilidade, parado, botando o rádio. Chegara intranquilo, não querendo comer coisa nenhuma, e foi direto para o uísque.

Edna teve vontade de falar-lhe, e faltou-lhe coragem. Carlos andava pelo alpendre, não parava de andar. Amanheceu o dia sem ter pregado olhos. Mal a madrugada apareceu, ele saiu para a sonda. Devia ter havido uma coisa muito séria entre ele e o dr. Silva.

    Pela manhã passava gente de Maceió para ver os estragos da explosão. Os automóveis cruzavam a estrada. Na hora do almoço, Carlos apareceu no mesmo estado. E com pouco mais surgiu na porta o dr. Silva com um grupo de desconhecidos. O chefe falava com Carlos:

    — Doutor, eu sei que a culpa não lhe cabe, pelo desastre de ontem. Mas as autoridades querem abrir um inquérito e tomar uma providência. O delegado de Maceió está aqui a mandado do chefe de polícia.

    Aí apareceu um homem louro, de fala branda:

    — É verdade, o dr. chefe de polícia quer que eu abra um inquérito rigoroso sobre o acontecimento de ontem. Nós temos tido umas denúncias contra o senhor. Ouvimos dizer que todos esses últimos desastres da sonda têm sido obra de sabotagem. O dr. Mesquita, que está aqui e que é um dos diretores da companhia, me disse mais de uma vez que desconfiava do senhor, porque o senhor é amigo de um engenheiro de uma companhia de gasolina.

    — Isto não é verdade – adiantou o dr. Silva. — Pode ter havido descuido e relaxamento nos serviços, mas essa história de sabotagem é conversa do dr. Mesquita.

    — Dr. Silva – disse então o dr. Mesquita —, o senhor acredita em tudo, o senhor não deve se esquecer que o dr. Bath foi assassinado por causa do nosso petróleo. Esses estrangeiros não dormem. Fazem tudo para atrasar o nosso trabalho.

    O delegado, porém, continuou:

    — Nós queremos apurar tudo direito. Enquanto não havia sacrifício de vida, não quisemos intervir. Mas agora morreu esse pobre homem. A polícia tem que cumprir o seu dever.

Edna chegou na porta, e todos olharam para ela. Estava pálida, sem saber o que eles pretendiam fazer com o marido. Carlos, indiferente, como se não estivesse compreendendo nada daquilo. O homem louro parou de falar, e houve um grande silêncio entre eles. O dr. Silva não se conteve:

— Pois eu acho tudo isso uma miséria. Estou nessa campanha. Dou tudo que tenho. Dou até a minha vida, se preciso for. Mas com essa arbitrariedade não me conformo. O dr. Carlos é tão responsável pelo desastre da caldeira quanto eu.

— É o que o senhor pensa, dr. Silva – foi dizendo o diretor, um sujeito baixo, de olhinhos miúdos e verdes. — É o que o senhor pensa. O dr. Bath pensava assim como o senhor, e morreu como o senhor sabe. A polícia precisa cuidar. Está ali o futuro do Brasil.

— Pois é isto mesmo – fez o delegado.

— Vim aqui para conduzir o engenheiro preso.

— Carlos não vai – gritou Edna furiosa, na sua meia-língua.

O marido despertou animado pelas palavras da mulher:

— Não fiz nada.

As mãos dele tremiam. E os olhos azuis cresceram:

— Não fiz nada.

— Ele não vai – gritava Edna.

— Minha senhora, ir ele vai. Não precisa de escândalo – continuou o delegado. — Isto não é brincadeira. Vim para aqui cumprindo ordens. E hei de cumprir. Ir ele vai. Precisamos fazer as coisas sem violência. O seu marido precisa ser ouvido em Maceió. Ele não vai morrer, não vai apanhar. Só queremos tomar uma providência reclamada há muito tempo.

— Ele não vai – insistia Edna enfurecida.

O dr. Silva chegou-se para ela. Ele achava que ela não passava de uma mulher infame.

— Dona Edna, fique calma. Não adianta fazer coisa nenhuma. A polícia quer, e nós nada podemos fazer.

— Mas, doutor, isto é uma injustiça. Carlos é um pobre, um infeliz.

O marido, em pé, não se mexia, numa atitude de quem esperava um sacrifício. Ela quis se abraçar com ele. Era culpada de tudo. O alpendre estava cheio de homens. Os soldados, de automóvel, esperavam pelo seu marido. Ela sabia que tudo não passava de mentira, de uma miséria.

— O senhor tem que ir, doutor – foi dizendo o delegado com a voz mais áspera.

E foi se dirigindo para Carlos. Edna correu e abraçou-se com seu pobre marido. A porta da casa, cheia de pescadores e de gente que parava na estrada para ver. Edna chorava agora nos braços da velha Benta. Carlos arrumava uma valise. E o murmúrio do povo aumentava. Tinham descoberto que o galego era o culpado do estouro da caldeira. E que ele só queria a desgraça da sonda. Estava a mandado de gente estrangeira. Mas o governo descobrira a safadeza, e estava o bicho na embira. Os soldados, armados de carabina, não conversavam com os praieiros. De cima do caminhão olhavam os paisanos como a uma classe inferior. O delegado conversava com o dr. Silva:

— Estou aqui para o bem dos senhores. A companhia precisa se garantir contra essa sabotagem.

Edna chorava alto no seu quarto. Todos achavam que era um perigo conservar um estrangeiro na direção de um serviço daquele. O homem de olhos miúdos e verdes explicava-se:

— Estou nesta companhia com a convicção de que arrisco a minha vida. Se não fosse o amor que eu tenho às Alagoas, não me meteria nisso. Precisamos agir.

O dr. Silva advertia o companheiro de que, se havia crime, ele próprio seria um conivente. Estava ali sempre com o dr. Carlos e nunca desconfiara de coisa nenhuma.

— O petróleo existe. Todos sabem que venho empenhando tudo que possuo nesta obra. E não vou acreditar que esse pobre homem esteja a serviço de gente de fora.

— Qual, dr. Silva, o senhor tem muita boa-fé. Lembre-se do velho dr. Bath, assassinado. Esse sujeito vivia em bebedeira com o outro galego.

O delegado se impacientava com a demora de Carlos. Por fim ele apareceu. Não quis se despedir da mulher. Tomaram o automóvel e foram-se de estrada abaixo.

Edna soluçava no quarto. A velha Benta, sentada no chão, chorava também. Os praieiros haviam descido para as suas palhoças. E o Riacho Doce foi ficando com o seu mar verde, o rumor dos seus coqueiros, o seu céu azul, a paz que Deus lhe dera.

Edna chorava.

Nô, lá embaixo, estirado na caiçara, ouvia a conversa dos outros. A alma dele havia fugido do corpo. O diabo comera a alma de Nô.

12

Há dez dias que o engenheiro sueco estava em Maceió, preso. Edna fora visitá-lo duas vezes no casarão horrível. E o marido a recebeu inteiramente tranquilo. Estava inocente, vinha sendo bem tratado. Estava sozinho numa grande sala. Embaixo eram as celas dos presos sentenciados. Fediam. Um hálito de sujice, de corpos imundos, subia até o primeiro pavimento.

Edna não teve conversa. Viera visitar uma criatura que ela mutilara. E o espetáculo a confrangeu profundamente. Voltara para casa roída de remorsos. Lembrava-se bem da noite da chegada ao Riacho Doce. Dois anos de destruição. Depois a grande vida com Nô – um amor que queimara a sua vida. E Carlos destruído, devorado pela dor de que ela era a mãe, a origem. Há dias que o haviam conduzido como um criminoso.

Só a velha Benta compreendia o que andava pela sua alma. Só ela sentia o seu sofrimento. As noites em claro, os dias inteiros pulando de um dissabor para outro. Dezembro, mês de festas, dos reisados, das cheganças, dos pastoris. O povo da terra cantava nos seus brinquedos tristes. Vestia-se de reis e rainhas, de almirantes, de pilotos, para deixar escapar de suas almas os cantos melancólicos, as mágoas profundas. Os gajeiros viam terras de Espanha e areias de Portugal. O mestre Eleutério trazia dragonas de almirante e chapéu de dois bicos. As mulheres de seios murchos cobriam os cabelos pretos e sujos com tranças louras de rainha. Cantavam. As pastoras vendiam cravos cheirosos. Os dias de dezembro, as noites estreladas e de lua, ouviam vozes macias: "... canta, meu gajeirinho, meu gajeirinho real".

Havia um reisado bem na porta da igreja, a dois passos da casa de Edna. Aquele canto triste entrava de alma adentro. Em cada um, ela ouvia Nô, o seu Nô que estava longe, pior do que se tivesse morrido. E até de madrugada cantavam reis e rainhas. Soluços vãos ao vento, ao terral brando, ao nordeste cantante. Ficavam os praieiros debaixo do tablado escutando os homens de manto, as mulheres de cabelos louros cantando e dançando num sapatear de cavalo desembestado. De quando em vez uma voz fina subia mais que as outras, um solo franzino, dolorido como uma gaita de cego: "Tinha o brilho da estrela matutina/ Adeus, menina, sereno da madrugada..."

De sua cama Edna escutava as coisas. Não entendia as palavras, mas compreendia o sentido de tudo. Se pudesse cantar, cantaria assim como Nô fazia. Por dentro da noite escura ouvira Nô chamando-a, naquela noite em que Carlos lhe batera e possuíra o seu corpo como um bicho enfurecido. Naquela noite a voz de Nô chamava por ela. Chorava por ela, viera diretamente ao seu coração.

O reisado sapateava num tropel abafado. Nô devia estar na chegança de Jacarecica. E sinhá Benta não a deixava mais. Dormia numa esteira embaixo de sua cama como um cachorro fiel que sabia o seu dono em perigo. O reisado tirava os seus cantos, representava os seus atos, as suas viagens, numa sequência monótona. Horas e horas de representação. Ela escutava tudo.

De olhos abertos, Edna entrava pela madrugada, sem uma noite de sono, com uma coisa qualquer atravessada na cabeça. Ora era Carlos arrasado, prisioneiro como um criminoso, apodrecendo naquela imundície; ora era Nô distante, perdido para sempre.

Torcia-se na cama, sem encontrar uma saída para o seu caso. Lembrava-se do seu povo, e as saudades de lá não davam para um segundo. Eram tão de longe como de um fim de mundo. O que estava a seus olhos era de tamanha força que abafava as coisas distantes. Sigrid... Queria lembrar-se dela, escrever-lhe uma carta longa como aquela outra que lhe fizera há mais de um ano, se abrir em confissão, contar as suas desgraças, e não tinha coragem. Fora-se tudo. Um vento de longe, de um mar de gelo, queimara-lhe a vida. A sua mãe lhe contava a vida dos ventos. Do vento do norte, que nascia em Beren Eiland, no ninho das baleias russas; soprava matando os passarinhos, secando as folhas das árvores, gelando os mares, matando os peixes, acabando com o mundo. Ele vinha dos confins da terra, virando os barcos dos pescadores, acabando com a vida onde vida existia. Era o vento do diabo, muito diferente do vento do sul, que agitava as palmeiras nas terras quentes.

O vento norte gelara o seu Nô, secara o verde de suas folhas. Estava seco, frio, duro, ao abandono, acabado para sempre. Não havia primavera ou sol de primavera que fizesse brotar outra vez o Nô da beira do mar, o que cantava e amava como um filho de Deus.

À noite, o reisado se estirava nas suas cantigas e nas danças vigorosas. Horas e horas de cantos e danças. Às vezes tinha vontade de que tudo aquilo se sumisse para sempre. Fora um sonho a sua vida de Riacho Doce. Estava ali trazida pelo vento que carregava as princesas para os príncipes. Viera nas costas do vento atravessando mares e mares, e caíra no paraíso. E Deus a castigara ferozmente. Perdida, perdida para todos os séculos, no meio da maior alegria do mundo, com as árvores florindo, com o mar verde abrindo o seu regaço aos amores, e a terra inteira de braços abertos. Ela era de uma outra terra, de um outro sangue, de uma outra vida. E agora perdida, fora de tudo! Deus lhe dera o maior castigo; e a voz dura da avó Elba, o pai-nosso gutural, o Deus zangado, cheio de rancores, lhe aparecera para conter os seus passos. Era o Deus que a perseguia desde o berço. Viera para o sol, e o vento do norte apagara o sol. Apagara o fogo que o amor acendera em suas entranhas. A voz da velha Elba atravessara os mares, rompera os gelos escandinavos, e na doce paz dos trópicos consumira tudo que era grande e belo para a pobre Edna desgraçada. Era a voz da velha Elba que se ligara, se unira à da velha Aninha. Tudo era uma coisa só. Nô se acabara, se destruíra. As forças de Deus o tinham abatido cruelmente. Soprara o vento norte nos coqueiros, nas folhas das palmeiras, soprara o monstro de gelo, e tudo virara cinza. O coração de Nô era um bolo de gelo. O vento norte descera para matar, destruir. "Pai nosso, que estás no céu", dizia a velha. E viera de tão longe pegá-la, escravizá-la, como lá fazia o gelo nos rios, com as árvores parando tudo. Era um castigo de Deus. Um castigo que desabara em cima de tudo que era vivo, verde, capaz de subsistir. A voz de Deus era dura e cruel.

A velha Benta, a mestiça, estava ali a seus pés. Aquela tinha o coração melhor deste mundo. Dava-lhe tudo, o trabalho das mãos e a alma inteira. Ainda lhe restava uma criada que a amava. O vento do norte ainda a deixara viva, boa, terna, a sinhá Benta, que valia pelo resto do mundo.

O reisado sapateava soturno, os homens de coroa de rei e as mulheres de cabelos louros de rainha. Os pés deles no tablado batiam como os de cavalos em marcha. Não podia dormir. Noites e noites assim. Os pensamentos terríveis marchando, caminhando dentro dela, num passo de patas de ferro, quebrando tudo por onde passavam. Nô dormia o seu sono eterno. O seu corpo de Deus, na beira do mar, nas águas, nadando, cortando com os braços vigorosos a violência das ondas. Os cabelos pretos, os olhos negros, tudo perdido, tudo cortado, tudo morto pelo vento do norte, aquele que sua mãe dizia que morava no ninho gelado das baleias russas.

As madrugadas agora eram magníficas, de um sol que se ensanguentava para nascer. Não tinha forças para descer até a praia. Encerrava-se em casa.

O dr. Silva vinha lhe trazer notícias do marido. Naquela manhã viera lhe dizer que no outro dia ele voltaria para casa.

Nada haviam apurado contra ele. Ficou contente com a nova. Mas logo uma tristeza incrível se apoderou dela. Era um crime o que sentia. Carlos voltaria para ela, mas era como se fosse um sopro do vento norte que ficasse para sempre ao seu lado. Teve vontade de que ele se sumisse. Nô... Pobre dele que Deus comera. O Deus da avó Elba engolira-o. Carlos voltaria. E naquela tarde era véspera de Natal. Soube porque a velha Benta lhe viera falar:

— Hoje vai haver missa, patroa. O padre de Ipioca vem hoje.

E ela vira a velha Aninha preparando a igreja. A velha seca, agitada, entrando e saindo da capela, preparando tudo para a missa de Natal. E Edna, do alpendre, foi-se lembrando dos seus. Aquilo chegou-lhe de surpresa. Quando viu, a árvore de Natal estava armada na sala de jantar da Suécia, os irmãos em redor, o pai, a velha Elba em redor. Luzes de vela, os brinquedos cobiçados, os pobres brinquedos que faziam a delícia de Sigrid e de Guilherme. Naquela noite a ceia era boa. Todos vinham para a mesa como se fosse para o culto. Deus havia nascido. A velha Elba adoçava mais a voz para rezar o pai-nosso. E corria pela casa um instante de felicidade. Deus havia nascido como um homem, no meio dos bichos, num estábulo como aquele do seu pai. Era pequenino e chorava nos braços da mãe como menino novo de verdade. Os reis vieram de longe adorar, sacudir incenso e trazer o ouro de suas riquezas para ele. A árvore de Natal dentro de casa, e um raio de felicidade, um pedaço de alegria no coração dos seus. E de repente uma ventania derrubava tudo na cabeça de Edna. E rompia a porta adentro com uma fúria de furacão, e tudo se ia destruindo de vez. Nô! Nô! Não cantaria mais, nunca mais o veria. Do alpendre via a velha que destruíra tudo, a avó cruel, aquela que comia os netos nos contos de fada. Nô! Não mais cantaria, não ouviria mais a sua voz. O mar batia nas suas pernas, a água mansa entrava de corpo adentro, subia, subia, cobria os dois, estendidos na areia, nus como Deus os fizera. A água boa lavava e a água boa dava força para o amor na beira do mar. Nô! Onde estaria a energia dos seus músculos, a doçura de sua voz, a potência do seu amor? Aquela gente que se agitava lá fora, nos preparativos da noite de festa, lhe fazia mal. Todos tinham acabado com o seu Nô. Todos eles eram instrumentos da velha, que manobrava os sentimentos e os medos de todos. Nô! Passara por cima dele a voz de Deus como o vento norte das terras de Beren Eiland. Sua mãe lhe dizia: "É o vento da morte, minha filha".

Fugiu do alpendre para o seu quarto. Quis tocar a vitrola; parou no primeiro disco. O piano era como um martelo de aço na sua cabeça, duro, pesado. Tudo devia parar para que ela sofresse. Nô vinha, com as suas mãos de veludo, pelos seus seios, pelas suas partes, mãos que davam a vida, a grande vida sumida. Nô, de dentro da noite, da escuridão imensa, lhe mandara o seu amor, a cantiga doce e terna dos gajeiros. E tudo se fora, se acabara.

Ouvia agora o rumor do povo na festa da igreja. Já devia ser noite. A velha Benta lhe viera perguntar se não queria o jantar, e nem lhe dera resposta. Arrependeu-se da grosseria. Aquele coração de mestiça batia pelo coração do mundo inteiro. Só! Carlos viria, mas era como se voltasse para ela o pedaço do corpo de um homem que matara. Vinha com a lembrança cruel de um crime. Teria que vê-lo eternamente. "Foste tu que me arrasaste!" E depois a pegaria, se deitaria por cima dela como um porco e a possuiria com ódio. Não poderia ficar mais ali. Queria andar, ir até longe. E convidou a velha Benta para um passeio.

Saíram. Na porta da igreja estava o povo esperando a missa de cem mil-réis. Era preciso andar. Pela estrada de Maceió vinha chegando gente: homens de fatiota nova, mulheres com chinelas nos dedos, e os meninos alegres vinham para a festa de Natal. Já era bem noite alta, e agora ouvia de longe um canto triste. Era a chegança de Jacarecica. Lá estaria Nô.

Ficou com medo. Um frio correu-lhe pelo corpo. Ele estaria lá cantando. Teve vontade de rever o seu Nô. E foram chegando. A barca de velas brancas apareceu ao luar. Havia gente por baixo, e no palanque cantavam os homens de Eleutério. Sinhá Benta chamou-a para ver de perto. Uma coisa, porém, lhe dizia que ela não devia se chegar para ali. Repararam nela. Os homens e as mulheres da terra abriam caminho para que aquela branca esquisita, de cabelo comprido, passasse. Uma coisa estranha dizia-lhe que não devia chegar-se para perto. E viu Nô na farda de piloto. Era ele e não era. Parecia um sonâmbulo, um ente fora do mundo, baixado ali de repente no meio dos outros. Depois vinha a parte dele, e ele falava frio, alheio, de olhos mortiços, vagos. Ela quis gritar, olhar para os olhos negros de Nô. E os olhos dele eram mortos como os de cego de vista limpa.

Viu assim o seu amor pior do que morto, pior que defunto. Viu-o em pé como um homem, e este homem vivo não era dela, não sabia que ela vivia, que todo o seu coração ardia por ele. "Levanta-te, Lázaro." E o corpo podre refloria, carnes podres cheiravam bem outra vez. E Nô ali abrindo a boca, falando, cantando – e era como se nunca tivesse existido para ela. Só podia ser uma coisa de Deus. A voz da avó Elba atravessara os mares.

Sentiu-se mal, agoniada, no meio daquela gente.

Fugiu da multidão. Perdera-se de sinhá Benta. E correndo por caminhos desertos foi descer na praia. Bem no lugar onde ficava com seu Nô, nas grandes horas de sua vida. De lá ouvia a cantiga dos homens. Parou ali, sentou-se um instante. Gemia aos seus pés o mar verde que fora seu, e a lua dava um banho de prata nas águas revoltas. Ali vivera, tivera as maiores grandezas de sua vida. Soprava um nordeste forte sacudindo-lhe areia nos olhos.

Chorou. Chorou como uma desesperada. Vira a cara de Nô como a de um defunto que se movia. Vira os olhos dele apagados, de cego, de morto. A vida se acabara para ela. Acabara-se o mundo, acabara-se a carne, a alma, acabara-se tudo. Deitou-se na areia. Estendeu-se sobre a areia como se procurasse um sono reparador.

Um frio bom começou a acariciar o seu corpo. Foi sentindo, como num sonho, que uma coisa boa estava para acontecer. Viria para ela uma alegria extrema. Só sendo um milagre. O que era aquilo, não sabia explicar: uma alegria subterrânea, uma alegria que não sabia mesmo se era alegria. Vinha doce na carícia do nordeste que soprava forte. Ouvia de longe, quase imperceptível já, o canto do gajeiro, e a voz de Nô, nos seus ouvidos, era como se lhe viesse contar um segredo. O amor vinha outra vez para Edna. Era um sinal de amor, o aviso de um prazer imenso que se aproximava. Uma onda chegou aos seus pés. O mar chamava-a. Era feliz outra vez, sem saber explicar. Entrara dentro dela um desejo de fogo. A madrugada surgia no fim do mar, rubra, ensanguentando as nuvens. Fora-se a lua, sumira-se a noite. Tudo agora ia nascer outra vez. As dores morreriam, os sofrimentos se acabariam. O mundo ia nascer outra vez.

Esteve assim estendida na areia mais de três horas. Sumira-se a lua. E agora o sangue de vida nascendo manchava o céu. O Deus da velha Elba não podia com aquela força que aparecia. Edna vencia-o com o dia. Queria nascer com o dia. Parara o canto do gajeiro. Mas ela conservava ainda nos ouvidos a voz mansa de Nô: "Vem, minha branca do coração, vem, meu bem, vem, que o mar é bom e a areia é branca..."

Despiu-se. Era assim que eles nadavam ali. Era assim que se estendiam na areia e o amor brotava dos seus corpos e o mar os cobria com as suas espumas. Estava nua. A claridade da madrugada vestia-a de um véu de noiva. O sol escondido ainda, e as ondas verdes, revoltas, esperando pelo calor, pela vida, pelo beijo de Deus. De pé, Edna se mostrou ao mundo novo. Era o seu corpo, era a sua forma humana, o seu coração bom, o seu amor eterno que ela queria que o mundo visse. Nô! Ele estaria nas águas, nas ondas, no sol que vinha vindo.

Edna sentia-se feliz. Calma. Boa para o amor do homem que a esperava. E entrou de mar adentro. Foi nadando, foi nadando. Com pouco os primeiros raios de sol brilharam nos seus cabelos louros. Raios de sol cobriam o mar. A grande cabeça de luz resplandecia como um Deus nascendo. E Edna nadava, nadava para ele, como se Nô estivesse de lá chamando-a, chamando-a para a vida. Nadou, nadou.

Riacho Doce[*]

Mário de Andrade

José Lins do Rego mantém sempre no seu último romance todas aquelas altas qualidades e aquelas mesmas características tão vivas e originais que fizeram dele uma das mais importantes figuras do romance americano atual. Sem ser porventura uma das suas obras mais individualmente destacáveis, *Riacho Doce* conserva o mesmo valor documental, a mesma significação crítica, a mesma força novelística e as mesmas belezas das outras obras do escritor. De resto, Lins do Rego é desse gênero de artistas cuja obra só adquire toda a sua significação em seu conjunto e, com pequenas variações de valor, muito dependentes dos gostos pessoais de quem lê, se conserva toda dentro da mesma grandeza normal. Há, com efeito, artistas, dotados como que de uma fatalidade genial que os obriga a encontrar assuntos inteiramente conformes às suas qualidades pessoais. Tal é o caso de um Dickens ou de um Proust, por exemplo. Mais numerosos porém são os que "vivem à procura de um assunto", do "seu" assunto, do assunto que valorize integralmente as qualidades que têm. Estes se apresentam cheios de altos e baixos, em obras de valor irregular, como é o caso de um Flaubert ou de um Aluísio de Azevedo. Lins do Rego me parece pertencer à classe dos primeiros. *Riacho Doce* não repete nenhuma das obras

---

[*] Reprodução do estudo crítico de 12/11/1939, que faz parte do livro *O empalhador de passarinho*, 2. ed., São Paulo: Martins, 1955, p. 137-141.

anteriores do seu autor, mas repete Lins do Rego em tudo quanto faz o romancista que ele é. O escritor de linguagem mais saborosa, colorida e nacional que nunca tivemos; o mais possante contador, o documentador mais profundo e essencial da civilização e da psique nordestina; o mais fecundo inventor de casos e de almas.

Será talvez preciso esclarecer um bocado o que entendo por "invenção" em literatura e como acho que devemos conceituar essa palavra, muito usada e levianamente usada. De Lins do Rego já se disse que tem pouca invenção e vive preso às reminiscências de sua vida nordestina. Ora, inventar não significa tirar do nada e nem muito menos se deverá decidir que uma das onze mil virgens tocando urucungo montada num canguru em plenos Andes escoceses é mais inventado que descrever reminiscências de infância. Aliás, tudo em nós é de alguma forma reminiscência; e a invenção, a invenção justa e legítima, não se prova pelo seu caráter exterior de ineditismo e sim pelo poder de escolha que, de todas as nossas lembranças e experiências, sabe discernir, nas mais essenciais, as mais ricas de caracterização e sugestividade. Nada mais banal que Lins do Rego, por exemplo, ter escolhido uma distinta senhora sueca pra uns amores alagoanos com um mestiço. Tratava-se de entrechar amores internacionais dos nossos fulgurantes mulatos. Ora, descobrir, inventar uma Suécia era evidentemente facílimo, muito mais fácil que inventar a Rússia, hoje perigosa, ou a Alemanha, hoje desagradável. Realmente a Suécia de Lins do Rego, como tal, isto é, como Suécia, é uma fragilidade de invenção. E quanto mais raro o país, mais Iraque ou Cochinchina, mais fácil de inventar. Agora: quando o grande romancista escolhe e separa dentre as vidas de indivíduos nordestinos com quem privou, que apenas viu ou lhe contaram, os elementos que lhe deram o homem que criava o bode em *Pedra Bonita* ou o modestozinho doutor Silva que se empobrece na esperança do petróleo nacional; quando escolhe e separa e soma coisas que viveu e coisas ouvidas e que outros viveram pra compor as suas memórias de *Menino de engenho*; quando soma, separa, escolhe elementos psicológicos de um, dois ou mais indivíduos observados, pra compor o seu personagem Nô e a sua Edna; em todas estas escolhas previamente não inventadas é que ele fez prova do seu enorme poder de invenção. Porque todas estas criações eram imprevisíveis. O conselheiro Acácio, Babbitt sempre existiram. A grandeza inventiva dos romancistas escolhedores do conselheiro Acácio e de Babbitt consistiu justamente em não pretender tirar do nada, mas antes tirar do tudo, do sabido de todos, do experimentado profundamente por todos: escolher de dentro de todos nós e do eterno da vida social, elementos-reminiscências normais a todos. Apenas nós ainda não lhe déramos, a esses elementos, a verdadeira, a "criadora" atenção. Ainda não os inventáramos. Ainda não os escolhêramos, e por isso eles eram imprevisíveis. Todos os grandes romances, o *Quixote* como *Os noivos*, *David Copperfield* como *Madame Bovary*, provam que a verdadeira invenção, a mais imprevisível e fecunda, consiste justamente em achar o mais fácil de achar. E desta invenção qualquer livro de Lins do Rego está cheio, tal a força humana, o vigor de caracterização, o sabor vitaminoso dos seus personagens quase todos, em quase todos os seus atos.

Outro ponto que me parece muito importante na personalidade de Lins do Rego, característica evidenciada neste *Riacho Doce* com grande violência, é o processo de análise psicológica que ele criou para seu uso. Este processo, que consiste especialmente na repetição sistemática de certos dados, a meu ver, afeta a própria mentalidade do novelista, como narrador. Pela sua originalidade e pelas consequências que vai tendo a sua imitação por alguns romancistas novos, o problema me parece de importância capital para a nossa qualidade literária de hoje.

Com os seus processos, as suas características, as suas qualidades admiráveis e cacoetes menos admiráveis, José Lins do Rego vai nos dando os seus romances. *Riacho Doce* incorpora-se com galhardia na série. A força, a "verdade" do seu entrecho empolgante, a riqueza dramática, a "necessidade" das psicologias individuais e coletivas que se chocam, o valor documental do ambiente dão ao romance novo a mesma alta qualidade dos anteriores. Recentemente, numa entrevista lastimável que terei de comentar mais largamente, Lins do Rego se insurgiu contra o valor "documento" que é atribuído aos seus romances. Tenho a impressão de que, momentaneamente, o romancista não refletiu bastante sobre o que significa arte como transposição da vida, nem sobre a largueza de conceito da palavra "documento". Está claro que Lins do Rego faz, antes de mais nada, arte, como ele mesmo proclamou. E da melhor arte. Assim sendo, os seus livros não são obras científicas de antropogeografia, tal como esta é concebida contemporaneamente, embora muitas vezes o romancista possa se servir, pra caracterizar seus ambientes, de fatos e figuras, às vezes até do documento mais estritamente iconográfico e científico. Por que o romancista chamou os seus personagens suecos de Edna ou Sigrid? Por que não fazer nascidas de pais suecos uma Araci ou Tanakaoca? É a tal e documentalíssima "cor local" que fez Lins do Rego nos dar uma Suécia cautelosa, sem grande interesse como Suécia, mas não menos plausível que o México de Aldous Huxley, que, no entanto, esteve no México. O romance não pode, como permanência do seu conceito, fugir à cor local, ao valor de qualquer forma documental. Porque, de todas as manifestações artísticas da ficção, é a que mais se aproxima, mais se utiliza necessariamente da inteligência consciente e lógica. Apenas, por ser arte, tem de ser, também necessariamente, uma transposição da vida, uma síntese nova da vida (e daí o seu valor crítico), por mais analítico que seja. Lawrence não poderia nunca fazer, dos seus personagens, tapuios amazônicos, está claro. E o romance, por mais arte que seja e desinteressado imediatamente, é sempre um valor crítico, um valor documental. E mesmo quando uma exclusiva análise de almas, como em Proust, ainda assim mesmo, ele persevera documental como síntese nova (e por isso transposição obrigatoriamente crítica) de uma sociedade situada dentro do tempo. Nem mesmo as psicologias sínteses, os "heróis" psicológicos de ordem crítica, destacáveis do tempo histórico, tais como um Otelo ou um Sancho, escapam a essa fatalidade documental de ordem eminentemente crítica, como documentos humanos que são.

Em *Riacho Doce*, Lins do Rego nos dá a sua visão possante dos desequilíbrios sociais e dos dramas humanos individuais e coletivos, provocados pelo problema do petróleo em Alagoas. Tudo decorre deste trágico problema da nossa vida contemporânea. As marés sucessivas de entusiasmo, de desapego às tradições, provocadas pelo engodo da riqueza, das desconfianças supersticiosas e cóleras nascidas das desilusões naquela mansa terra de pescadores são descrições de psicologia coletiva das mais vivas e reais que o romancista já fez. A psicologia de Edna, a fraqueza supercivilizada do engenheiro sueco, a Mãe Aninha que é a melhor análise de psicologia supersticiosa já feita pelo romancista, são todos seres de vida empolgante. De Nô se dirá a mesma coisa, talvez a figura de mestiço, ou melhor, talvez a figura popular mais delicada, mais impressionantemente exposta em todas as incongruências e males de sua condição, da nossa literatura. Não será mais humana, mais profunda que a do moleque Ricardo, mas é de uma delicadeza incomparável.

E páginas como a descrição dos primeiros tempos de Edna no Riacho Doce (que linguagem saborosa, que imagens, que mornidão acariciante de dizer!...) ou capítulos como o do estouro da Mãe Aninha, em que a maldição é criada com uma intensidade trágica maravilhosa, são verdadeiramente passos geniais. A meu ver, momentos dos mais elevados da ficção americana.

Cronologia

1901
A 3 de junho nasce no Engenho Corredor, propriedade de seu avô materno, em Pilar, Paraíba. Filho de João do Rego Cavalcanti e Amélia Lins Cavalcanti.

1902
Falecimento de sua mãe, nove meses após seu nascimento. Com o afastamento do pai, passa a viver sob os cuidados de sua tia Maria Lins.

1904
Visita o Recife pela primeira vez, ficando na companhia de seus primos e de seu tio João Lins.

1909
É matriculado no Internato Nossa Senhora do Carmo, em Itabaiana, Paraíba.

1912
Muda-se para a capital paraibana, ingressando no Colégio Diocesano Pio X, administrado pelos irmãos maristas.

1915

    Muda-se para o Recife, passando pelo Instituto Carneiro Leão e pelo Colégio Osvaldo Cruz. Conclui o secundário no Ginásio Pernambucano, prestigioso estabelecimento escolar recifense, que teve em seu corpo de alunos outros escritores de primeira cepa como Ariano Suassuna, Clarice Lispector e Joaquim Cardozo.

1916

    Lê o romance *O ateneu*, de Raul Pompeia, livro que o marcaria imensamente.

1918

    Aos 17 anos, lê *Dom Casmurro*, de Machado de Assis, escritor por quem devotaria grande admiração.

1919

    Inicia colaboração para o *Diário do Estado da Paraíba*. Matricula-se na Faculdade de Direito do Recife. Neste período de estudante na capital pernambucana, conhece e torna-se amigo de escritores de destaque como José Américo de Almeida, Osório Borba, Luís Delgado e Aníbal Fernandes.

1922

    Funda, no Recife, o semanário *Dom Casmurro*.

1923

Conhece o sociólogo Gilberto Freyre, que havia regressado ao Brasil e com quem travaria uma fraterna amizade ao longo de sua vida.
Publica crônicas no *Jornal do Recife*.
Conclui o curso de Direito.

1924

Casa-se com Filomena Massa, com quem tem três filhas: Maria Elizabeth, Maria da Glória e Maria Christina.

1925

É nomeado promotor público em Manhuaçu, pequeno município situado na Zona da Mata Mineira. Não permanece muito tempo no cargo e na cidade.

1926

Estabelece-se em Maceió, Alagoas, onde passa a trabalhar como fiscal de bancos. Neste período, trava contato com escritores importantes como Aurélio Buarque de Holanda, Graciliano Ramos, Jorge de Lima, Rachel de Queiroz e Valdemar Cavalcanti.

1928

Como correspondente de Alagoas, inicia colaboração para o jornal *A Província* numa nova fase do jornal pernambucano, dirigido então por Gilberto Freyre.

1932
>Publica *Menino de engenho* pela Andersen Editores. O livro recebe avaliações elogiosas de críticos, dentre eles João Ribeiro. Em 1965, o romance ganharia uma adaptação para o cinema, produzida por Glauber Rocha e dirigida por Walter Lima Júnior.

1933
>Publica *Doidinho*.
>A Fundação Graça Aranha concede prêmio ao autor pela publicação de *Menino de engenho*.

1934
>Publica *Banguê* pela Livraria José Olympio Editora que, a partir de então, passa a ser a casa a editar a maioria de seus livros.
>Toma parte no Congresso Afro-brasileiro realizado em novembro no Recife, organizado por Gilberto Freyre.

1935
>Publica *O moleque Ricardo*.
>Muda-se para o Rio de Janeiro, após ser nomeado para o cargo de fiscal do imposto de consumo.

1936

Publica *Usina*.

Sai o livro infantil *Histórias da velha Totônia*, com ilustrações do pintor paraibano Tomás Santa Rosa, artista que seria responsável pela capa de vários de seus livros publicados pela José Olympio. O livro é dedicado às três filhas do escritor.

1937

Publica *Pureza*.

1938

Publica *Pedra Bonita*.

1939

Publica *Riacho Doce*.

Torna-se sócio do Clube de Regatas Flamengo, agremiação cujo time de futebol acompanharia com ardorosa paixão.

1940

Inicia colaboração no Suplemento Letras e Artes do jornal *A Manhã*, caderno dirigido à época por Cassiano Ricardo.

A Livraria José Olympio Editora publica o livro *A vida de Eleonora Duse*, de E. A. Rheinhardt, traduzido pelo escritor.

1941

Publica *Água-mãe*, seu primeiro romance a não ter o Nordeste como pano de fundo, tendo como cenário Cabo Frio, cidade litorânea do Rio de Janeiro. O livro é premiado no mesmo ano pela Sociedade Felipe de Oliveira.

1942

Publica *Gordos e magros*, antologia de ensaios e artigos pela Casa do Estudante do Brasil.

1943

Em fevereiro, é publicado *Fogo morto*, livro que seria apontado por muitos como seu melhor romance, com prefácio de Otto Maria Carpeaux.

Inicia colaboração diária para o jornal *O Globo* e para *O Jornal*, de Assis Chateaubriand. Para este periódico, concentra-se na escrita da série de crônicas "Homens, seres e coisas", muitas das quais seriam publicadas em livro de mesmo título, em 1952.

Elege-se secretário-geral da Confederação Brasileira de Desportos (CBD).

1944

Parte em viagem ao exterior, integrando missão cultural no Ministério das Relações Exteriores do Brasil, visitando o Uruguai e a Argentina.

1945

Inicia colaboração para o *Jornal dos Sports*.
Publica o livro *Poesia e vida*, reunindo crônicas e ensaios.

1946

A Casa do Estudante do Brasil publica *Conferências no Prata: tendências do romance brasileiro, Raul Pompeia e Machado de Assis*.

1947

Publica *Eurídice*, pelo qual recebe o prêmio Fábio Prado, concedido pela União Brasileira dos Escritores.

1950

A convite do governo francês, viaja a Paris.
Assume interinamente a presidência da Confederação Brasileira de Desportos (CBD).

1951

Nova viagem à Europa, integrando a delegação de futebol do Flamengo, cujo time disputa partidas na Suécia, Dinamarca, França e Portugal.

1952

Pela editora do jornal *A Noite* publica *Bota de sete léguas*, livro de viagens.

1953
Na revista *O Cruzeiro*, publica semanalmente capítulos de um folhetim intitulado *Cangaceiros*, os quais acabam integrando um livro de mesmo nome, publicado no ano seguinte, com ilustrações de Candido Portinari.
Na França, sai a tradução de *Menino de engenho* (*L'enfant de la plantation*), com prefácio de Blaise Cendrars.

1954
Publica o livro de ensaios *A casa e o homem*.

1955
Publica *Roteiro de Israel*, livro de crônicas feitas por ocasião de sua viagem ao Oriente Médio para o jornal *O Globo*.
O escritor candidata-se a uma vaga na Academia Brasileira de Letras e vence a eleição destinada à sucessão de Ataulfo de Paiva, ocorrida em 15 de setembro.

1956
Publica *Meus verdes anos*, livro de memórias.
Em 15 de dezembro, toma posse na Academia Brasileira de Letras, passando a ocupar a cadeira nº 25. É recebido pelo acadêmico Austregésilo de Athayde.

1957

Publica *Gregos e troianos*, livro que reúne suas impressões sobre viagens que fez à Grécia e outras nações europeias. Falece em 12 de setembro no Rio de Janeiro, vítima de hepatopatia. É sepultado no mausoléu da Academia Brasileira de Letras, no cemitério São João Batista, situado na capital carioca.

Conheça outras obras de
José Lins do Rego

Primeiro romance de José Lins do Rego, *Menino de engenho* traz uma narrativa cativante composta pelas aventuras e desventuras da meninice de Carlos, garoto nascido num engenho de açúcar. No livro, o leitor se envolverá com as alegrias, inquietações e angústias do garoto diante de sensações e situações por ele vivenciadas pela primeira vez.

Doidinho, continuação de *Menino de engenho*, traz Carlinhos em um mundo completamente diferente do engenho Santa Rosa. Carlinhos agora é Carlos de Melo, está saindo da infância e entrando na pré-adolescência, enquanto vive num colégio interno sob o olhar de um diretor cruel e autoritário. Enquanto lida com o despertar de sua sexualidade, sente falta da antiga vida no engenho e encontra refúgio nos livros.

Em *Banguê*, José Lins do Rego constrói um enredo no qual seu protagonista procede uma espécie de recuo no tempo. Após se tornar bacharel em Direito no Recife, o jovem Carlos regressa ao engenho Santa Rosa, propriedade que sofrera um abalo com a morte de seu avô, o coronel José Paulino. Acompanhamos os dilemas psicológicos de Carlos, que luta a duras penas para colocar o engenho nos mesmos trilhos de sucesso que seu avô alcançara.

Em *Usina*, o protagonista é Ricardo, apresentado em Menino de Engenho. Após cumprir prisão em Fernando de Noronha, Ricardo volta ao engenho Santa Rosa e encontra o mundo que conhecia completamente transformado pela industrialização. Do ponto de vista econômico e social, a obra retrata o fim do ciclo da tradição rural nordestina dos engenhos, e o momento da chegada das máquinas e a decadência dessa economia para toda a região.

Fogo morto é considerado por muitos críticos a obra-prima de José Lins do Rego. O livro é dividido em três partes, cada uma delas dedicada a um personagem. A primeira dedica-se às agruras de José Amaro, mestre seleiro que habita as terras pertencentes ao seu Lula, protagonista da parte seguinte da obra e homem que se revela autoritário no comando do Engenho Santa Fé. O terceiro e último segmento concentra-se na trajetória do capitão Vitorino, cavaleiro que peregrina pelas estradas ostentando uma riqueza que está longe de corresponder à realidade.

Conheça as próximas publicações de José Lins do Rego

Água-mãe
Cangaceiros
Correspondência de José Lins do Rego I e II
Crônicas inéditas I e II
Eurídice
Histórias da velha Totônia
José Lins do Rego crônicas para jovens
O macaco mágico
Melhores crônicas de José Lins do Rego
Meus verdes anos
O moleque Ricardo
Pedra Bonita
O príncipe pequeno
Pureza
O sargento verde

Impressão e Acabamento:

www.graficaexpressaoearte.com.br